Der Drache der Akropolis

Reinhold Hartl

Der Drache der Akropolis

Roman

Verlag Reinhold Hartl

Bibliografische Information der Deutschen Nationalbibliothek: Die Deutsche Nationalbibliothek verzeichnet diese Publikation in der Deutschen Nationalbibliografie; detaillierte bibliografische Daten sind im Internet über http://dnb.dnb.de abrufbar.

Die automatisierte Analyse des Werkes, um daraus Informationen insbesondere über Muster, Trends und Korrelationen gemäß §44b UrhG („Text und Data Mining") zu gewinnen, ist untersagt.

Verlag Reinhold Hartl
Reinhold Hartl
Agnes-Bernauer-Straße 62
80687 München
https://verlagreinholdhartl.de/
Copyright © 2021 Reinhold Hartl
Alle Rechte vorbehalten

Verlag: BoD · Books on Demand GmbH, Überseering 33, 22297 Hamburg, bod@bod.de
Druck: Libri Plureos GmbH, Friedensallee 273, 22763 Hamburg

ISBN: 978-3-7693-9971-4

Prolog

Als Graf Viktor und ich abends auf der Terrasse seines Schlosses saßen, meldete der Butler einen »Lieferanten«, der unbedingt eine Geschichte zum Besten geben wolle. Herr Bourbeck, so sein Name, sagte: »Verzeihen Sie, ich bin etwas befangen. Es ist das erste Mal, dass ich als Geschichtenerzähler auftrete.«

Der Graf meinte: »Keine Bange, sprechen Sie frei weg von der Leber.«

Und so begann er zu erzählen:

»Während ich heute Abend im Villenviertel spazieren ging, öffnete sich plötzlich ein Fenster eines Hauses und eine elegant gekleidete Frau rief mir zu: ›Hallo Sie, hätten Sie Lust auf ein Abendessen?‹

Ich war verdutzt ob des ungewöhnlichen Ansinnens und sie fuhr fort: ›Es dauert nur eine knappe Stunde. Wissen Sie, ich gebe heute eine Gesellschaft und ein Gast hat überraschend abgesagt, so sind wir nur dreizehn. Leider ich bin etwas abergläubisch, die 13 bringt Unglück. Und ich wollte keinen Gast nach Hause schicken. Wären Sie so freundlich einzuspringen?‹

Ich antwortete: ›Ich bin eigentlich schon eingeladen.‹

›Gibt's dort auch ein Drei-Gänge-Menü von einem Sternekoch?‹

›Nein, nur Hausmannskost.‹

›Sehen Sie, das ist eine einmalige Gelegenheit.‹

Und schon fing sie an, das Menü herunterzubeten:

›Als Vorspeise haben wir Sepianudeln auf Hummercreme mit gegrillten Riesengarnelen.‹

Ich antwortete: ›Nicht schlecht.‹

›Als Hauptgang Beef Tatar mit Kaviar und roten Rüben.‹

›Klingt lecker. Und das Dessert?‹

›Weißer Pfirsich mit Campari-Schaum.‹

›Ich komme!‹

Ich ging um die Ecke zum Hauseingang, wo mich die Hausherrin freundlich empfing. Sie stellte sich als Alissa Tynchie vor und führte mich in den Salon, wo bereits die anderen 13 Gästen warteten. Als sie mich sahen, ging ein Raunen durch den Raum.

›Endlich!‹, lallte ein Herr, ›mein Magen knurrt wie ein Löwe.‹

Auch die anderen Gäste waren sichtlich erleichtert und ebenso beschwipst. Anscheinend hatten sie mehrere Aperitifs hintereinander genommen, um sich die Zeit bis zur Ankunft des 14. Gastes zu vertreiben. Die Gastgeberin fragte mich nach meinem Namen.

›Ludwig Bourbeck.‹

›Also Ludwig der 14.‹, gluckste sie.

Ein andere Gast brabbelte betrunken: ›Dann haben wir heute Besuch vom Sonnenkönig.‹ Und er verbeugte sich vor mir und sagte: ›Majestät.‹

Die Hausherrin machte sich einen Spaß daraus, mich den anderen Gästen als Ludwig der 14. vorzustellen und sie erreichte damit die gewünschte Wirkung.

Einer witzelte: ›Es erfüllt uns mit Freude, dass wir auf Seine Königliche Hoheit warten durften.‹

›Die Freude ist ganz auf meiner Seite‹, gab ich zur Antwort.

Ein anderer sagte: ›Die nobelsten Gäste kommen zuletzt.‹

›Ja, nobel geht die Welt zugrunde.‹

›Das wollen wir nicht hoffen‹, sagte die Gastgeberin und zog mich zum nächsten Gast.

Am Schluss der Vorstellungsrunde führte sie mich zu einer ältlichen Frau, die den hypnotischen Blick einer Eule hatte. Frau Tynchie sagte: ›Und das ist Orgeluse.‹

›Ein ungewöhnlicher Name‹, bemerkte ich.

Orgeluse entgegnete: ›Das ist mein esoterisches Pseudonym für meine Séancen. Eigentlich heiße ich Katie Huber.‹

›Angenehm, Ludwig 14.‹

Sie starrte mich mit ihren großen grünen Augen an. ›Wann sind Sie geboren?‹

›Am 5. September 1971.‹

›Das gleiche Sternzeichen und Aszendent wie der Sonnenkönig.‹

Frau Tynchie sagte überrascht: ›Nein wirklich? So ein Zufall.‹

Orgeluse sagte bestimmt: ›Eben nicht! In der Astrologie gibt es keine Zufälle, alles ist von den Sternen vorherbestimmt. Dass wir heute Besuch von Ludwig 14. haben, hat was zu bedeuten.‹

Zu mir sagte sie: ›Sie wissen, was ich meine?‹

›Nein, keine Ahnung!‹

Orgeluse kam ganz nah und flüsterte mir ins Ohr: ›Verstehe. Ein Geheimnis unter Eingeweihten. Ich werde nichts verraten.‹

Ich zwinkerte ihr zu und wisperte in ihr Ohr ›Danke‹.

Sie war sichtlich erfreut, dass wir zwei eine verschwiegene Gemeinschaft bildeten, auch wenn ich keinen Schimmer hatte, worin unser ›Geheimnis‹ eigentlich bestand.

Orgeluse sagte strahlend zur Gastgeberin: ›Also, er gefällt mir, dein Sonnenkönig. Und er versteht zu schweigen.‹

Diese sagte gerührt: ›Manchmal wirken eben Schicksalsmächte.‹

Danach forderte sie uns auf, ihr ins Speisezimmer zu folgen. Während wir hinübergingen, simste ich meiner ersten Gastgeberin, dass mir etwas dazwischengekommen wäre und dass sie mit dem Essen ruhig beginnen könnten …«

Der Graf sagte: »Sie Schuft!«

»Was sollte ich machen? Ein Drei-Gänge-Menü von einem Sternekoch? Und noch dazu gratis?«

Herr Bourbeck zuckte mit den Schultern und fuhr mit seiner Erzählung fort: »Nach dem Essen, das vorzüglich schmeckte, kam es zu einem Streit zwischen Zwillingen. Der eine, Waldemar, sagte plötzlich: ›Du bist schuld an meinem Trauma!‹

Der andere, Ingemar, ihm gegenübersitzend, fragte: ›Woran soll ich schuld sein?‹

›Du hast mich bei der Geburt hinausgestoßen! So bin ich auf den Boden der Geburtsstation geknallt, weil die Hebamme nicht damit gerechnet hatte, dass ich so schnell das Licht der Welt erblicken würde. Und das habe ich bis heute nicht überwunden.‹

Ingemar fragte: ›Wie kommst du denn auf diesen Blödsinn?‹

›Ich habe bei einem Medium eine Rückführung gemacht, die hat es genau gesehen.‹

›Und wie soll ich das gemacht haben?‹

›Du hast mir einen Fußtritt versetzt!‹

›Als Fötus?‹

›Natürlich! Und zwar so:‹«

Herr Bourbeck hob sein rechtes Bein über die Tischkante und führte einen Fußtritt aus. Viktor und ich mussten herzhaft lachen. Dann setzte er seinen Bericht fort:

»Ingemar sagte: ›Du bist verrückt!‹

Waldemar erwiderte: ›Ich hab's genau gespürt. Ich bekam einen Tritt in den Rücken, und das kannst nur du gewesen sein.‹

›Vielleicht hat dir während der Séance dein Medium einen Tritt in den Arsch versetzt, damit du endlich mit dem Zaster rüber rückst?‹

›Red dich nicht heraus, du warst das!‹

Ingemar wechselte jetzt den Tonfall: ›Okay, okay, ich geb's ja zu. Aber du bist selbst schuld daran. Als es soweit war, dass wir die Bühne dieser Welt betreten, hast du gezögert. Ich habe zu dir gesagt: ›Mach hin, Alter! Das Empfangskomitee steht bereit und der Sekt wird warm.‹

Aber du hast dich nicht getraut. Also habe ich etwas nachgeholfen. Aber anders als in deiner Erinnerung, hast du den Applaus sehr genossen. Du hast dich regelrecht feiern lassen als gottgewollter Thronfolger und ich hatte das Nachsehen.‹

Waldemar sagte gereizt: ›Jaja, mach dich nur lustig über mich. Aber das eine sag ich dir: Das hat ein Nachspiel!‹

›Welches denn?‹

›Ich werde dich auf Schadensersatz verklagen.‹

›Du hast wirklich 'ne Meise.‹

›Hunderttausend Euro Schmerzensgeld werde ich von dir fordern.‹

›Fordere von mir, was du willst. Das einzige, was du von mir bekommst, ist die Adresse eines guten Psychiaters.‹

Ingemar zückte seine Brieftasche und reichte ihm die erstbeste Visitenkarte. Er las vor: ›Dr. Ambrosius, Spezialist für Leute mit Dachschaden.‹

Waldemar schlug sie ihm aus den Händen und packte ihn an der Krawatte. Er zog ihn nach vorne, sodass sein Kopf fast auf den Tisch aufgeschlagen wäre.

Waldemar schrie: ›Du hast mein Leben ruiniert!‹

Ingemar antwortete: ›Du bist für dein Leben selbst verantwortlich!‹

Zwischen den beiden entwickelte sich nun ein regelrechtes Tauziehen mit der Krawatte. Mal gewann Waldemar die Oberhand, mal Ingemar. Schließlich gelang es Ingemar, die Arme seines Zwillingsbruders wegzuboxen. Dieser drohte: ›So leicht kommst du mir nicht davon!‹

Jetzt schritt die Gastgeberin ein. Mit gekünsteltem Lächeln sagte sie: ›Ich glaube, wir sollten eine kleine Pause einlegen, die Gemüter sind etwas erhitzt.‹

Sie klatschte in die Hände: ›Im Salon gibt es Cognac.‹

Daraufhin standen alle Gäste auf und pilgerten hinüber. Frau Tynchie schob sich absichtlich zwischen die streitenden Zwillingsbrüder, sodass sie sich beruhigten.

Im Salon begann eine ältere Frau mit einem schwarzen Schleier begeistert zu erzählen: ›Ich habe letzte Woche eine Karmawäsche machen lassen.‹

Ich sagte: ›Das müssen Sie mir erklären.‹

›Nun, wenn man sich zu sehr mit dem Leben verstrickt, zum Beispiel Geld anhäuft, ein schickes Auto kauft, dann setzt die ursprünglich weiße Seele Ruß an. Sie wird dann regelrecht mit Rußpartikeln bedeckt. Und zum Zeitpunkt des Todes können solche rußige Seelen nicht ins Nirwana gelangen, sie werden auf die Erde zurückgeschickt. Deshalb habe ich meine Seele mal gründlich waschen lassen.‹

›Und wo?‹

›Im Esoterikzentrum Süd. Da hat ein Karmawäscher aus Tibet eine Waschstraße aufgebaut. Also, ich fühle mich wie neugeboren, meine Seele ist jetzt blitzblank.‹

Orgeluse sagte: ›Gratuliere!‹

Ich meinte skeptisch: ›Ich weiß nicht … der scheint Sie ganz schön eingeseift zu haben.‹

Sie antwortete strahlend: ›Natürlich, das ist Teil der Prozedur.‹

Plötzlich hatte ich einen witzigen Einfall: ›Also, eine Karma-Großwäsche ist ja schön und gut. Aber ich habe das nicht nötig. Ich habe meine Seele mit Lotusblüten-Likör imprägniert. Da perlen alle Rußpartikel ab und nichts bleibt hängen. So saufe ich mich buchstäblich ins Nirwana hinein. Prost!‹

Ich lachte lauthals. – Doch leider war ich der Einzige, der lachte. Und die Quittung kam prompt: Die Gastgeberin hat mich hinauskomplimentiert! Frau Tynchie meinte: ›Sie haben doch was Besseres zu tun, als diesem dummen Gerede zu lauschen. Also möchte ich Sie nicht mehr länger aufhalten. Und danke! Sie haben großes Unheil abgewendet.‹

Ich sagte: ›Ich habe zu danken. Sie haben mir eine gewisse Orientierung verschafft.‹

›Es freut mich, dass wir Ihnen den Weg zeigen konnten.‹«

Der Graf fragte: »Welchen Weg denn?«

Herr Bourbeck antwortete: »Den Weg zu Ihnen, Graf.«

Wir lachten herzhaft.

Der Butler hatte inzwischen die Schatztruhe gebracht und Viktor belohnte Herrn Bourbeck mit fünf Goldstücken.

Da fragte der Graf: »Was ist eigentlich mit Ihrem ersten Abendessen?«

»Da gehe ich jetzt hin.«

Viktor sagte lachend: »Ein Wanderer zwischen den Welten.«

Nachdem »Ludwig 14.« gegangen war, sagte der Graf: »Macht Spaß Anekdotenjäger zu sein, nicht wahr?«

Ich nickte.

KAPITEL 1

Ich hatte mich eine Weile in Süddeutschland herumgetrieben und traf nachmittags mit dem Zug in der Stadt ein. Wie immer, wenn ich an einem neuen Ort war, fragte ich Passanten nach dem Stadtpark, wo ich zu nächtigen beabsichtigte. Gottlob war schönes Wetter, das heißt ich würde diese Nacht nicht frieren müssen. Da ich total pleite war, wollte ich mir in der Fußgängerzone ein paar Euros verdienen. Für eine Jonglage mit skurrilen Gegenständen hatte ich bisher immer ein paar Münzen bekommen. Auch als Pantomime konnte ich mich sehen lassen. Meine erfolgreichsten Nummern waren gegen eine imaginäre Wand laufen oder ein vorbeifahrendes Auto mit einem unsichtbaren Seil ziehen. Das konnte ich mittlerweile richtig gut.

Als ich so die Straße entlangschlenderte, sah ich ein grünes Mercedescabrio mit laufendem Motor auf dem Parkstreifen stehen. Der Kofferraum war offen und vom Besitzer war nichts zu sehen. Das ist ja mal eine Gelegenheit, dachte ich mir. So stieg ich ein und brauste davon. Kurz darauf hörte ich eine Frau rufen: »Halt! Stehenbleiben!«

Ich bremste und sah mich um. Mitten auf der Straße stand eine schlanke Frau und fuchtelte wild mit den Armen. Sie trug einen schwarzen Rock, eine weiße Bluse und hatte langes schwarzes Haar. Ich setzte zehn Meter zurück, um sie mir näher anzusehen, doch sie war nicht hübsch genug. So gab ich Gas und raste mit quietschenden Reifen um die Ecke. Ich wollte gerade in den dritten Gang schalten, da sah ich auf den Armaturen Fotos von einer Badenixe liegen. Ich bremste und schaute mir die Aufnahmen genauer an. Sie zeigten die Autobesitzerin in einem knappen Bikini. Ich pfiff durch die Zähne. Die macht ja doch was her …

Ich fuhr also um den Block und bog in die Straße ein, wo ich das Cabrio »aufgelesen« hatte. Von weitem sah ich das Fotomodel mit ihrem Handy telefonieren. Ich näherte mich langsam von hinten und rief: »Suchen Sie was?«

Sie drehte sich um und riss die Augen auf.

Ich fuhr fort: »Das war doch nur Spaß. Pfeifen Sie die Polizei zurück. Ich fahr Sie auch nach Hause.«

Sie antwortete: »Na gut, ich könnte wirklich Hilfe gebrauchen.« Ins Handy sprach sie: »Hören Sie, das war ein Missverständnis. Jemand hat sich nur einen Scherz erlaubt.«

Ich war mittlerweile ausgestiegen und half ihr beim Schleppen ihres neu erworbenen Flatscreens. Als wir das schwere Ding in den Kofferraum bugsiert hatten, düsten wir los. Ich bot ihr das Du an und sie stellte sich mir als Alina Heymstätt vor.

Sie fragte: »Hast du Urlaub?«

»Nein.«

»Arbeitslos?«

»Auch nicht.«

»Was dann?«

»Ich lasse mich treiben: mal hierhin, mal dorthin.«

»Hast du keine Ausbildung?«

»Doch, ich war an der Uni.«

»Lass mich raten: Du hast Philosophie studiert.«

»Nein, Literaturwissenschaft, aber abgebrochen.«

»Also Jackpot!«

»Ach, ich bin eigentlich ganz zufrieden. – Aber sag mal …«

Ich deutete auf die Fotos: »Hast du mal gemodelt?«

»Ja, als ich noch jünger war.«

»Du siehst überhaupt nicht älter aus.«

Sie lachte: »Danke für die Schmeichelei.«

Sie blickte mich von der Seite an: »Und er wird nicht einmal rot.«

Jetzt musste ich lachen.

Kurze Zeit später waren wir an ihrer Wohnung angekommen. Ich half ihr beim Reintragen des Fernsehers, dann meinte sie:

»Weißt du was, wir fahren noch zum Grafen!«

»Zu welchem Grafen?«

»Zum Grafen von Bodeswalde, der hat sein Schloss auf dem Stadthügel.«

Sie deutete zum Straßenende, wo auf einer entfernten Anhöhe ein weißes Gebäude in der Nachmittagssonne glänzte.

»Er liebt Anekdoten und ist bereit, viel Geld dafür zu bezahlen.«

»Er kauft Geschichten?«

»Ja. Er ist ein Anekdotenjäger, wie er im Buche steht. – Aber damit eins klar ist: Ich rede.«

»Verstehe: Wer das Anekdötchen erzählt, bekommt die Scheinchen.«

Sie nickte. Dann fuhren wir los. Es dauerte nicht lange, dann bogen wir in die Auffahrtsallee zum Schloss ein. Beim Hochschleichen mit Tempo 20 konnte ich zwischen den Laubbäumen einen Blick von der weißen Fassade erhaschen. Das ist ja ein Riesenkasten, murmelte ich.

Oben angekommen, passierten wir das offene Tor und parkten neben einer überdimensionalen Garage. Die war wirklich riesig. Ich fragte mich: Was haben die da drin? Einen Mähdrescher? Kurz darauf gingen wir zwischen Remisen auf das hintere Schlossportal zu, auf dessen Absatz ein großer, schlanker Mann in einer schwarzen Livree stand. Er hatte weißes Haar, einen distinguierten Gesichtsausdruck und schien mindestens siebzig Jahre alt zu sein.

Er fragte uns: »Sind Sie von Pfanni?«

»Wieso?«, entgegnete ich, »brauchen Sie Kartoffelknödel?« Er lächelte fein und meinte: »Also Lieferanten. Folgen Sie mir bitte.«

Wir zuckten mit den Schultern – trotteten aber brav hinterher. Er führte uns am imposanten Treppenhaus vorbei zum Ostflügel und bat uns in einem kleinen Salon Platz zu nehmen. Als wir in den bequemen Ledersesseln saßen, kredenzte er uns auf Nachfrage Orangensaft und sagte: »Ich werde den Grafen holen. Übrigens, mein Name ist Jean.«

»Sehr erfreut«, sagte ich, »Alina Heymstätt, ich bin Jimmy Ludstock.«

Dann verließ er das Zimmer.

Nach einer Weile flog mit Schmackes die Tür auf und ein Rollstuhlfahrer sauste herein. Er hatte schütteres graues Haar, einen grau melierten Vollbart und war um die sechzig Jahre alt. Hinter ihm betrat der Butler den Salon und stellte uns den Rollifahrer als Graf Viktor von Bodeswalde vor. Dieser fragte mit seiner volltönenden Stimme: »Frau Alina, Herr Jimmy, womit wollen Sie mich erfreuen?«

Alina war überrascht und zögerte einen Augenblick. Da meinte der Graf: »Gutes Kind! Sie sind hier wie in einem riesigen Beichtstuhl. Alles, was Sie hier sagen, unterliegt dem Beichtgeheimnis.«

Und er lächelte begütigend, wie es der Papst nicht besser hinbekommen hätte. Solchermaßen beruhigt, rückte sie raus mit der Sprache und erzählte die soeben erlebte Geschichte mit ihrem Cabrio. Allerdings stellte sie es so dar, als kennten wir uns. Ich ließ sie gewähren. Schließlich war es ihre Show und sie würde den Lohn einstreichen. Der Graf lachte hin und wieder auf. Als sie geendet hatte, nahm er aus einem Schatzkästchen drei Goldmünzen und überreichte sie ihr mit den Worten:

»Vielen Dank, das war sehr amüsant.«

Alina steckte die Münzen ein und stand auf. Jean brachte sie hinaus, ich blieb sitzen. Der Graf blickte ihr nach, dann zu mir. Plötzlich fragte er lachend: »Ich dachte, Sie beide gehören zusammen?«

»Nein, eigentlich kenne ich sie gar nicht. Ich bin beim Spazierengehen nur über ihren laufenden Wagen gestolpert.«

»Was sie verschwiegen hat. Sie hat es so dargestellt, als seien Sie Bekannte.«

»Ja, ich weiß. – Vielleicht wollte sie nicht wie ein Flittchen erscheinen?«

Er sagte lachend: »Dann sind Sie einfach in ein fremdes Auto gestiegen und losgedüst.«

Ich nickte.

Er lachte weiter und sagte: »Sie gefallen mir! Sie erinnern mich an mich selbst, als ich 30 war. Auch mir saß der Schalk im Nacken.«

Er beugte sich nach vorn: »Frau Heymstätt sagte, Sie sind neu in der Stadt. Wissen Sie schon, wo Sie absteigen werden?«

»Ja, wahrscheinlich im Stadtpark.«

»Wunderbar! Ähm, ich meine … Wenn es Ihnen im Stadtpark nicht gefällt, könnten Sie bei mir wohnen.«

»Ach, wissen Sie, ich schlafe gern in der freien Natur …«

Wir mussten beide lachen.

Der Graf sagte daraufhin: »Nein, im Ernst. Ich suche einen Privatsekretär, der alle diese herrlichen Geschichten aufschreibt und mir auch sonst im Büro behilflich ist.«

»Da muss erst mal nachdenken.«

»Denken Sie nicht, das ein einmaliges Angebot. Sie erhalten freie Kost und Logis und ein bisschen Kleingeld. Wären 4.000 Euro den Monat in Ordnung?«

Ich musste husten.

»Sagen wir 5.000 Euro?«

Ich musste noch mehr husten.

»Ich habe verstanden. 6.000 Euro!«

Leider ging mir der Husten aus.

Ich sagte: »Das klingt schon mal ganz gut – für den Anfang.«

Der Graf klingelte nach seinem Butler. Als er eintrat, sagte er: »Jean, wir haben was zu feiern. Ich habe einen neuen Secretarius intimus.«

Ich hob den Zeigefinger: »Erstmal probeweise.«

Jean holte Champagner und wir stießen auf das neue Arbeitsverhältnis an.

Dann sagte der Graf: »Mein Jean heißt eigentlich John Rutherford und ist aus England.«

Das wunderte mich, denn sein Deutsch war hervorragend. So fragte ich ihn: »Wie kommt es, dass Sie akzentfrei Deutsch sprechen?«

»Nun, ich bin in London aufgewachsen, doch mein Vater war Deutscher. Deshalb habe ich zwei Muttersprachen: Englisch und Deutsch. Aber wir können uns gerne duzen.«

Er streckte mir seine rechte Hand hin, der Graf ebenfalls. So schüttelte ich fleißig Hände und wir waren per Du.

Dann jedoch schoss mir ein unangenehmer Gedanke durch den Kopf: »Wenn der Job so toll ist, wieso hat dann mein Vorgänger gekündigt?«

Jean zeigte nach oben. Meine Augen folgten dem Fingerzeig und ich sah über mir eine Stuckdecke, die mit Löchern übersät war.

»Sind das Einschusslöcher?«

Er nickte.

»Wurde er etwa erschossen?«

»Nicht ganz, nur Streifschüsse.«

Der Graf meinte beschwichtigend: »Ach, da braucht dir nicht gleich das Herz in die Hose zu rutschen. Wenn es zünftig hergeht, fliegen halt mal blaue Bohnen durch die Luft. Aber das macht dir nichts aus, du bist aus anderem Holz geschnitzt!«

Ich wollte schon protestieren. Da haute mir Viktor auf die linke Schulter, dass sie vor Schmerzen brannte.

»Keine Angst, inzwischen habe ich einige Schießübungen gemacht. Da geht nicht mehr so viel daneben.«

Jean sagte: »Wir haben auch schusssichere Westen.«

Dabei lächelte er fein. Ich fragte mich, ob er das ernst meinte.

Der Graf setzte sich in Bewegung: »Außerdem ist das lange her. Wir wollen nach vorne blicken.«

Ich jedoch blickte nach oben und zählte die Einschusslöcher: Es waren genau dreizehn!

Nachdem ich den ersten Schock überwunden hatte, folgte ich dem Grafen auf die Terrasse, wo wir zu Abend aßen.

Das Essen servierte eine mandeläugige Griechin, die mir der Graf als Iphigenie Passadakis vorstellte. Sie war die Köchin und war vor langer Zeit wegen einer Urlaubsbekanntschaft nach Deutschland gekommen.

Ich fragte sie: »Der Vorname ›Iphigenie‹ kommt mir bekannt vor. Heißt dein Vater etwa Agamemnon?«

»Nein Cyrill«, antwortete sie lachend, »und das ist auch gut so. Agamemnon und Klytaimnestra, das wär was.«

Der Graf sagte: »Nicht zu vergessen Elektra.«

Sie winkte ab und ging ins Schloss.

Ich wandte mich dem Grafen zu und fragte ihn: »Wieso bist du überhaupt Anekdotenjäger?«

Er antwortete: »Sie mich an. Ich sitze im Rollstuhl. Mit Highlife ist es vorbei. So kann ich mich nur an dem ergötzen, was andere erleben.«

»Ach komm, du kannst doch überall was erleben.«

»Nein, das ist mir peinlich. – Ein Salonlöwe, der an den Rollstuhl gefesselt ist?« Er schüttelte den Kopf: »Ich will kein Mitleid erregen. Nein, meine aktive Zeit ist vorbei.«

»Wie ist das überhaupt passiert?«

»Durch einen Unfall. Ich habe einen Freifallversuch mit einem großen Sonnenschirm durchgeführt.«

»Mit einem Sonnenschirm?«

»Ja, auf der Dachterrasse des ›Lidos‹. Dort gab's eine große Sause mit reichlich Alkohol und albernen Späßen. Und aus purem Übermut habe ich einen riesigen Sonnenschirm gepackt und bin damit herummarschiert. Ich fragte in die Runde: ›Was sagt ihr zu meinem Regenschirm?‹

Großes Gelächter war die Reaktion. Dann meinte jemand: ›Wieso benutzt du ihn nicht als Paraglider? Da geht der Abstieg schneller.‹

Alle lachten über den witzigen Einfall.

Da sagte ich mir. Ja, warum eigentlich nicht? So bin ich mit dem Schirm über die Brüstung gestiegen und einfach abgesprungen. Anfangs lief alles glatt, ich segelte kontrolliert in die Tiefe wie an einem Gleitschirm. Doch unten angekommen, krachte ich mit dem Rücken auf die Hauer eines bronzener Ebers, der da dummerweise stand. Und dabei wurde ein Rückenwirbel eingeklemmt. Das war vor fünf Jahren. Seitdem sitze ich im Rollstuhl und kaufe zum Amüsement Anekdoten.«

»Wieso beziehst du die Storys nicht von einer Zeitung?«

»Ganz einfach. Die meisten Meldungen kommen per Ticker rein. Geschichten aus zweiter Hand, ranzig und altbacken. Ich aber möchte Frischkost auf dem Teller haben.«

»Und wieso versuchst du's nicht als Beichtvater und eröffnest deinen eigenen Beichtstuhl?«

»Wie soll das denn gehen? Wenn ein Sünder reumütig seine Sünden bekennt und von mir als Beichtvater keine versöhnlichen Worte, sondern immer nur Gelächter und ›köstlich, köstlich‹ zu hören bekommt –«

Ich musste herzhaft lachen und er fuhr fort:

»Und wenn ich am Schluss anstelle eines Heiligenbildchens Geldscheine durchreiche und dem Sünder den pastorale Rat erteile: ›Sie müssen die Sünde eingehender studieren, wenn sie ihr widerstehen wollen, also legen Sie sich ins Zeug!‹ – ich glaube kaum, dass ich damit weit käme.«

»Wer weiß? Diese Form der Beichte könnte ein großer Erfolg werden.«

»Vielleicht, aber die Kirche würde da nicht mitmachen. Also empfange ich lieber ›Anekdoten-Lieferanten‹.«

»Was ich dich fragen wollte: Der Unfall war doch vor fünf Jahren. Die Medizin hat sich aber inzwischen weiterentwickelt. Gibt es da keine Therapie?«

»Nein, man kann heutzutage eine Querschnittlähmung nicht heilen, auch wenn ich nur teilgelähmt bin.«

Wir beendeten das Abendessen und Jean brachte eine Flasche Remy Martin und drei Cognacgläser. Nachdem er eingeschenkt hatte, sagte der Graf: »Jean, bring doch bitte mal das Schatzkästchen.«

Der Butler ging ins Schloss und kam kurz darauf mit einer kleinen Schatztruhe aus Ebenholz mit Messingbeschlägen zurück. Auf dem Deckel waren die Initialen »VB« angebracht.

Der Graf öffnete die Schatulle und nahm einige Goldmünzen heraus.

»Wie du schon bemerkt hast, bezahle ich mit Goldstücken. Sogenannten Viktorstalern.«

»Ich dachte, das Prägerecht hat nur der Staat?«

»Das stimmt, deshalb gelten meine Münzen offiziell als Medaillen.«

Ich nahm ein Goldstück in die Hand. Es war etwas kleiner als eine 1-Euro-Münze. Auf der Vorderseite war das Konterfei des Grafen abgebildet. Die Rückseite zierte das Schloss.

Der Graf sagte: »So eine Münze ist hundertfünfzig Euro wert, je nach Goldkurs.«

»Wow! Dieses kleine Ding? Das heißt Alina hat für ihre Geschichte vierhundertfünfzig Euro bekommen. Du scheinst im Geld zu schwimmen.«

»Sagen wir mal so, ich bin nicht arm.«

Ich fragte den Grafen: »Gibt es eigentlich eine Preisliste für Anekdoten? Ich meine, wie wird die Entlohnung bemessen?«

»Das ist wie im Bordell. Je größer die Freude, die man mir bereitet, desto großzügiger fällt das Honorar aus.«

»Die Freude muss bei Alina aber ganz schön groß gewesen sein.«

Ich legte die Münze wieder zurück ins Kästchen.

»Übrigens: Wie sind eigentlich die Bürozeiten? Ich kann nicht 24 Stunden am Tag und 7 Tage die Woche zur Verfügung stehen.«

Er antwortete: »Die Bürozeiten sind bei uns nachmittags bis Mitternacht. Das hat sich so eingebürgert. Wer außerhalb kommt, wirft einen Erlebnisbericht in den Briefkasten, versehen mit seiner Bankverbindung. Jean überweist dann das Honorar.«

Ich ergänzte: »Und ich überarbeite die Geschichte, damit sie sich gut liest.«

Der Graf nickte und rollte ein Stück zurück. »Dann werde ich dir jetzt meine bescheidene Hütte zeigen.«

Er fuhr in den großen Salon, wo über einem runden Holztisch ein Kronleuchter hing. Um den Tisch herum waren einige Sessel angeordnet. Ich zählte genau ein Dutzend.

»Soll das die Tafelrunde von König Artus darstellen?«

»Ja, und du bist Galahad.«

»Ich wär aber lieber Lancelot.«

»Das ist Jean bereits.«

Ich musste schmunzeln.

»Okay, dann eben Galahad. Aber damit eines klar ist: Ich gehe nicht auf Gralssuche!«

»Das musst du auch nicht. Ich brauche dich hier und nicht im Morgenland.«

Der Graf rollte in die linke Ecke, wo sich eine schwarze Treppe in einem Bogen zum ersten Stock schwang. Darunter war eine Bar eingerichtet. Viktor zeigte auf die Regalwand voller Schnaps- und Likörflachen und sagte: »Mein Reich«.

Ich musterte die vielen Spirituosen und entdeckte dazwischen eine Abbildung des griechischen Weingottes Dionysos.

»Hast du die Bar Dionysos geweiht?«

»Ja, der Gott des Weines ist der Schutzpatron aller Barmixer.«

»Verstehe. Wenn ein Tequila Sunrise nicht wie ein Sonnenaufgang, sondern eher wie eine Apokalypse aussieht –«

»– dann hilft ein Stoßgebet zu Dionysos.«

Ich studierte die Cocktailkarte, die auf dem Tresen lag und fragte Viktor: »Hast du einen Lieblingscocktail?«

»Ja, den Daiquiri.«

Er sah meine Zunge über die Lippen streichen und fuhr fort: »Aber jetzt nicht. Vielleicht später.«

Ich war damit einverstanden und so setzten wir die Schlossbesichtigung fort. Wir begaben uns ins Treppenhaus und fuhren mit einem Lift in den ersten Stock. Dort gab es zehn Schlafzimmer mit Bad und WC und eine große Bibliothek. Auch ein Fotostudio war vorhanden. Darauf angesprochen meinte er: »Ich habe früher meine Liebschaften abgelichtet und die Fotos in Alben gesammelt. Wie König Ludwig I. mit seiner Schönheitengalerie. Aber diese Zeiten sind lange vorbei.«

Ich sah mich um und sagte: »Die Dimensionen sind hier ja riesig. Wie verständigst du dich eigentlich mit Jean?«

»Ganz einfach. Ich habe einen Klingelknopf an meinem Rollstuhl. Hier.«

Der Graf drückte einen Knopf unter der Armstütze. Kurz darauf kam Jean aus seinem Zimmer und fragte: »Was ist das Begehr?«

Ich musste lachen ob der schwülstigen Ausdrucksweise. Der Graf sagte: »Mein Begehr ist, dem Junker den Rest des Schlosses zu zeigen.«

»Sehr wohl, Sir.«

Jean ging ein paar Schritte, hielt dann aber an und stieß einen schrillen Pfiff aus. Das überraschte mich, denn eine solche Burschikosität hätte ich von ihm nicht erwartet. Ich folgte ihm und wir stiegen die Treppe hinauf zum Dach. Beiläufig sagte ich zu ihm: »Verzeih meine Neugier. Aber du wirkst schon etwas älter.«

»Ich bin einundsiebzig!«

»Wieso arbeitest du dann noch hier?«

»Weil mir ein Leben als Rentner viel zu langweilig wäre. Beim Grafen hingegen ist immer was los.«

Wir waren inzwischen oben angekommen und betraten ein flaches Dach, das mit einer Kiesschicht bedeckt war. Ein gefliester Pfad führte zu einigen Tischen, Gartenstühlen und Sonnenschirmen. Am Rand des Dachs verlief eine achtzig Zentimeter hohe Balustrade mit Marmorfiguren der gräflichen Vorfahren.

Wir gingen zur Stirnseite und es eröffnete sich uns ein herrlicher Blick auf den Schlosspark. Der fiel in Etagen ab und war üppig bewachsen mit Buchsbaum-Sträuchern. In der Mitte durchzog eine marmorne Freitreppe vertikal den Park bis zur unteren Terrasse. Davor standen zu beiden Seiten der Treppe je drei Pappeln, mit jeweils einem vorgelagerten Swimmingpool.

Ich fragte Jean: »Wieso benötigt der Graf zwei Pools?«

»Für Wasserschlachten«, antwortete er trocken.

Ich ließ meinen Blick schweifen und sah ganz unten im westlichen Eck des Parks einen länglichen Gegenstand blinken. Ich fragte: »Ist das eine Kanone?«

»Ja, eine portugiesische 24-Pfünder-Kanone. Die hat der Graf aus Lissabon mitgebracht.«

»Wieso benötigt er eine Kanone?«

»Für besondere Anlässe.«

Jean wandte sich ab, so unterließ ich es, ihn weiter zu befragen.

Unser nächster Programmpunkt war der Keller. Wir stapften dazu die Treppe hinunter und gelangten nach unzähligen Stufen ins Souterrain, das überraschend geräumig war. Vor einer Tür, die mit »Wäschekammer« beschriftet war, blieb der Butler stehen. Er hielt sein rechtes Ohr ans Holzfurnier und flüsterte: »Die Nachtigall vom Zillertal.«

»Was?«

»Anni liebt Maria Hellwig und trällert gern ihre größten Hits.«

Jetzt lauschte auch ich und musste schmunzeln, denn sie jodelte furchtbar falsch. Jean klopfte und öffnete die Tür. Dahinter kam eine Mittvierzigerin im Zimmermädchen-Outfit zum Vorschein, die gerade Hemden bügelte. Als sie uns erblickte, verstummte sie und drehte die Musik leiser. Jean stellte mich ihr vor und sie gab mir strahlend die Hand:»Anni Krautwickel. Ich bin die Hausdame. Aber du kannst Anni zu mir sagen.«

»Ich bin der Jimmy.«

Ich deutete zum CD-Player und fragte sie:»Bist du die Nachtigall vom Bodeswalde?«

Sie antwortete lachend:»Dafür reicht's noch nicht, deshalb singe ich nur für mich.«

Jean verwies zum Scherz auf die berühmte Falschsängerin Florence Foster Jenkins, aber Anni wollte mit blamablen Auftritten nichts zu tun haben. Als wir gingen, fügte sie hinzu:»Wenn du einen Wunsch hast, komm einfach vorbei.«

Ich bedankte mich für das Angebot und Jean setzte die Schlossführung fort. Vor einer Tür, auf der »Küche« stand, hielten wir an. Jean warf mir einen schelmischen Blick zu und riss die Holztür auf – zum Vorschein kam Iphigenie mit einem Glas Rotwein in der Hand.

Jean sagte grinsend:»Erwischt!«

Sie antwortete:»Lieber Jean, du weißt, dass es zu den Pflichten einer Köchin gehört, den Wein zu prüfen.

»Das gehört auch zu den Pflichten eines Butlers.«

Jean nahm ein Glas und schenkte sich ein. Ich überlegte krampfhaft, doch mir fiel kein Vorwand ein, an der Verkostung teilzunehmen. Jean schien das zu erraten, denn er kredenzte auch mir ein Glas Naoussa. Er hob sein Glas und sagte:

»Auf unsere Pflichten! Mögen sie nie enden!«

Anni und ich stießen darauf an und wir nahmen einen Schluck.

Anschließend hielt Jean den Wein gegen das Licht, murmelte »blutrot« und begann den Udo Jürgens-Song zu singen: »Griechischer Wein …«

Anni versetzte ihm einen Knuff mit dem Ellbogen.

»Hör auf, das ist mir zu kitschig.«

Jean meinte enttäuscht:»Na gut, dann nicht.«

Wir leerten unsere Gläser, lobten den Naoussa und zogen weiter Richtung Hinterseite des Schlosses. Dort besichtigte ich die Garagen und das Gesindehaus auf der Westseite. Besonders beeindruckt war ich von der großen Halle, in dem sich nicht, wie ursprünglich angenommen, ein Mähdrescher befand, sondern ein weißer Zeppelin. Jean erläuterte mir, dass sich der Graf hin und wieder gern in die Luft erhob – vor seinem Unfall.

Am Geräteschuppen begegneten wir einem schnauzbärtigen Spanier, der einen schwarzen Rolls-Royce wusch. Jean stellte ihn mir als Ramon Juarez vor, seines Zeichens Gärtner und Chauffeur.

Ich fragte ihn:»Was hat dich nach Deutschland verschlagen?«

»Oh«, antwortete er mir, »in Extremadura gibt es keine Jobs und das Klima ist viel zu heiß. Doch hier«, er reckte seinen rechten Daumen hoch, »perfecto!«

Jean erläuterte:»Aber der Auslöser war eine Reifenpanne, nicht wahr?«

»Ja, ich hatte vor Mérida mit meinem alten Fiat 128 eine Panne. Da kam der Graf in seinem schwarzen Rolls-Royce und hat mich mitgenommen. Wir unterhielten uns ein bisschen und wenig später war ich sein Chauffeur. Wir sind dann gleich nach Deutschland durchgefahren.«

Ich fragte ihn: »Und dein Fiat?«

»Den habe ich am Straßenland stehen gelassen, da steht er heute noch.« Er lachte lauthals. »Den will keiner stehlen.«

Jean und ich lachten über das lustige »Erweckungserlebnis«, dann gingen wir zurück zum Schloss. Der Butler zeigte mir dort mein Arbeitszimmer, in dem ein prächtiger Schreibtisch stand, der aus dem Oval Office des Weißen Hauses hätte stammen können.

Ich sagte: »Wenn man da sitzt, kommt man sich wie ein Zwerg vor!«

Jean antwortete lächelnd: »Das ist kein Wunder. Der ist für Geistesriesen bestimmt.«

Ich parierte: »Du hast recht. Eigentlich ist er für mich zu klein.«

»Dann werden wir ihn wohl verlängern müssen.«

»Ja, hinüber zum Ostflügel.«

»Wenn das reicht.«

Wir mussten beide lachen.

Zum Schluss der Besichtigungstour führte mich Jean in mein Schlafzimmer im ersten Stock, das mit einem Doppelbett und einem barocken Kleiderschrank ausstaffiert war. Er öffnete die Türen des Schranks und sagte, dass ich über die Klamotten frei verfügen dürfe. Ich fragte ihn: »Woher willst du wissen, das sie mir auch passen?«

»Sie werden einigermaßen passen. Ich habe deine Größe geschätzt und Anni beauftragt, den Kleiderschrank entsprechend auszustatten.«

»Das nenne ich Organisation!«

Jean sagte: »Ach übrigens: Der Graf erwartet dich um 20 Uhr im kleinen Salon zu einem Umtrunk.«

Ich bedankte mich bei ihm und suchte mir einen dunkelblauen Anzug aus. Danach duschte ich. Als ich mich im Spiegel betrachtete, zuckte ich zusammen: Ich hatte ganz schön abgenommen. Naja, zuletzt war bei mir Schmalhans Küchenmeister gewesen. Aber wie es schien, würden wieder bessere Zeiten kommen …

Pünktlich um acht fand ich mich im kleinen Salon ein. Außer mir war noch niemand hier und ich sah mich etwas um. Dabei fiel mir an der Wand ein Wappen auf, das ich am Nachmittag noch nicht bemerkt hatte. Es zeigte einen prächtigen Schild, auf dem ein Wald und ein feuerspeiender Drache abgebildet waren; darüber thronte ein Schloss.

Dann hörte ich jemand singen. Es war der Graf, der mit einem Mordskaracho in den Salon gefahren kam. Er war bester Laune und schenkte mir gleich ein Glas Cognac Chabasse Napoleon ein. Ich fragte ihn: »Was bedeuten die einzelnen Bestandteile des Wappens?«

»Nun, die Bäume symbolisieren den Bodeswald und der Drache steht für unser Geschlecht. Den Drachen haben wir Bodeswalder uns immer zu Herzen genommen. Deshalb nennt man mich den ›Drachen der Akropolis‹.«

»Auf auf dem Wappen sind rings ums Schloss Ländereien eingezeichnet. Wo sind die geblieben?«

»Wo sollen sie schon geblieben sein? Weg sind sie! Meine Vorfahren haben den ganzen Besitz nach und nach verkauft, bis nichts mehr übrig war. Und aufs Schloss haben sie Hypotheken aufgenommen. So habe ich von meinem Vater nur Schulden geerbt und drei Mätressen. Da musste ich mir etwas einfallen lassen …«

»Ein Bordell?«

»Sicher, das wäre eine Option gewesen. Aber es war etwas Exaltierteres.«

»Ein Geheimbund?«

»Nein, noch exzentrischer!«

Ich sah ihn ratlos an.

»Etwas Unvorstellbares, ja nachgerade Obszönes – Arbeit! Zum ersten Mal in meinem Leben musste ich arbeiten gehen. Und meine Vorliebe für Kaffee hat mich nach Lissabon verschlagen.«

»Wieso gerade Lissabon?«, fragte ich ihn.

»Weil dort die Kaffeegroßhändler ihre Kontore haben. Mein Onkel hatte mir eine Stelle bei Bonhöfer & Söhne vermittelt. Die waren ganz beeindruckt von meinem feinen Gaumen. Denn ich konnte, was nur wenige fertigbringen, in einem Kaffee alle Sorten herausschmecken, die darin verschnitten waren. So haben sie mich nach Afrika geschickt, um neue Sorten aufzuspüren. Und per Zufall habe ich im Tschad die Excelsa entdeckt, eine Bohnenrarität, Kaffee deluxe sozusagen.«

»Entdeckt man so was per Zufall?«, fragte ich ihn.

Er machte eine Pause und nahm genießerisch einen Schluck Cognac. Dann fuhr er fort: »Nun, ich war im Jeep im Tschad unterwegs, allein ohne Führer. Plötzlich standen einige Afrikaner vor mir und überredeten mich mit Pistolen und Kalaschnikows, sie in ihr Dorf zu fahren. Das befand sich in einer entlegenen Bergregion. Nach einer Fahrt über holperige Straßen, die ewig dauerte, haben sie mich in eine alte Hütte gesperrt. Da saß ich buchstäblich im Dreck. Ich dachte, wenn ich nicht draufgehe, weil kein Lösegeld gezahlt wird, dann wegen einer Lebensmittelvergiftung oder einer Seuche. Und wie ich so über mein Ende sinniere, steigt mir ein Duft in die Nase, der mich elektrisierte. Ich blickte nach oben, ob sich vielleicht der Himmel aufgetan hatte. Aber die Ursache war viel irdischer: Es war der Kaffee, den sie mir servierten. Offensichtlich handelte es sich um eine Sorte, die mir völlig unbekannt war und köstlich schmeckte. Ich versuchte ihnen mit meinem Schulfranzösisch begreiflich zu machen, dass sie auf einer Goldmine saßen. Doch sie hielten meine Lobreden auf den Kaffee nur für die Höflichkeit des Gastes und grinsten pflichtschuldig. Soviel ich auch redete oder vielmehr rade-brechte – es war nichts zu machen. Also setzte ich meine Fähigkeiten als Barista ein. Ich zauberte mit der Milchkanne ein Dollarzeichen auf meinen Kaffee – keine Reaktion. Dann ein Eurosymbol – wieder nichts. Schließlich sah ich auf ihren Schilden einen Löwenkopf und ich schäumte ein entspre-chendes Bild auf meinen Kaffee. Sie zuckten urplötzlich zu-sammen, verbeugten sich tief bis zum Boden und murmelten rhythmische Laute. Anscheinend hielten sie mich für einen Zauberer. Sie holten den Dorfältesten, der gut Englisch konn-te, weil er mal Teepflücker in Indien gewesen war und ich konnte mit ihm einen Vertrag aushandeln: Das exklusive Vermarktungsrecht dieser seltenen Kaffeebohne, die ich Excelsa nannte. Als ich sie dann weltweit auf Coffee Festivals präsentierte, sorgte sie für Furore. Und mit dem einsetzenden Hype machte ich an der Börse ein Vermögen.«

Ich fragte den Grafen, ob er mir mal eine Kostprobe seiner Kunst geben könne.

Er antwortete: »Gerne, morgen zum Frühstück. – Übri-gens.«

Er öffnete den Mund und deutete auf seine vergoldeten rechten Schneidezahn. »Den Zahn habe ich mir nach der ersten Million vergolden lassen. Eine Eitelkeit, die ich inzwi-schen bereue.«

»Warum hast du ihn dann nicht entfernen lassen?«

»Er soll mir als Warnung dienen, nicht abzuheben und auf dem Boden zu bleiben.«

»Verstehe. Wie ging dann die ›Vom-Tellerwäscher-zum-Millionär-Story‹ weiter?«

»Mit dem vielen Geld habe ich die Hypotheken getilgt und das Schloss renovieren lassen.«

Er machte eine Pause. »Aber ich wollte dir einen Daiquiri mixen.«

Er rollte hinüber in den großen Salon und verschwand hinter der Bar. Ich folgte ihm und nahm auf einem Barhocker Platz. Dann sah ich auch schon Flaschen durch die Luft wirbeln und flinke Hände den Shaker hin- und her schütteln. Kurz darauf standen zwei fertige Cocktails auf dem Tresen. Wir prosteten uns zu und nahmen einen Schluck.

»Wirklich gut«, lobte ich ihn.

»So was verlernt man nicht.«

Dann fragte er mich: »Und was hat dich hierher verschlagen?«

»Nun, ich bin seit gut drei Jahren unterwegs.«

»Auf der Walz?«

»Nein, ich bin kein Handwerksgeselle, einfach so.«

Weiter fragte er: »Aus welcher Gegend kommst du?«

»Aus einem kleinen Dorf im Voralpenland, kurz vor Salzburg, auf der deutschen Seite. Das kennst du bestimmt nicht.«

»Jimmy klingt nicht gerade wie Hans oder Sepp.«

»Meine Mutter schwärmte für James Dean. Deshalb Jimmy.«

»Für einen bayerischen Jungen nicht gerade üblich.«

»Ich weiß. Ich wurde deshalb oft genug aufgezogen. Und auch sonst passte ich nicht ins Dorfleben. Ich interessierte mich nämlich für Literatur und Theater und weniger für Brauchtum oder Volkstanz. Aus diesem Grund bin ich ausgebüxt nach Salzburg. Dort habe ich einige Semester Literaturwissenschaft studiert – ich war aber mehr mit den Touristinnen beschäftigt, als mit dem Studium. Als dann die Zwischenprüfung anstand, bin ich auf Weltreise gegangen und schlage mich seither mit diversen Jobs durch.«

Der Graf sagte: »Das gefällt mir: Ungezähmt, unangepasst, genau so einen brauche ich.«

Er setzte seinen Rollstuhl in Bewegung und sagte: »Ich will dir etwas zeigen.«

Er fuhr auf die Terrasse hinaus und brauste mit einem Affentempo die westliche Allee hinunter, sodass ich ihm kaum folgen konnte. Als wir auf der unteren Terrasse angekommen waren, deutete er Richtung Stadt und sagte: »Ist das nicht ein herrlicher Anblick?«

Ich sah hinunter und staunte: Die Sonne ging hinter den Bergen unter und ihr glutroter Feuerball tauchte die Stadt in ein oranges Licht. Die Zinkdächer glitzerten, die Straßenbahnschienen gleißten und die heiße Luft flirrte über den Straßen. Der Sommer dampfte in allen Gassen und ich spürte die Atmosphäre förmlich knistern.

Der Graf sagte: »Diese Stadt ist ein Treibhaus, ein fruchtbarer Nährboden für Abenteuer und amüsante Begebenheiten. Und alles wird mir frei Haus geliefert, denn alle sind sie scharf auf meine Viktorstaler.«

Er formte mit beiden Händen einen Trichter vor dem Mund und rief: »Legt euch in Zeug, Ihr lieben Landsleute! Ihr Reisenden aus Orient und Okzident, aus Asien, Australien und Amerika! Haltet euch nicht zurück mit euren Leidenschaften, Trieben und Obsessionen!«

Dann fuhr er im Kreis herum und stieß Jauchzer aus, wie ein Rollifahrer auf Speed.

Als er sich beruhigt hatte, begaben wir uns zur oberen Terrasse, um etwaige »Lieferanten« zu erwarten.

Nach einer Weile meldete Jean einen gewissen Malte Ohnsorg, seines Zeichens Theaterregisseur. Er trug eine große Hornbrille, die seinem Gesicht einen intellektuellen Touch verlieh. Ich fragte ihn, ob das die obligate Theaterwissenschaftlerbrille sei? Er lachte und antwortete, er sei stark kurzsichtig.

»Also kein Fensterglas?«, fragte ich.

»Oh nein.«

»Ist das eventuell eine Schutzreaktion Ihrer Augen?«

»Bitte?«

»Die Kurzsichtigkeit – haben Sie zu viele schlechte Schauspieler gesehen?«

Er antwortete lachend: »Ach so, und die Augen machen zu … Übrigens: Genau deshalb bin ich hier.«

Der Graf machte eine einladende Geste und Herr Ohnsorg begann zu erzählen:

»Das Privattheater, an dem ich arbeite, wird gerade renoviert. Deshalb halte ich Castings zu Hause ab, in meinem Wohn- und Arbeitszimmer.

Heute Nachmittag kam jemand vorsprechen für die Titelrolle von Georg Büchners ›Woyzeck‹. Er war vornehm angezogen und hatte einen Gettoblaster dabei. Den stellte er vor mir auf den Boden. Dann zog er sich aus bis auf eine rot-weiß gestreifte Piratenhose. Er verstrubbelte sich das blonde Haar und sagte mit leiser Stimme: ›Ich werde jetzt einige Szenen aus Georg Büchners Theaterstück ›Woyzeck‹ darbieten.‹

Ich sagte ›bitte‹.

Anschließend drückte er die Play-Taste, worauf Gangsta-Rap-Musik durchs Zimmer lärmte. Er tanzte anstößig dazu und schrie:

Fuck you, motherfucker,

fuck you.

34

Play it cool

without any rules.

Fuck that slut

in the butt.

Danach verschwand er hinter dem Schreibtisch. Im röchelnden Tonfall eines Irren rezitierte er: ›Ich glaub‹, wenn wir in Himmel kämen, so müssten wir donnern helfen.‹

Er schnellte hoch und wischte mit einer wuchtigen Bewegung alle Hefte und Bücher vom Tisch, sodass sie polternd zu Boden fielen.

Ich wehrte mit den Händen ab und sagte: ›Immer sachte.‹

Doch er war inzwischen zum Kleiderschrank gelaufen, riss die Türen auf und warf sich hinein. Ich lachte auf.

Dann hörte ich ihn dumpf deklamieren: ›Ja, Andres, der Platz ist verflucht.‹

Da klopfte es an der Tür.

Er sagte: ›Horch, Andres, horch.‹

Frau Prechtl, die Putzfrau betrat den Raum.

Er sagte: ›Das sind die Freimaurer!‹

Frau Prechtl entgegnete: ›Nein, ich bin die Putzfrau!‹

Jetzt flogen Hemden aus dem Schrank.

Frau Prechtl fragte: ›Soll ich die etwa bügeln?‹

›Woyzeck‹ verließ den Schrank und lief zu den am Boden liegenden Zeitschriften. Er legte sich mit dem Rücken auf sie und wälzte sich darin. Er rezitierte: ›Der Mensch ist ein Abgrund. Es schwindelt einem, wenn man daran hinabsieht.‹

Frau Prechtl fragte: ›Junger Mann, haben Sie den Verstand verloren?‹

Ich sagte schließlich: ›Ist schon gut, Frau Prechtl, ich mache hier ein Casting fürs Theater.‹

›Das muss ein obszönes Stück sein. Pfui Teufel!‹

›Frau Prechtl, es ist alles in Ordnung, machen Sie uns bitte einen Kaffee.‹

Kopfschüttelnd verließ sie darauf das Zimmer. ›Woyzeck‹ machte sich inzwischen daran, einen Polstersessel umzukippen. Da ging ich dazwischen: ›Danke, das reicht. Ich habe genug gesehen.‹

Er stoppte die Musik und fragte: ›Wie war ich?‹

Ich antwortete: ›Einfach unbeschreiblich.‹

Er atmete durch und sagte im Brustton der Überzeugung: ›Wissen Sie, ich schände Ihnen jeden Klassiker! Ob Hamlet, Romeo, Wilhelm Tell, Don Carlos … Ich mache alle fertig, alle mache ich zur Sau!‹

Dann kam er ganz nah und brüllte mir ins Ohr: ›Is' das was? Is' das was?‹

Ich sagte gefasst: ›Ja, ich glaube, ich weiß in etwa, was Sie meinen!‹

›Darauf kannste einen lassen, Alter!‹

›Ja, das hat durchaus seine Qualität.‹

›Das ist beste Qualität, das is' Milieu pur, Dicker!‹

›Aha, Sie sind also im Milieu aufgewachsen?‹, fragte ich.

›Ach woher, kein bisschen. Ich stamme aus einer baltischen Industriellenfamilie, bin mit Gouvernante und Chauffeur groß geworden und mit x Privatlehrern. Aber gerade das prädestiniert mich fürs Milieu!‹

›Das ist ein interessanter soziologischer Ansatz: Bertolt Brecht stammt ja auch aus gutem Hause und hat so herrliche Vagantenlieder geschrieben.‹

›Genau, du raffst das sehr schnell. Wir von der Oberschicht müssen den Unterschichtlern sagen, wo's lang geht. Und zwar nicht nur wirtschaftlich, sondern auch künstlerisch. Die armen Schlucker wissen ja gar nicht, wie man sich auf einer Theaterbühne richtig bewegt –‹

›– aber Sie wissen das?‹, fragte ich ihn.

›Natürlich! Ich hab ja die Schauspielschule besucht. Und nicht nur eine – viele!‹

›Wieso mehrere?‹

›Weil ich jedes Mal nach drei Tagen hinausgeflogen bin. Die waren mit der Dimension meiner Darstellung hoffnungslos überfordert. So eine Urgewalt an Mimik und Gestik konnten die gar nicht verarbeiten.‹

›Ich beginne zu ahnen, wie sich das abgespielt hat …‹

›Du checkst das sehr schnell. Also ehrlich, mit dir könnte ich zusammenarbeiten.‹

›Das ehrt mich sehr‹, sagte ich. Dann fuhr ich fort: ›Gut, ich habe Ihre Interpretation von ‹Woyzeck‹ gesehen, vielen Dank. Ich werde mir in den nächsten Tagen eine Meinung bilden und Sie dann kontaktieren.‹

›Wieso Meinung?‹, fragte er überrascht. ›Welche Meinung denn? Bei dieser epochalen Vorstellung kann es doch nur eine Meinung geben … Und stellt sich sofort ein!‹

›Ja, das stimmt. Es hat sich tatsächlich ein erster Eindruck gebildet.‹

Er kam wieder ganz nah und haute mir auf die Schulter: ›Na also, wir verstehen uns … Wann beginnen die Proben?‹

Ich musste husten und dachte: Wie bekomme ich den baltischen Berserker wieder aus meiner Wohnung? Der steht ja nur auf Gangsta-Rap, Nutten und Randale, und damit kann ich derzeit nicht dienen.

›Nun‹, sagte ich. ›Das steht noch nicht fest, ich werde Sie zeitnah benachrichtigen. Ich hab ja Ihre Kontaktdaten.‹

›Wunderbar!‹, schmetterte er. Dann ging er.

Ich atmete ein paar Mal durch und murmelte: ›Das also war eine Knallcharge! Endlich hab ich mal eine zu Gesicht bekommen, die kommt ja auf dem Theater kaum mehr vor.‹

Dann rief ich: ›Frau Prechtl, Sie können jetzt aufräumen.‹«

Viktor und ich klatschten Beifall. Ich sagte: »Sie hätten ihre Brille abnehmen sollen.«

»Aber dann hätte ich das Beste verpasst.«

»Das ist auch wieder wahr. Ein Wunder, dass sie nicht zersprungen ist.«

»Panzerglas!«

Wir lachten herzhaft und der Graf sagte: »Ihre Wohnung muss ja einiges aushalten, wenn Sie dort ihre Castings abhalten.«

»Das war das Letzte zu Hause«, antwortete er. »Ich habe mir einen Probenraum gemietet.«

Der Graf belohnte Herrn Ohnsorg mit fünf Goldstücken.

Wenig später erschien »Ludwig 14.«, von dem ich am Anfang berichtet hatte.

Wir saßen noch eine Weile auf der Terrasse und warteten auf »Lieferanten«. Doch leider fand sich niemand mehr ein.

»Nun gut«, meinte der Graf, »wenn keiner mehr kommt – morgen sehen wir weiter.«

Wir wünschten uns eine gute Nacht und gingen zu Bett. Als ich mich zudeckte, bemerkte ich die seidene Bettdecke. Ich musste daran denken, dass ich heute Morgen damit rechnete, im Stadtpark zu nächtigen. Immer bedroht, von umherstreunenden Hunden als ihr Eigentum markiert zu werden. Und jetzt nächtigte ich in einem Schloss. Es war schon verrückt, was das Schicksal einem für Streiche spielen konnte und so war ich gespannt, was es noch für mich bereithielt …

KAPITEL 2

Um 9 Uhr läutete mein Wecker. Als ich die Augen öffnete, hatte ich Mühe, mich zurechtzufinden. Schlief ich wirklich in einem Seidenbett? Ich ließ meinen Blick durchs Zimmer schweifen und sah die Tapisserien, die Gemälde und über mir die Stuckdecke mit dem kleinen Kronleuchter. Kein Zweifel. Der gestrige Tag war kein Traum. Ich befand mich in einem Schloss. – Erleichtert reckte ich die Glieder und stand auf.

Das Frühstück fand im großen Salon statt. Der Graf hielt sein Versprechen vom Vortag und zeigte sein Können als Barista. Er hantierte dabei behänd an seiner Kaffee-Theke neben der Bar und schäumte für mich einen grazilen Schwan auf einen Cappuccino. Der war eigentlich zu schade zum Trinken. Für sich zauberte er sein Wappen auf einen Espresso. Das war perfekt. Vor allem der feuerspeiende Drache war gut getroffen.

Er fragte mich: »Wie ist das, auf dem Land groß zu werden? Das muss doch romantisch sein –«

»– und langweilig. Meine Eltern sind erzkonservativ. Und mein Vater hat immer die gleichen Witze erzählt. Ich habe ihm deshalb zum Geburtstag und Weihnachten Witzbücher geschenkt: Maurerwitze, Zimmererwitze, Dachdeckerwitze … Dann wurde es besser.«

Der Graf sagte lachend: »Da sieht man's wieder: Man kann als Kind die intellektuelle und humoristische Entwicklung seiner Eltern lenken.«

»Reine Notwehr.«

»Meine Eltern«, so erzählte er, »hatten auch einen Spleen: Segeln. Doch leider waren sie nicht sehr versiert darin. Sie haben immer einen Skipper angeheuert, der das Segelboot steuerte. Und das wurde ihnen zum Verhängnis.«

»Wie denn das?«, fragte ich ihn.

Viktor nippte an seinem Espresso und begann zu erzählen: »Meine Eltern waren in den 70er-Jahren auf einem Segeltörn in der Ägäis. Da kam ein gewaltiger Sturm auf; Windstärke 10 und höher. Das war richtig übel. Nachher fehlte von ihrer Yacht jede Spur. Man hat nur den Skipper mit Schwimmweste aus dem Meer gefischt, der war völlig weggetreten. Wie man seinem Gestammel entnehmen konnte, hatte er, als die Wellen immer höher wurden, einen Nervenzusammenbruch erlitten. Er hatte sich in eine Ecke verkrochen und zu Poseidon gebetet. Meine Eltern konnten nichts ausrichten und wurden von Bord gespült. Seitdem gelten sie als vermisst. Es hat sich später herausgestellt, dass der Skipper gar nicht segeln konnte. Das war eine verfluchte Landratte, die meinen Eltern vom Bootsverleih zugeteilt wurde.«

»Was für eine Sauerei!«

»Tja, und da mir meine Eltern nur Schulden hinterlassen hatten, musste ich arbeiten gehen. Ich habe dann in einem Lissabonner Handelskontor für Kaffee eine Ausbildung absolviert und meine Baristafähigkeiten entwickelt.«

»Wieso lebst du eigentlich allein?«, fragte ich ihn.

»Ich war verlobt, mit Dolores, einer Portugiesin. Doch ich habe die Verlobung wieder gelöst.«

»Und weshalb?«

»Wegen dem Schweinezyklus!«

»Bitte?«

Viktor nahm einen Schluck von seinem Espresso, dann fuhr er fort: »Nehmen wir ein schlankes Mädchen und einen sportlichen Jungen. Die beiden werden ein Paar und heiraten. Mit dem Versprechen ewiger Treue wiegen sich in Sicherheit. Sie denken: Mein Partner gehört jetzt mir, ich kann mich gehen lassen und brauche nicht mehr auf mein Äußeres zu achten. So beginnen sie übermäßig zu essen und zu trinken und mit Sport is' auch nix mehr. Beide werden fett wie Schweine und es dauert nicht lange, bis sie sich trennen. Nach der Katastrophe machen beide eine Diät und treiben Sport, um einen neuen Partner zu finden. Und wenn sie den gefunden haben, beginnt alles von vorn. Das ist der Schweinezyklus. Und darauf hatte ich keine Lust.«

»Aber ihr hättet doch gar nicht zu heiraten gebraucht?«

»Es hätte auch so nicht funktioniert, wir waren einfach zu flatterhaft. Wir waren wie zwei Schmetterlinge auf Speed, die sich kreuz und quer in der Welt herumtrieben. Eine Beziehung hätte uns da nur gestört. Und seit ich gelähmt bin, läuft ohnehin nicht mehr viel.«

»Verzeih die indiskrete Frage. Du kannst ja die Zehenspitzen bewegen. Tut sich da sonst nichts mehr?«

»Nur, wenn ein Hochdruckgebiet über der Stadt liegt.«

Ich musste lachen über das Bonmot und er fügte hinzu:

»Das hängt tatsächlich von der Tagesform ab. Manchmal ist da unten richtig Betrieb, aber das reicht nicht für eine dauerhafte Beziehung.«

Er machte eine Pause. »Und wie steht es bei dir mit Frauen?«

»Ich bin wie ein Bahnhof: Die Frauen kommen und gehen …«

»Kein Abstellgleis vorhanden?«

»Nein, nur ein Rangierbereich.«

Nach dem Frühstück machte ich mich auf den Weg in die Innenstadt – Kleider besorgen. Jean hatte mich dazu mit einem üppigen Vorschuss ausgestattet. Als ich zum Parkplatz hinter dem Schloss ging, hörte ich jemanden in einer slawischen Sprache schimpfen. Ich drehte mich um und sah drei Männer in grünen Overalls an einem Rosenbeet stehen. Ramon ging zu ihnen und sagte: »Hey Marek, du sollst nicht die Rosen beschimpfen, die sind sehr sensibel!«

Marek antwortete mit einem osteuropäischen Akzent: »Nix sensibel! Bissige Biester!«

Schmunzelnd stieg ich in den VW-Golf und fuhr los.

Auf dem Kaufhausparkplatz zückte ich mein Handy und machte die Stoppuhr bereit. Denn ich hatte über die Jahre den Ehrgeiz entwickelt, mich in jeder neuen Stadt unter 30 Minuten einzukleiden. Und damit das klappt, dachte ich mir, musst du im Fluss bleiben. Niemals stoppen oder innehalten. Bewege dich an den Regalen und Auslagen vorbei, als wärst du Wasser in einem Bach. Solchermaßen philosophisch gerüstet, startete ich die Stoppuhr und lief ins Kaufhaus. Und wie durch Zauberei lagen alle Waren griffbereit: T-Shirts, Socken, Hemden, Krawatten … Der Knackpunkt jedoch waren die Hosen! Ich nahm einen Schwung Jeans und Businesshosen mit in die Umkleidekabine und zu meiner Überraschung passten einige perfekt, sodass ich auf eine Änderungsschneiderin verzichten konnte. Dergestalt ermuntert, wuchs in mir die Gewissheit, unter der Zeitvorgabe bleiben zu können. Was noch fehlte, war die Unterwäsche. Doch wo war sie? Ich blickte umher, lief einmal die Etage ab, konnte sie aber nicht finden. Und von den Verkäufern ließ sich wieder einmal keiner blicken. Die Minuten verronnen, bis die Stoppuhr schließlich 30 Minuten zeigte. Das war's dann wohl. Der Fluss, um im philosophischen Bild zu bleiben, war an einer Staumauer zum Stillstand gekommen.

Da hörte ich eine Stimme hinter mir: »Kann ich Ihnen helfen?«

Ich drehte mich um und sah einen älteren Mann vor mir stehen, auf dessen Namensschild »Hr. Helfgott« zu lesen stand:

Sehr passend, dachte ich. Heißt es nicht, »hilf dir selbst, dann hilft dir Gott?«

»Wo sind die versch ... Unterhosen?«, fragte ich gereizt.

»Die sind neuerdings im ersten Stock.«

»Warum um Teufels Namen? – Ach, is' ja auch egal.«

Ich winkte ab und begann, saumselig umherzuschlendern. Betont lässig begab ich mich in den ersten Stock und ließ mir bei der Auswahl der Unterwäsche besonders viel Zeit. Anschließend ging ich zum Friseur und ließ mir meine langen braunen Haare halblang schneiden und einen Seitenscheitel frisieren. Mit einem Besuch im Kaufhauscafé schloss ich meinen Einkaufsbummel ab.

Zurück im Schloss, begann für mich der Ernst des Lebens. Ich machte mich daran, die gestrigen Erlebnisse aufzuschreiben. Um mich mit dem gräflichen Stil vertraut zu machen, blätterte ich ein wenig in der Anekdotensammlung. Dabei stieß ich auf eine lustige Geschichte, die ein Fahrschüler berichtet hatte:

»Ich kam zum vereinbarten Zeitpunkt an der Fahrschule Ruhland an. Als ich eintreten wollte, hörte ich eine krächzende Stimme: ›Draußen bleiben!‹

Okay, dachte ich, wenn der Fahrlehrer das will, dann werde ich eben warten. Ich wollte mich schon umdrehen, da höre ich ihn krakeelen: ›Eintreten!‹

Jetzt also doch. Ich öffnete die Tür ein wenig, da sagte Herr Ruhland mit seiner heiseren Stimme: ›Bleiben Sie weg!‹

Also, was jetzt? Da höre ich ihn fragen: ›Wie spät ist es?‹

Ich blickte auf meine Armbanduhr: ›Es ist jetzt 13:34 Uhr.‹

›Bullshit!‹

›Wieso?‹, fragte ich ihn. ›Es ist tatsächlich 13:34 Uhr.‹

›Morgen wiederkommen!‹

›Wieso morgen? Ich habe doch heute einen Termin?‹

›Blödsinn!‹

Ich wunderte mich über seine schroffe Art; hatte aber gehört, dass er als Fahrlehrer selbst schwierigste Fälle zum Führerschein verhelfen konnte. So sagte ich mir: Na gut, dann eben morgen.

Ich ging auf den Hof, da kam mir zu meiner großen Überraschung Herr Ruhland entgegen.

›Sie hier?‹, fragte ich ihn. ›Ich habe doch soeben mit Ihnen gesprochen?‹

›Was? Ach so, das war sicher Siegfried, mein Papagei.‹

Ich musste lachen. ›Deshalb diese komischen Ansagen.‹

›Hat er viel Unsinn erzählt?‹

›Ach, es ging eigentlich.‹

›Na, Gott sei Dank. Wissen Sie, er hat schon viele Besucher vor den Kopf gestoßen. Das kommt daher, dass er in einer Hafenkneipe groß geworden ist, wo man ihm nur Schimpfwörter beigebracht hat.‹

Als Herr Ruhland die Tür öffnete, hörten wir es krächzen: ›Draußen bleiben!‹

Der Fahrlehrer sagte: ›Ist schon gut, Siegfried, ich bin's.‹

›Morgen wiederkommen.‹

›Nein, Herr Eisenberg hat heute einen Termin.‹

›Unsinn!‹

Herr Ruhland ging zum Käfig und sagte: ›Du bist doch mein lieber Papagei.‹

›Bullshit!‹

›Aber, aber, so was sagt man nicht.‹

›Blödmann!‹

So ging es in einem fort. Und auch während des Verkaufsgesprächs hielt der Papagei seinen Schnabel nicht. Denn als mir Herr Ruhland ein Angebot unterbreitete und sagte: ›Wenn Sie das Komplettpaket nehmen, dann erhalten Sie 10 % Rabatt‹, krächzte es aus dem Käfig: ›Unsinn!‹

Und als mir der Fahrlehrer einen Vertrag vorlegte und sagte: ›Eine gute Entscheidung, bei mir den Führerschein zu machen‹, tönte es: ›Blödsinn!‹

Jetzt wurde es selbst Herrn Ruhland zu viel. Wir gingen deshalb in sein kleines Büro, wo wir von Siegfrieds Kommentaren unbehelligt blieben.

Als wir jedoch alles besprochen hatten und ich durch den Flur die Fahrschule verließ, krakeelte es zum Abschied ›Blödmann!‹. Ich musste lachen und dachte mir: Wenn Herr Ruhland eine krächzende Stimme hätte, könnte ihn sein Papagei in größte Schwierigkeiten bringen ...

Der Erzählstil meines Vorgängers gefiel mir: salopp und anekdotisch. Gerade so, als handle es sich um Kaffeehausgeschichten. Also machte ich mich daran, ähnlich boulevardesk zu schreiben.

Punkt 12 Uhr nahmen wir das Mittagessen auf der Terrasse ein. Ich fragte den Grafen: »Wie können wir sicherstellen, dass uns nur lustige Geschichten mit Niveau berichtet werden?«

Er antwortete: »Das hat sich die letzten Jahren so eingebürgert. Die da unten wissen, dass Kalauer kein Geld einbringen. Anfangs war das wirklich nervig, jeder Mist wurde mir da berichtet. Da habe ich eine ganzseitige Anzeige in der ›Boulevard express‹ schalten lassen: ›Graf von Bodeswalde entlohnt nur Anekdoten mit Anspruch und lustigen Pointen.‹

Das hat gewirkt.«

Ich sagte:»Scheint zu stimmen. Ich habe bisher nur Amüsantes in der Geschichtensammlung gelesen.«

»Das soll auch so bleiben.«

Als ich nach dem Essen meine redaktionelle Arbeit fortsetzte, ging mir plötzlich ein Gedanke durch den Kopf: Vor einiger Zeit war ich auf einer Party in Wien. Dort hatte mir jemand erzählt, dass man eine Querschnittlähmung durch ein neues gentechnisches Verfahren heilen könne. Er sprach dabei von einer seltsam klingenden Klinik in Kempten. »Simsalabim«, glaube ich. Oder war es »Sesam-öffne-dich?« Ich hatte das damals als Humbug abgetan. Aber jetzt dachte ich mir: Vielleicht ist ja doch was Wahres dran. Ich begann also zu googeln. »Simsalabim« und »Kempten« brachten keine Ergebnisse. Dafür aber spuckte die Suchmaschine eine »Sansibar-Klinik« aus. Auf deren Homepage fand ich auch einen Fachartikel zum Thema Querschnittlähmung: »Die Phase-III-Studien am Menschen sei gerade im Gange«, hieß es da. Und für die weitere Erprobung bräuchten sie Probanden. Voraussetzung sei allerdings eine inkomplette Lähmung, mit einem Rest an Beweglichkeit. Die ist beim Grafen vorhanden, sagte ich mir. Beim Verfahren selbst ging es anscheinend darum, Nervenzellen des Probanden bei schottischen Stieren im Rückenmark zu vermehren und direkt an die Verletzungsstelle in den Wirbelkanal zu spritzen usw. usf. Ich übersprang das Fachchinesisch und notierte mir die Telefonnummer.

Als ich den Grafen über die Neuigkeiten informierte, machte er ein skeptisches Gesicht. »Das ist schon das siebte, oder achte Mal, dass mir jemand Heilung verspricht.«

Er zögerte einen Augenblick, sagte dann aber: »Versuchen kann man's ja mal.«

So rief ich bei der »Sansibar-Klinik« an. Ich wurde begrüßt von einer Warteschleifenmusik, zu der ein Kinderchor sang:

> Es kennzeichnet den feinen Mann,
> dass er warten kann;
> dass er kann rasten,
> wo andere nur hasten.
> Im Augenblick zu verweilen
> und nichts zu übereilen,
> sich Zeit zu nehmen,
> sorgt für langes Leben.

Keine schlechte Hintergrundmusik, dachte ich mir. Als sich jedoch das Gedicht zu wiederholen begann, wurde ich ungeduldig.

»Dass er kann rasten, wo andere nur hasten.«

Ja, ich habe verstanden.

»Im Augenblick zu verweilen und nichts zu übereilen.«

Ist ja schon gut.

»Es kennzeichnet den feinen Mann, dass er warten kann.«

Das habe ich schon mal gehört.

»Sich Zeit zu nehmen, sorgt für langes Leben.«

– Die schrillen Kinderstimmen begannen zu nerven. Wenn ich jetzt nicht gleich verbunden werde, verkürzt sich mein Leben vor Ärger gewaltig. Da hörte ich endlich eine Frauenstimme: »Sansibar-Klinik. Sie sprechen mit Angela Finkenwerder. Was kann ich für Sie tun?«

»Guten Tag, Ludstock«, sagte ich. »Ich rufe für einen Bekannten an, der ist querschnittgelähmt. Er würde gern an der Gen-Studie teilnehmen –«

Sie fiel mir ins Wort: »In diesem Jahr geht gar nichts mehr!«

»Wirklich nicht?«

»Nein, tut mir leid.«

»Er ist aber privat versichert.«

»Ach so, das habe ich ja ganz übersehen, am Ende des Monats ist noch eine Lücke.«

»Und ich habe vergessen zu erwähnen: Mein Bekannter ist ›gräflich‹ versichert.«

»Graf von Kronen-Tiefenbach?«

»Nein, Graf von Bodeswalde.«

Plötzlich schmetterte ein Chor: »Halleluja!« aus Georg-Friedrich Händels »Messias«: »Halleluja! Halleluja Halleluja!«

Ich wunderte mich über die seltsame Musik. Da sprach eine Männerstimme: »Hier Chefarzt Professor Springinsfeld. Aber Herr Graf, natürlich bekommen Sie sofort einen Termin. Ich mach mich gleich auf den Weg.«

»Wozu?«

»Natürlich Sie abholen.«

Und er legte auf. – Ich stutzte. Meinte der das ernst?

Ich erzählte Jean davon und der sagte: »Selbstverständlich ist das ernst gemeint. ›Gräflich Versicherte‹ werden immer vom Chefarzt persönlich abgeholt. Wir machen uns besser reisefertig.«

Eine Stunde später meldete Jean die Ankunft des Chefarztes. Wir begaben uns darauf zum hinteren Portal. Dort stand ein kleiner Mann mit Glatze vor einer riesigen Maybach-Limousine. Als er den Grafen sah, verbeugte er sich mehrmals mit den Worten: »Ich grüße Sie, Graf von Bodeswalde, ich grüße Sie herzlich.«

Jean verzog angeekelt das Gesicht und flüsterte mir ins Ohr: »Diese Speichelleckerei ist widerlich. Eine Lakaienseele, wie sie im Buche steht.«

Viktor erwiderte den Gruß und ließ sich von Ramon in den Fond heben. Dann klappte der Chauffeur den Rollstuhl zusammen, legte ihn den Kofferraum und nahm auf dem Beifahrersitz Platz. Jean und ich setzten uns nach hinten zu Viktor. Anschließend fuhr Professor Springinsfeld los. Beziehungsweise er versuchte es, denn er würgte den Motor gleich mal ab. Nachdem er ihn endlich wieder gestartet hatte, legte er den ersten Gang ein, gab Vollgas und ließ die Kupplung unendlich lange schleifen. Ramon hielt sich die Ohren zu und sagte: »Wie kann man Kupplung so drangsalieren?«

Endlich setzte sich der Wagen in Bewegung und der Chefarzt steuerte die Limousine in einer Weise, die halbwegs erträglich war. Er legte eine CD ein und spielte Wagners »Rheingold«. Begeistert sagte er: »Hören Sie, wie der Rhein wogt?«

Dann reichte er Fotos von drei langhaarigen blonden Mädchen in weißen Kostümen herum.

»Ach, sehen sie nur«, sagte er, »da waren sie um die sechzehn – so süß.«

Als wir die Fotos betrachteten, erläuterte er: »Floßhilde, Wellgunde, Woglinde.«

Der Graf fragte: »Heißen die wirklich so?«

»Ja, meine Frau und ich sind Wagnerfans. Und unsere Lieblingsoper ist ›Rheingold‹.«

Ramon musste sich das Lachen verbeißen. Der Professor fuhr fort:

»Floßhilde spielt meisterlich Harfe, ein Riesenteil. Du meine Güte, wie oft ich die treppauf und treppab geschleppt habe. Gut, dass ich meinen geschundenen Rücken gleich von meinen Kollegen behandeln lassen konnte. – Wellgunde spielt Kontrabass. Auch das war immer eine Plackerei.«

Der Graf meint: »Lassen Sie mich raten: Woglinde spielt Alphorn.«

»Nein, Gott sei Dank nur Fagott. – Ach, es ist eine Freude, solche Töchter zu haben. Wir haben zu Hause eine gekürzte Aufführung des ›Rheingolds‹ inszeniert.«

Der Graf fiel ihm ins Wort: »Und Sie spielten den Zwerg Alberich?«

»Sie haben's erraten. Die Rolle passt sehr gut zu mir.«

Wir sahen uns schmunzelnd an.

»Ich meine, ich bin nicht sehr groß.«

»Natürlich«, sagte der Graf.

Dann fügte der Professor hinzu: »Leider ist noch keine unter der Haube.«

Ramon flüsterte: »Bei den Namen kein Wunder.«

Der Graf fragte: »Warum fahren sie mit ihren Rheintöchtern nicht nach Bayreuth auf den grünen Hügel? Wenn sie sich entsprechend anziehen, müsste doch jeder Wagnerianer dahinschmelzen …?«

»Das habe ich ja gemacht. Aber da kam nichts Gescheites heraus. Alles verheiratete Männer … und keiner wollte sich wegen meiner Töchter scheiden lassen. Apropos, Sind Sie verheiratet, meine Herren?«

Wir vermeinten alle, worauf sich sein Gesicht aufhellte.

Da sagte der Graf: »Machen Sie sich keine Hoffnungen, Herr Professor. Von uns mag keiner Wagner.«

»Aber warum denn nicht? Hören Sie sich das mal an.«

Der Chefarzt ließ seine rechte Hand zur Melodie hin- und herschweben.

Der Graf sagte: »Ebendarum!«

Nach einer Stunde waren wir an der »Sansibar-Klinik« angekommen. Der Professor fuhr langsam am Haupttor vorbei, was uns verwunderte. Er bog nach rechts ein, passierte den Seitentrakt und hielt auf der Rückseite vor einer Mauer an. Der Graf fragte: »Wollen Sie da durch?«

»Einen Augenblick«, antwortete der Professor. Er nahm eine Fernbedienung und sagte: »Sesam öffne dich!«

Wenige Sekunden später teilte sich die Mauer und der Professor kicherte infantil: »Ein geheimer Eingang, nur für mich. Das sind die kleinen Privilegien eines Chefarztes.«

Er fuhr durch das Tor und hielt vor dem Portal. Dann hupte er drei Mal. Wir stiegen aus und als wir vor dem Eingang standen, erschienen drei Krankenschwestern und begannen das Lied »Willkommen« aus dem Film-Musical »Cabaret« zu singen. Sie tanzten und grimassierten dabei so anstößig, dass ich meinte, sie arbeiteten für ein Amüsierlokal. Als sie fertig waren, machten sie einen Knicks und verschwanden ins Innere des Gebäudes. Wir staunten nicht schlecht, denn von einem Wagnerianer als Chefarzt hätten wir das nicht erwartet. Auf unsere fragenden Blicke antwortete er: »Das hat die Empfangschefin so bestimmt. Ich hätte als Begrüßung lieber einen Empfang wie in ›Lohengrin‹ gewählt, wo der Schwanenritter in einem Boot vorfährt und die Fanfaren schmettern. Aber –«

Er machte eine wegwerfende Handbewegung. Dann ging er in die Klinik und führte uns in den Wartesaal. Dort befand sich eine Kuchentheke, die jeden Kaffeehausbesitzer vor Neid hätte erblassen lassen. Hinter dem Tresen stand eine hübsche Blondine mit einem osteuropäischen Akzent. Sie stellte sich als Lernschwester Svetlana vor und kümmerte sich rührend um den Grafen. Sie strich ihm buchstäblich um den Bart, was sich Viktor gerne gefallen ließ.

Dann wurden wir ins Chefarztzimmer gebeten. Der Professor sagte: »Ich möchte Sie nicht mit medizinischen Fachtermini langweilen. Es geht darum, Nervenzellen aus Ihrer Wirbelsäule im Rückenmark eines Stieres zu vermehren und dann wieder auf Sie zu übertragen. In der Hoffnung, dass sie dort anwachsen und genügend Impulse von Ihrem Gehirn an den Unterleib leiten. Wir züchten eigens dafür Stiere auf einem nahen Gutshof; allesamt Highlander aus Schottland; die sind genetisch besonders geeignet dafür.«

Der Graf fragte: »Ein schottischer Stier soll mir wieder auf die Beine helfen?«

Der Professor gab ihm ein Foto in die Hand: »Das ist Henry.«

Die Aufnahme zeigte einen Berg von einem Bullen, der dem Betrachter direkt in die Augen blickte.

Der Graf sagte bewundernd: »Das ist ja ein Prachtexemplar!«

»Ja, und kerngesund.«

Nach einer Weile fügte Viktor hinzu: »Das schadet dem Tier doch nicht?«

»Nein, das gibt nur eine kleine Wunde, die verheilt sehr schnell. Übrigens: Es ist üblich, dass die Patienten die Patenschaft über ihr Tier übernehmen und es ein Leben lang versorgen.«

Der Graf sagte: »Keine Angst, er bekommt von mir sein Gnadenbrot.«

Viktor war mit dem Eingriff einverstanden und der Chefarzt ließ Champagner ausschenken. Nachdem wir auf das Gelingen der Behandlung angestoßen hatten, räusperte sich Jean und flüsterte: »Das Finanzielle.«

Professor Springinsfeld hatte das gehört und sagte: »Ach so, ja, das Finanzielle, kommen Sie mal mit.«

Er führte uns zu einem Seitentrakt des Krankenhauses und erklärte: »Hier, das ist der Ostflügel, der wurde gerade erst fertiggestellt. Die Bauarbeiten hat Graf von Kronen-Tiefenbach finanziert, sehr großzügig, der Mann.«

Graf runzelte die Stirn und der Chefarzt fuhr fort: »Ohne ihn wäre das nicht möglich gewesen. Sehen Sie mal, welch eine Ausstattung: An den Wänden hängen ausschließlich Kunstwerke.«

Er führte uns weiter zu einem Bauabschnitt, an dem noch gearbeitet wurde.

»Das ist der Westflügel. Der ist leider noch nicht fertig, ein finanzieller Engpass.«

Plötzlich begann er zu jammern: »Sehen Sie sich das mal an. Die Wände unverputzt, der Boden ohne Parkett. Wie stehe ich denn jetzt vor meinen Kollegen da? Die anderen Chefärzte der städtischen Kliniken, die von Steuergeldern leben, lachen mich aus. Wie ein Bankrotteur komme ich mir vor.«

Viktor zückte sein Scheckheft und fragte: »Wie viel?«

Der Professor zögerte, er schien wohl zu überlegen … auf einmal grinste er übers ganze Gesicht: »Sagen wir vierhunderttausend Euro, das hat der andere Graf gespendet.«

»Dann wollen wir uns nicht lumpen lassen.«

Viktor stellte einen Scheck über fünfhunderttausend Euro aus und überreichte ihn dem Professor. Dieser las ihn und rief: »Wunderbar! Ich wusste, dass man sich auf den Adel verlassen kann.«

Er drängte Ramon unsanft zur Seite und schob den Rollstuhl eigenhändig. Dabei redete er wie ein Wasserfall auf den

Grafen ein:»Ich werde Sie wieder gesund machen, Sie werden sich wie neugeboren fühlen, wenn Sie meine Klinik verlassen, wie ein pausbäckiger Wonneproppen werden Sie sich vorkommen, zehn Jahre jünger, ach, was sage ich, dreißig Jahre jünger, Sie werden Ihr Spiegelbild gar nicht mehr erkennen ...«

Viktor sagte:»Sie meinen, ich muss dann in meinem Pass nachsehen, wer ich eigentlich bin?«

Professor Springinsfeld lachte auf.»Das soll schon vorgekommen sein.«

»Ach, übrigens«, sagte Viktor,»könnte mich bei meinem Aufenthalt Lernschwester Svetlana betreuen?«

Der Professor schrie:»Lernschwester!? Wir sind doch keine Berserker! So einen verdienstvollen Patienten betreut natürlich nur ein Spitzenteam, alles erfahrene Mediziner.«

Viktor meinte:»Sagen wir Spitzenteam plus Lernschwester?«

»Gut, wenn Sie meinen. Aber nur als Gesellschafterin.«

Viktor war damit einverstanden.

Professor Springinsfeld brachte uns anschließend zum Hintereingang und ein Assistenzarzt fuhr uns zurück zum Schloss.

Nach dem Abendessen war ich in meinem Arbeitszimmer zu Gange, als ich plötzlich an die hübsche Cabriofahrerin vom Vortag denken musste. Sie war Model und der Graf hatte ein Fotostudio ... und ich konnte mit einer Digitalkamera umgehen ... Das wäre doch gelacht, wenn ich kein heißes Fotoshooting hinbekommen würde ...

Ich ermittelte via Facebook ihre Handynummer und rief sie an.

»Hallo, hier ist der Jimmy.«

»Welcher Jimmy?«, fragte sie.

»Der Jimmy, der gestern fast dein Cabrio geklaut hätte.«

»Ach, jener Jimmy. Willst du wieder meinen Wagen verscherbeln?«, fragte sie girrend.

»Nein. Ich dachte eher an ein Fotoshooting. Weißt du, im Schloss gibt's ein Fotostudio.«

»Du hast es also geschafft, beim Grafen unterzukommen.«

»Ja, dank deiner Hilfe.«

»Und jetzt willst du mich ablichten?«

»Ja, warum nicht?«

»Du, hast recht, wieso eigentlich nicht.« Plötzlich lachte sie. »Aber ich hebe jetzt ab –«

Ich hörte im Hintergrund eine Durchsage: »Schalten Sie bitte Ihre Handys aus, wir sind ready for Take-off …«

Sie sagte noch: »Ich melde mich in drei Wochen.«

Dann war sie weg. Buchstäblich davongeflogen.

Na gut, dachte ich mir, dann werde ich eben auf sie warten.

Ich setzte meine Arbeit als Redakteur fort, da kam Viktor hereingerollt und lud mich auf ein Glas Rotwein ein. Ich lehnte ab mit der Begründung, noch arbeiten zu müssen. Da meinte Viktor: »Der Weltenlenker darf den Purpurmantel ruhig in den Schrank hängen und die Donnerkeile in den Tresor sperren: Die Bauern im Elsass sind befriedet und für die Westgoten wurde ein neues Siedlungsgebiet gefunden. Der Demiurg hat sich also einen Humpen Met verdient.«

Er hatte mich überredet! Der »Humpen Met« entpuppte sich dann als Bordeaux, den wir wegen dem schönen Wetter auf dem Dach tranken. Ich schaute auf die Stadt herab und meinte: »Hier lässt es sich leben.«

»Ja, und die Unterhaltung wird frei Haus geliefert.«

Wie aufs Stichwort meldete Jean einen gewissen Günther Wiesheu, der etwas Erbauliches zu berichten hätte. Nachdem wir den Gast begrüßt und er Platz genommen hatte, begann er zu erzählen:

»Heute hatte ich einen Einsatz als Komparse bei einem Dreh in der Vorstadt. Gespielt wurde eine Straßenszene in Moskau im tiefsten Winter. Die Statisten hatten schwere Winterbekleidung zu tragen und das heute, bei 30 Grad.

Bei einer probeweisen Kamerafahrt hatte ich bemerkt, dass einige Komparsen der Kamera entgegengingen und so aus dem Bild traten. Deshalb habe ich mich ganz nach vorne gedrängelt. Und es hat geklappt: Schon nach zehn Minuten war mein Einsatz beendet und ich konnte den Wintermantel gegen leichte Sommerbekleidung tauschen. Die anderen Statisten jedoch haben geschwitzt wie die Schweine. Jede Szene musste an die zwanzig Mal wiederholt werden. Eine ältere Dame erlitt sogar einen Hitzschlag, was der Regisseur anfänglich gar nicht bemerkte. Er schrie genervt: ›Aus! Was fällt Ihnen ein, einfach Ihre Position zu verlassen?‹

Er hatte gar nicht mitbekommen, dass sie ohnmächtig aus dem Bild gekippt war und quer auf der Straße lag. Die Kameraassistentin hat ihn angeschrien: ›Sehen Sie nicht, dass sie einen Hitzschlag erlitten hat?‹

Der herbeigerufene Sanka hat sie dann abtransportiert. Da die Dame fehlte, musste die Szene neu gedreht werden, es sollte also noch länger dauern. Die verbliebenen Komparsen traten daraufhin in den Streik. Unter diesen menschenunwürdigen Bedingungen wollten sie nicht mehr weitermachen. Zähneknirschend hat der Regisseur dann ihre Forderungen erfüllt: Die Komparsen durften sich im Schatten abkühlen und etwas trinken. Einige haben sich zusätzlich Eiswürfel unter die Kleidung gesteckt. Doch einer hat es dabei übertrieben: Er legte ein Dutzend Eiswürfel in seine Fellmütze und setzte diese auf. Nach einer Weile konnte er die extreme Kälte auf seinem Kopf nicht mehr ertragen und verzog vor Schmerzen das Gesicht.

Der Regisseur rief: ›Aus! Verdammt nochmal! Sie sehen aus, als würden Sie krepieren!‹

›Das tu ich auch!‹, schrie der Komparse und pfefferte die Mütze mitsamt Eiswürfel zu Boden.

Wir anderen lachten lauthals.«

Der Graf witzelte: »Wie heißt's in der Bibel: Im Schweiße deines Angesichts sollst du einen Film drehen …«

»Ja, aber ich bin Atheist.«

Viktor belohnte den »Lieferanten« mit drei Goldmünzen.

Nachdem der gegangen war, meinte der Graf: »Ist schon verrückt, was Komparsen so erleben.«

»Nicht nur Komparsen«, sagte ich. »Ich war mal Kleindarsteller und habe so manches seltsame Casting mitmachen müssen. Eines war dabei besonders skurril: Mein Künstleragent hatte mich zu einer Halle eines Filmstudios bestellt und ich sollte am Eingang warten. Da hörte ich von innen ein lustvolles Stöhnen. Ich dachte: Wird hier Pornofilm synchronisiert oder was? Das Ächzen wurde immer lauter und eruptiver und ich trug mich schon mit dem Gedanken zu verschwinden. Da öffnete sich die Tür und ich wurde hineingebeten. Man hieß mich in eine dunkle Arena gehen, wo in der Mitte eine Leiter zu einem hell erleuchteten Hochsitz führte. Auf Anweisung einer Stimme aus dem Off stieg ich hinauf und nahm Platz. Vor mir stand ein Glas Bier auf einem Tisch. Dann wurde ich angewiesen, möglichst genießerisch das Bier zu trinken, gegenüber befände sich eine Filmkamera. Die Stimme fragte: ›Sind Sie bereit?‹

Ich nickte.

›Bitte!‹

Ich nahm das Glas, nahm einen Schluck, wischte mir den Schaum vom Mund und stieß ein lustvolles ›Ahhh‹ aus.

Da meinte der Regisseur: ›Bitte das ›Ahhh‹ noch intensiver gestalten.‹

Gesagt, getan. Beim zweiten Mal zog ich das ›Ahhhhhhh‹ in die Länge. Aber der Regisseur war immer noch nicht zufrieden. Also ein drittes Mal. Mein ›Ahhhhh‹ wurde immer länger und länger und geriet schließlich zu einer krächzenden Lachnummer.

Nach sieben Schlucken war das Bierglas leer und ich bin wieder hinuntergestiegen.

Zwei Wochen später habe ich eine Absage bekommen, ohne Angabe von Gründen.

Nach drei Monaten habe ich die Bierwerbung dann im Fernsehen gesehen: Sie hatten eine älteren Mann mit dickem Schnurrbart genommen, voll das bajuwarische Klischee.«

Der Graf meinte: »Gegen ein bayerisches Urviech hat man eben keine Chance.«

Wir saßen noch eine Weile zusammen, dann ging ich betrunken ins Bett. Als ich die Seidenbettdecke über mich zog, musste ich daran denken, dass das Leben auch an diesem Tag nicht aufgehört hatte, mich nach Kräften zu verwöhnen. Das wurde mir langsam unheimlich. Konnte es sein, dass jemand ein böses Spiel mit mir trieb? Sollte ich zuerst in höchste Höhen gehoben werden, um mich dann umso tiefer fallen zu lassen? Gottlob gewann meine Trunkenheit die Oberhand über derlei Befürchtungen und so schlummerte ich weinselig ein.

KAPITEL 3

Am nächsten Tag war der Graf in der »Sansibar-Klinik« für medizinische Untersuchungen: MRT, Blutbild usw.

Im Wartebereich vom Röntgen wurden wir Zeuge eines seltsamen Schauspiels. Eine Männerstimme im Nebenraum jammerte:

»Tut das weh! Tut das weh!«

Eine Schwester sagte: »Aber Sie haben doch Schmerzmittel bekommen.«

»Das war vor einer halben Stunde, aber was ist jetzt?«

Er lamentierte weiter vor sich hin und ich erwartete einen wehleidigen 90-jährigen Greis. Doch auf dem Krankenbett hereingeschoben wurde ein junger Mann, der mit seinem Bart aussah wie ein Jesusdarsteller der Passionsspiele von Oberammergau.

Er sagte: »Das eine kann ich Ihnen gleich sagen, das Röntgen wird schwierig werden.«

Wir Wartenden und die Schwestern dachten wohl das gleiche.

Als ihm eine Schwester einen Rollstuhl hinschob, sagte er: »Was? Auf diesen Stuhl wollen Sie mich setzen? Das geht auf gar keinen Fall.«

»Aber Ihre Ferse ist doch in der Luft.«

»Viel zu gefährlich. Wenn ich auch nur ansatzweise mein Bein auf den Boden absetzen muss, dann ist es aus! Dann war's das! Finito la musica!«

»Das wird nicht passieren.«

»Das sagen Sie!«

»Jetzt geben Sie sich einen Ruck. Ich garantiere Ihnen, es wird nichts passieren.«

»Das genügt mir nicht.«

Eine zweite Schwester kam hinzu und fragte: »Was ist hier los?«

»Er weigert sich, sich auf den Stuhl zu setzen, wegen seiner verletzten Ferse.«

»Jetzt stellen Sie sich nicht so an.«

Er klagte: »Was wissen Sie denn? Ich war schon einmal im Krankenhaus. Was da abging, da könnte ich Storys erzählen …«

Wir Wartenden verdrehten die Augen: Der Märtyrer war bereits im Krankenhaus; und das mit zwanzig, unvorstellbar. Was erlaubt sich das Leben?

Nach einer Weile kam eine dritte Schwester, die aber auch keine Lösung parat hatte. Da platzte der ersten Schwester der Kragen: »Wenn Sie sich nicht auf den Stuhl setzen wollen, dann können wir Sie nicht röntgen.«

Er antwortete: »Gut, dann lassen wir's. Ich habe es im Guten mit Ihnen versucht, aber wie ich sehe, führt das zu nichts.«

Ich dachte, das wäre jetzt eigentlich der Text der Schwestern gewesen.

Die dritte Schwester fragte: »Wollen Sie vielleicht ein stärkeres Schmerzmittel?«

Die erste antwortete: »Stärker geht's ja gar nicht. Was jetzt noch bleibt, ist eine Vollnarkose.«

»Für eine einfache Röntgenaufnahme im Sitzen?«

Die dritte Schwester verlor jetzt die Geduld. Sie versuchte den Patienten hochzuheben, doch er kreischte wie ein Baby und krallte sich am Krankbett fest.

Wir schüttelten den Kopf.

Die Schwestern ließen nun von ihm ab und eine funkte einen Kollegen an. Kurz darauf donnerte ein Hüne von Mann in den Wartebereich. Er war ca. zwei Meter groß und 150 Kilo schwer. Nachdem ihn die Schwestern instruiert hatten, ging er auf Patienten zu und sagte mit tönender Stimme: »Sehen Sie mich an! Ich habe während meines Studiums gerungen, griechisch-römisch im Schwergewicht und ich habe alle meine Gegner auf die Matte geworfen.«

Der Jammerlappen sah ihn mit großen Augen an, dieser Auftritt schien ihn zu beeindrucken.

Der Riese fuhr fort: »Ich hebe Sie jetzt in den Stuhl, da passiert nix!«

Der Weichling riss den Mund auf. Doch ehe er sich's versah, hatte ihn der Ringer gepackt und in den Rollstuhl gesetzt. Und er schob ihn auch gleich in den Röntgenraum.

Der Graf sagte grinsend: »Geht doch!«

Abends wurde dem Grafen per Hohlnadel Rückenmark entnommen. Dann hieß es zwei Wochen warten.

KAPITEL 4

Am Sonntag wollte ich eigentlich bis Mittag schlafen, doch der Graf, voller Vorfreude auf seine baldige Heilung, weckte mich bereits um zehn Uhr. Obwohl ich heftig protestierte, überredete er mich, in die Stadt zu fahren. So machten wir uns nach einem eiligen Frühstück mit Ramon auf den Weg.

Als wir einen Bürgersteig entlangspazierten, flog plötzlich eine Bratwurst auf die Straße. Nanu, wunderte ich mich, wer wirft hier Würste durch die Gegend. Da kam ein weißer Foxterrier angelaufen und begann, sie gierig zu fressen. Ganz in der Nähe hörte ich einen Motor aufheulen und Reifen quietschen. Ich blickte auf und sah einen gelben Porsche 911 Carrera mit Vollgas auf den Hund zurasen. Der Fahrer machte keine Anstalten zu bremsen und beschleunigte immer weiter. Der überfährt ihn glatt, schoss es mir durch den Kopf. Im letzten Augenblick hechtete ich auf die Straße, fasste den Hund mit der rechten Hand und rollte mich auf die andere Straßenseite. In diesem Moment brauste der Sportwagen dicht an mir vorbei.

»Vollidiot!« rief ich hinterher, doch das Auto war bereits hinter einer Kurve verschwunden.

Da saß ich nun, mitten auf der Straße. Neben mir hockte ein kleiner Hund und verschlang schmatzend den Rest der Wurst, als wäre nichts gewesen. So einen Appetit möchte ich auch mal haben, dachte ich.

»Vielen Dank, dass Sie ihn gerettet haben«, sagte plötzlich eine Männerstimme.

Ich blickte auf und sah einen ältlichen Mann in einem grauen Hahnentrittanzug vor mir stehen.

»Ihr Hund?«, fragte ich.

»Gewissermaßen.«

»Sie müssen besser auf ihn aufpassen.«

»Ich weiß. – Frederick, komm her.«

Der Hund gehorchte und der Mann nahm ihn an die Leine. Ich rappelte mich auf und klopfte meine Hose sauber. Als mir der weiße Foxterrier sein Gesicht zudrehte, musste ich lächeln. Denn nun bemerkte ich die kreisrunde schwarze Zeichnung ums linke Auge, die ihn aussehen ließ, als hätte er ein blaues Auge oder trüge eine Augenklappe. Auch die vier schwarzen Pfoten wirkten wunderlich.

Ich fragte: »Wer hat bloß die Wurst geworfen?«

»Ich habe keine Ahnung«, antwortete der Mann.

Da niemand auf dem Gehsteig war, ging ich in die angrenzende Seitenstraße. In zwanzig Meter Entfernung sah ich eine blonde Frau in einem blauen Kleid eiligst davonstöckeln. Sie drehte sich dabei mehrmals nach mir um. Seltsam, dachte ich, das sieht fast so aus, als hätte sie ein schlechtes Gewissen.

Als ich zurückkam, unterhielt sich der Hundebesitzer mit dem Grafen. Viktor sagte zu mir: »Das ist Herr Fridolin Kranzbichler, seines Zeichens Notar. Er hat vorübergehend die Aufsicht über den Baron.«

»Wo ist hier ein Baron?«, fragte ich.

Der Notar deutet nach unten: »Darf ich vorstellen: Baron Frederick aus Devonshire.«

Ich beugte mich nach unten und sagte: »Sir Frederick, nice to meet you.«

Der Hund hob artig die rechte Pfote und ich nahm sie in die Hand.

Der Notar sagte: »Ich habe Grund zur Annahme, dass sein Leben bedroht ist.«

»Sie meinen, das war kein Unfall?«, fragte ich.

»Ich fürchte nein.«

»Wer tötet einen kleinen Hund? Ich meine, einen vierbeinigen Baron?«

»Der Baron ist Erbe eines riesigen Vermögens.«

»Ein Hund als Erbe? Geht das überhaupt?«

»In den USA schon.«

»Was es nicht alles gibt.«

Ich nahm den Kleinen hoch.

»Ist der leicht. Man merkt gar nicht, dass er Millionen schwer ist. Wo ist sein Besitzer?«

»Er hat einen Vormund, doch der ist irgendwo in Amazonien unterwegs.«

Er machte eine Pause. Dann sagte er: »Bei mir kann er nicht bleiben. Ich lebe allein und kann nicht für seine Sicherheit garantieren. Sie sehen ja selbst …«

Der Graf fragte: »Was wollen Sie damit sagen?«

»Nun, es kam mir der Gedanke, ob Sie vielleicht für ihn sorgen könnten, bis sich sein Eigentümer meldet.«

»Wir?«

Herr Kranzbichler nestelte verlegen an seiner Krawatte.

»Herr Graf sind bekannt für extravagante Arrangements. Ich dachte, das würde Sie reizen. Wo doch Ihr Assistent dem Blaublüter vorhin das Leben gerettet hat.«

Der Hund sah uns erwartungsfroh an. Ich nickte Viktor zu, Ramon ebenfalls. Schließlich sagte der Graf: »Gut, kommen Sie heute Nachmittag vorbei. Dann können wir alles besprechen.«

»Vielen Dank, Herr Graf«, sagte Herr Kranzbichler und spazierte mit dem Foxterrier davon.

Um 15 Uhr meldete Jean einen Notar mit einem englischen Baron. Herr Kranzbichler ging mit langen, gemessenen Schritten auf die Terrasse und der Foxterrier wuselte im Zickzack durch seine Beine. Das war zirkusreif. Als der Baron mich sah, lief er auf mich zu und sprang an mir hoch. Ich streichelte ihn und sagte: »Nice to see you. Good boy.«

Dann erschien ein dickleibiger Orientale mit Sandalen, zinnoberroter Pumphose und Jacke; auf dem Kopf trug er einen roten Fes.

Herr Kranzbichler sagte: »Darf ich vorstellen: Jussuf aus Tunesien, er ist der Vorkoster des Barons.«

Wir begrüßten ihn und er sagte mit einem harten Akzent: »Darf ich Gesindehaus sehen?«

Jean zückte sein Handy und rief Anni an, die kurz darauf zu uns auf die Terrasse kam.

Der Graf sagte zu ihr: »Wir werden vorübergehend einen Hund bei uns beherbergen. Jussuf ist sein Leibkoch und Vorkoster.«

Sie fragte kichernd: »Ein orientalischer Koch für einen Hund? Sind Sie vielleicht einem Faschingsumzug entsprungen?«

Jussuf antwortete ernst: »Das ist Landestracht in Tunesien.«

Der Graf kam ihm zu Hilfe: »Der Hund ist ein Baron und man trachtet ihm nach dem Leben.«

Anni lachte auf und sagte: »Das wird ja immer schöner. Möchte der Herr Graf schon im Sommer Fasching feiern?«

Herr Kranzbichler stellte sich vor und erläuterte: »Der Hund hat ein Vermögen von dreihundert Millionen geerbt.«

Sie erschrak: »Wirklich?«

Der Notar bejahte.

»So einen hohen Herrn haben wir unter unserem Dach?«

Wir nickten.

»Na, dann kommen S', Herr Jussuf, in unserem Gesinde-haus ist noch ein Zimmer frei.«

Anni und der Vorkoster gingen zur Westseite des Anwesens und wir setzten uns an den gedeckten Kaffeetisch. Der Notar nahm seine Tasse und sagte: »Sie werden Ihre Freude an Frederick haben. Er ist so ein –«

Unvermittelt sprang der Foxterrier hoch und riss die Tisch-decke mitsamt Geschirr vom Tisch. Wir lachten und der Fox-terrier bellte. Herr Kranzbichler setzte die Kaffeetasse ab und beendete seinen Satz: »– lieber Hund.« Dann streichelte er den Baron mit den Worten: »Bist ein Braver.«

Viktor und ich wechselten amüsierte Blicke, Jean jedoch war »not amused«. Er ging in die Hocke und begann, das Geschirr aufzuheben. Währenddessen lief der Hund zu ihm und verbiss sich in den Rockschoß seiner Livree. Als der Butler sich erhob, hing der Foxterrier knurrend daran. Zu-nächst versuchte Jean, den Hund durch gutes Zureden zum Loslassen zu bewegen. Doch der Baron wollte seine Beute nicht preisgeben. »Lass los!«, sagte Jean erneut, doch die Rockschöße waren für den Foxterrier einfach zu köstlich. Schließlich drehte sich der Butler wie ein Karussell und schleuderte den Hund im Kreis herum.

Der Graf meinte: »Sie haben recht: Wir werden noch viel Freude an ihm haben.«

Da Jean den Hund nicht abschütteln konnte, kam er zum Stillstand und hob hilfesuchend die Hände.

Der Notar sagte »Frederick, aus!«, worauf der Baron end-lich vom Butler abließ. Jean drehte sich um und wollte den frechen Gast maßregeln, doch dessen munteres Bellen ließ ihn seine Meinung ändern. Er sagte: »Wenn du schon diese

Sauerei verursacht hast, hilf mir wenigstens beim Aufräumen.«

Das brauchte er dem Baron nicht zweimal zu sagen. Der Hund nahm eine zerbrochene Porzellantasse ins Maul und brachte sie dem Butler. Der war von seiner Hilfsbereitschaft gerührt und streichelte ihn mit den Worten »bist wirklich ein Braver.«

Anschließend hob Jean die Ecken der Tischdecke mitsamt Geschirr vom Boden auf und schwang das Tuch wie einen Sack über seine Schulter – gemeinsam mit dem vierbeinigen Baron ging er in Schloss.

Der Notar sagte: »Das hat er im Zirkus gelernt.«

Der Graf fragte: »Ach, er war im Zirkus?«

»Ja, aber ich fange am besten von vorn an. Frederick heißt mit vollem Namen Sir Frederick, 7. Baron of Devonshire.«

»Also aus altem englischen Adel«, sagte der Graf.

»So ist es. Etwa vor drei Jahren hat ihn eine reiche Amerikanerin, Peggy Hillerman, auf einer Englandreise als Welpe gekauft. In einem Zirkus, der zu ihrem Unternehmensimperium gehört, hat sie ihm eine Vielzahl von Tricks beibringen lassen. Dann hat sie ihn zu sich nach Hause genommen. Über die Zeit war er ihr so ans Herz gewachsen, dass sie ihn als Alleinerben eingesetzt hat, zum Entsetzen ihrer Verwandten. Vor einem halben Jahr ist sie gestorben. In ihrem Testament hat sie ihren Chauffeur zum Vormund bestimmt, der über das Erbe des Barons frei verfügen kann, solange der lebt.«

Der Graf sagte: »Das heißt, wenn der Hund stirbt –«

»– steht er mit leeren Händen da.«

Ich sagte: »Verstehe. Deshalb versuchen die Enterbten den vierbeinigen Universalerben vom Leben zum Tod zu befördern.«

Der Graf meinte: »Die alte Geschichte.«

Ich fragte den Notar: »Wie viele Erben gibt es denn, die ein Interesse am Tod des Barons haben?«

»Genau fünf: Zwei Frauen und drei Männer, alles Nichten und Neffen.«

Ich fragte ihn: »Die Frauen, wie sehen die aus?«

»Monica Brubaker, klein und gedrungen und Pamela Penrose, groß und schlank.«

»Dann war es die Penrose, die die Wurst geworfen und eiligst den Tatort verlassen hat. Und einer der Neffen saß im Porsche.«

Da sagte der Graf: »Aber was ich nicht verstehe: Warum hat Peggy Hillerman ihren Chauffeur zum Vormund bestellt und nicht etwa ihre Verwandten? Dann gäbe es keinen Konflikt, sie könnten über das Vermögen frei verfügen.«

Herr Kranzbichler antwortete: »Diese Frage ist leicht zu beantworten: Sie hat alle ihre Verwandten gehasst! Ihren Chauffeur hingegen, Lukas Kovačević – an dem hatte sie viel Freude.«

»Wieso?«, fragte ich.

»Nun, Lukas ist eine Frohnatur. Er hat sie immer zum Lachen gebracht. Sie dachte, der Baron sei bei ihm in guten Händen. Doch leider ist er ein Herumtreiber, er ist nie zu Hause.«

Der Graf meinte: »Da hat sie wohl den Bock zum Gärtner gemacht.«

»Deshalb habe ich mich um Frederick gekümmert. Sie müssen wissen, ich bin der Justiziar für die europäischen Niederlassungen und kenne Frederick sehr gut.«

In diesem Moment kam Jean mit einer frischen Tischdecke und einem Tacker in den Händen auf die Terrasse. Der Foxterrier huschte zwischen seinen Beinen hindurch – beide waren bereits ein eingespieltes Team. Der Butler legte die Tischdecke auf und tackerte sie an der Unterseite des Tisches fest, was der Hund neugierig verfolgte. Als Jean fertig war, jaulte der Baron auf.

Der Notar meinte: »Er beklagt sich darüber, dass Sie seine Zirkusnummer sabotieren.«

Jean sagte: »Tut mir leid, Herr Baron, aber hier ist kein Zirkus.«

Dann stellte er wieder einen Kuchen auf den Tisch und servierte jedem ein Stück. Es dauerte nicht lange, da sprang der Foxterrier an der Seite hoch und stibitzte ein Teil von meinem Kuchenstück. Als Jean ihn maßregelte, hielt er beide Pfoten über die Augen, so als schämte er sich. Der Graf lachte und sagte: »Er ist wirklich ein Hallodri. Ich glaube, er passt gut zu uns.«

Der Notar fragte: »Dann ist es also abgemacht?«

»Einverstanden.«

»Natürlich werde ich für alle Kosten aufkommen.«

»Nicht nötig«, sagte der Graf, »der Baron ist selbstverständlich mein Gast.«

»Das ist sehr nobel von Ihnen.«

Herr Kranzbichler erhob sich und sagte in unsere Richtung: »Sorgen Sie bitte gut für ihn und passen Sie auf ihn auf. Es täte mir leid, wenn dem kleinen Kerl etwas zustieße.«

Der Graf sagte: »Sie können sich auf uns verlassen.«

Dann verabschiedete sich der Notar offiziell von seinem Schützling. Er stellte sich vor ihm hin und sprach feierlich: »Herr Baron, es war mir eine Ehre, Sie in meinem Haus beherbergt zu haben. Ich hoffe, alles war zur Ihrer Zufriedenheit.«

Er beugte sich hinunter und gab dem Hund die Hand. »Good bye and good luck.«

Der Foxterrier bellte einmal.

Anschließend verabschiedete sich der Notar von uns und Jean geleitete ihn zu seinem Auto. Der Hund blickte ihnen nach, widmete sich dann aber einer Amsel, die im Rasen nach Futter suchte.

Nach einer Weile kam Jussuf mit einem vollen Napf und stellte diesen vor uns auf den Boden. Es roch lecker nach Pfannkuchen.

»Was ist das?« fragte ich neugierig.

»Das ist ein Spezialrezept von Paul Bocuse: Crêpes à la Paul Bocuse mit Marillen.«

»Also Drei-Sterne-Küche?«

Jussuf nickte. Anschließend ging er vor dem Napf in die Knie und rief mit Sopranstimme: »Baron Frederick, lecki, lecki, lecki!«

Wenige Augenblicke später kam der Hund angeschossen und machte sich übers Fressen her. Jussuf beugte sich ganz nach unten und fing an zu knurren, was der Foxterrier erwiderte. Als sie sich eine Weile angeknurrt hatten, hob Jussuf den Kopf. Auf unsere verwunderten Blicke sagte er: »Wenn er ums Fressen kämpfen muss, fördert das den Appetit.«

Ich fragte ihn, ob das auch bei Menschen funktioniert. Jussuf schaute mich mit großen Augen an, dann fing er plötzlich an zu lachen.

»Herr Jimmy haben sich einen Scherz erlaubt. Man stelle sich das mal vor: Die Menschen essen aus einem Schweinetrog und knurren sich an.«

Er lachte schallend und klopfte sich dabei auf seine Schenkel.

Nachdem der Hund die Pfannkuchen im Eiltempo gefressen hatte, nahm der Vorkoster den Napf und ging Richtung Gesindehaus. Er murmelte dabei etwas von einem Nachschlag. Der Foxterrier sah ihm gespannt nach.

Da sagte der Graf: »Dem Vormund würde ich am liebsten die Löffel langziehen. Er lässt die Puppen tanzen und der Kleine muss um sein Leben fürchten.«

Ich meinte: »Dabei ist das äußerst unklug: Er müsste doch wissen, dass mit Fredericks Tod auch sein Höhenflug beendet ist.«

Der Foxterrier hatte anscheinend mitbekommen, dass wir über ihn redeten. Denn er machte mehrere Rückwärtssaltos hintereinander. Wir applaudierten und der Graf sagte: »Ich finde, er ist ein würdiger Vertreter während meiner Abwesenheit.«

»Ja, ein Graf wird durch einen Baron ersetzt.«

Viktor fuhr fort: »Aber wir brauchen einen Spitznamen für ihn: Baron Frederick geht gar nicht.« Der Graf dachte nach. »Als ich ihn zum ersten Mal gesehen habe, musste ich an Käpt'n Blackbeard denken, den Pirat. Der hatte auch eine schwarze Augenklappe und einen schwarzen Bart.

»Und schwarze Stulpenstiefel.«

»Stimmt, also nennen wir ihn Blacky!«

Der Graf beugte sich zum Hund hinunter und zeigte auf sich: »Ich bin Viktor.« Dann zeigte er auf ihn: »Du bist Blacky.«

Der Hund hob die Augenbrauen. Er schien sich zu fragen, was das soll. Also versuchte ich mein Glück: »Ich Jimmy, du Blacky!«

Der Hund bellte.

Der Graf meinte: »Ich glaube, er hat es kapiert.«

»Er ist eben ein Schnellchecker.«

Der Graf klingelte nach Jean. Als dieser erschien, sagte er zu ihm: »Mach bitte für Blacky ein Zimmer zurecht.«

»Blacky?«, fragte Jean verwundert.

Der Graf erklärte ihm die Namensgebung.

»Schon erledigt. – Komm, Blacky.«

Beide gingen darauf ins Schloss.

Nach einer Weile hörten wir eine Frauenstimme im Salon sagen: »Was ist denn das?«

Kurz darauf kam eine brünette Frau in einem knielangen Rock auf die Terrasse. Blacky versuchte, zwischen ihren Beinen zu wuseln, doch es gelang ihm nicht.

»Was ist hier?«, fragte sie sich und geriet prompt ins Taumeln. Anscheinend sah sie den Hund überhaupt nicht.

Viktor rief ihr zu: »Edwina, du musst den Rock etwas hochziehen und große Schritte machen.«

»Was?«, erwiderte sie.

»Große langsame Schritte!« wiederholte der Graf.

Jetzt hatte sie Blacky bemerkt. »Hey, lass das!« ermahnte sie ihn, doch der Hund huschte wieder zwischen ihre Beine.

»Hör auf damit«, schrie sie erbost. Wir lachten. Schließlich stolperte sie und fiel hin. Der Hund bellte triumphierend.

»Du Frechdachs«, girrte sie und streichelte ihn.

Der Graf sagte: »Sieh dir das an. Er stellt ihr ein Bein und wird trotzdem geherzt. Von ihm können wir was lernen.«

Nach ausgiebigen Streicheleinheiten stand sie auf und der Graf stellte sie mir als Edwina Leuthäuser vor, von Beruf Kaffeehausbetreiberin. Wie sie erklärte, war sie vorbeigekommen, um dem Grafen eine Excelsa Spezialröstung zu bringen. Der Graf öffnete die Dose und schnupperte daran: »Mhmm, köstlich!«

Edwina erläuterte: »Die gibt's jetzt sogar im Sonderangebot.« Dann platzte sie mit Neuigkeiten heraus: »Vor zwei Tagen war ich im Stadtpark unterwegs und bin auf ein neues

Café gestoßen. Es heißt Brunnburger. Es ist wunderschön eingebettet in einen Buchenhain, aber sie haben keinen guten Kaffee.«

Der Graf meinte: »Das haben sie auch nicht nötig. Das ist wie bei einer schönen Frau: Die muss ja auch nicht kochen können, Hauptsache sie gefällt ihrem Mann.«

»Also, dieser Vergleich hinkt aber gewaltig.«

Während sich die beiden Kaffeeexperten über die Vorzüge eines guten Cafés unterhielten, schlich Blacky zur anderen Tischseite, kletterte auf einen Stuhl und schnappte sich das Kuchenstück von ihrem Teller. Sie wollte mit der Kuchengabel nachfassen, stach jedoch ins Leere. »Nanu?«, fragte sie erstaunt, »wo ist mein Kuchen?«

Lautes Schmatzen unter dem Tisch brachte sie auf die richtige Spur. Sie schaute nach unten und rief mehr überrascht als verärgert: »Blacky! Du Lausejunge!«

Der Baron setzte sich aufrecht hin und hielt sich die Pfoten vor die Augen.

Edwina säuselte: »Jetzt schämt er sich, so ein lieber Hund.«

Wir schmunzelten, denn wir kannten den Trick bereits.

»Komm«, forderte sie ihn auf, und er hüpfte auf ihren Schoß. Anerkennend sagte sie: »Du Hallodri!«

Blacky setzte die Kletterpartie fort und saß bald auf ihrer rechten Schulter. Und immer, wenn er einen Happen fressen wollte, hielt ihm Edwina brav ihren Teller hin.

»Er kann anstellen, was er will«, sagte der Graf, »er kriegt sie immer wieder rum. Von ihm können wir noch viel lernen.«

Wir setzten unser Geplauder fort und Edwina erzählte von ihrer Berlinreise, die sie nutzte, um ein interessant klingendes Café, die »Oase Kara Ben Nemsi« zu besuchen.

»Aber ein Service wie in der Wüste«, sagte sie enttäuscht. »Es gab nur eine einzige Bedienung, und die hat sich aufgeführt wie eine Diva. Sie saß die ganze Zeit auf einem Barhocker und hat abstrakt ins Nichts geblickt, mitten durch die Gäste hindurch. Das muss sie jahrelang geübt haben. Jedenfalls hat sie niemanden bemerkt. Es war unmöglich, sie auf mich aufmerksam zu machen. Ich hätte schon einen Böller zünden oder eine Silversterrakete abfeuern müssen. Der Name ›Oase‹ war der reinste Hohn.«

Ich sagte: »Der Name passt doch. Denn der Karl May-Held ›Kara Ben Nemsi‹ ist ja ein Abenteurer und kein Gastronom. Vielleicht hat er deshalb kein glückliches Händchen beim Personal?«

»Jedenfalls«, fuhr sie fort, »habe ich mir auf dem Handy die Bewertungen im Internet angesehen: allesamt vernichtend. Einer hat geschrieben: ›Man verdurstet – die Bedienung ist eine Fata Morgana.‹

»Und wie bist du dann zu deinem Kaffee gekommen?«, fragte der Graf.

»Ich habe mich einfach selbst bedient. Das hat die dumme Kuh gar nicht bemerkt. Sie war ja damit beschäftigt, ihrem Karma nachzuspüren.«

Ich sagte: »Vielleicht hat sie jemand bestellt und nicht abgeholt?«

»Du meinst, ihr Traumprinz? Obwohl ... das ist gar nicht so abwegig, sie sah tatsächlich aus wie gestrandet. – Jedenfalls bezahlt habe ich nicht.«

Wir lachten.

»Wofür auch?«

Der Graf fragte: »Hast du auch eine Bewertung abgegeben?«

»Ja, ich habe geschrieben: ›Tolles Café, leider Selbstbedienung!‹«

Edwina blickte auf ihre Uhr: »Oh, ich muss zurück, die Fanny geht heute früher.«

Als sie sich einige Schritte entfernt hatte, setzte sich Blacky aufrecht hin und knickte die Pfoten rhythmisch auf und ab, als würde er winke, winke machen.

Edwina begann zu quietschen: »Er winkt mir zu!«

Sie lief zu ihm und herzte hin.

»Gell, es tut dir auch leid, dass ich jetzt gehen muss.«

Sie knuddelte ihn noch eine Weile, konnte sich dann aber losreißen. Als sie etwa zehn Schritte gegangen war und sich noch einmal umdrehte, »winkte« ihr Blacky erneut zu. Wieder lief sie quieksend zu ihm und umarmte ihn.

Da sagte der Graf: »Blacky, hör auf damit, sonst kommt sie nie weg!«

Der Hund gehorchte und legte sich auf den Boden. Nun stand ihrem Abschied nichts mehr im Wege.

Nachdem sie gegangen war, rief Jean nach Blacky, um mit ihm Verstecken zu spielen. Der Baron war hoch erfreut, mit seinem neuen Spielkameraden etwas unternehmen zu können und beide verschwanden im Schloss. Nach einer Weile sahen wir Jean auf die Terrasse schleichen, sich stets in der Ferne nach dem Hund umblickend. Was er nicht bemerkte, war, dass der Foxterrier dicht hinter ihm einher trottete. Wenn der Butler stehenblieb, hielt auch der Hund. Wenn Jean weiterschlich, folgte ihm Blacky. Das war lustig anzusehen, aber für den Hund äußerst langweilig. So gähnte er mehrmals hintereinander. Schließlich bellte er und der Butler machte einen Satz nach vorn. Er drehte sich um und sagte: »Du Frechdachs hast mich ausgetrickst. Aber das nächste Mal werde ich dich an der Nase herumführen.«

Das Versteckspiel ging also weiter. Nach einer Weile schlich Jean von rechts kommend an der Frontseite des Schlosses vorbei. Im geöffneten Fenster meines Arbeitszimmers erschien darauf Blacky und sah gelangweilt dem Butler hinterher. Dann sprang er auf die Terrasse und folgte seinem Spielkameraden. Jean blickte um die Hausecke, konnte aber den Hund, der direkt hinter ihm war, nicht erspähen. Als er sich umdrehte, hüpfte der Foxterrier wieder ins Fenster und versteckte sich hinter einer Gardine.

Ich sagte: »Oh Mann, Jean merkt erst, dass Blacky hinter ihm ist, wenn dieser einschläft und laut schnarcht.«

Der Graf nahm nun das Telefon und tippte eine Nummer ein. Kurz darauf sagte er: »Hallo Fabiana, hier ist Viktor. Könnte ich mir mal deine Lilly ausleihen? Ich hätte sie gerne als Trainingspartnerin für einen gelangweilten Foxterrier, der schon Speck ansetzt. – Das würde der Lilly doch auch guttun. – Nein, nur eine halbe Stunde. – Okay, ich schicke Jean vorbei. Danke. Tschüss.«

Viktor legte auf und rief zum Butler: »Jean, hol doch bitte Lilly von der Nachbarin ab.«

Der Butler wandte sich uns zu und machte »pst«.

»Was heißt hier ›pst‹? Dreh dich doch mal um und schau ins Fenster.«

Jean tat, wie ihm geheißen, Blacky bellte und der Butler machte zum zweiten Mal einen Hops. Nach ein paar anerkennenden Worten an den Baron machte er sich auf zur Nachbarin.

Kurze Zeit später kehrte er mit Lilly zurück. Die entpuppte sich als schwarz-weiß gestreifte Katze. Der Graf streichelte sie auf seinem Schoß, da kam auch schon Blacky angelaufen.

»Ah, hier kommt der Fitnesspartner«, sagte der Graf.

Lilly fauchte und machte einen Katzenbuckel.

Viktor fügte hinzu: »Und wie ich sehe, stimmt die Chemie zwischen den beiden für ein beherztes Training.«

Als ihr Blacky zu nahe kam, sprang Lilly hinunter und fetzte los – der Baron spurtete hinterher. Sie liefen auf der Westseite ums Haus und kamen kurz darauf auf der Ostseite wieder hervor. Direkt vor unserem Tisch sausten sie vorbei.

»Grazil wie ein Gepard«, schwärmte der Graf. »Die bringt ihn ganz schön auf Trab.«

Anschließend tobten sie im Schloss herum. Mal war das Bellen im Westflügel zu hören, mal oben im ersten Stock und mal im Ostflügel. Zwischendurch polterte und klirrte es.

»Tja, das sind die Opfer, die der Ausrichter eines sportlichen Wettkampfes nun mal bringen muss«, sagte er der Graf lapidar.

Nach einer Weile kam das Bellen unverändert von einer Richtung. Der Graf schickte Jean nachsehen, was los sei. Freudig kam der zurück und berichtete: »Madame Lilly hat sich auf einen Baum zurückgezogen und der Baron bewacht sie ritterlich.«

»Er ist eben ein echter Kavalier«, sagte der Graf schmunzelnd. Dann wies er Jean an, Lilly zurückzubringen. Kurze Zeit später kam Blacky daher getorkelt. Er legte sich unter den Kaffeetisch und hechelte wie verrückt.

»Na, jetzt ist unser Held aber k. o.«, spottete der Graf, »wohl keine Lust mehr aufs Herumtollen.«

Nach dem Abendessen setzte sich Jean zum Grafen und mir auf die Terrasse und erzählte Schnurren aus seinem Butlerleben: »Man hat mich während meiner Ausbildung zum Butler darauf aufmerksam gemacht«, begann er, »dass ich auch dynastisch tätig werden müsse, wenn der Herr des Hauses im Bett versagt.«

»Das ist doch nicht dein Ernst?«, fragte ich erstaunt.

»Gewiss. Ich möchte nicht wissen, wie viele Thronfolger vom Butler abstammen.«

Er nahm einen Schluck Cognac Chabasse Napoleon.

»Ich habe mal eine britische Komödie im Fernsehen gesehen. Ein neuer Butler stellte sich im Salon vor und hat Referenzen vorgelegt. Alles erstklassige Adressen. Nachdem diese mit Wohlgefallen geprüft worden waren, sagte er: ›Wenn ich mir noch eine Bemerkung erlauben dürfte: Wenn Ihr Gatte dynastisch versagt, ich bin zur Stelle und stehe meinen Mann.‹

›Wie bitte?‹, fragte die Dame des Hauses ungläubig.

›Ich sorge für den gewünschten Nachwuchs.‹

›Was erlauben Sie sich?‹

›Schon viele Adelshäuser haben meine Dienste in Anspruch genommen. Ich f... schnell und diskret!‹

Da fiel die Dame des Hauses in Ohnmacht. Der Butler sagte ungerührt: ›Diese Reaktion habe ich erwartet. Ich habe auf Frauen nun mal eine umwerfende Wirkung.‹

Er brachte ihr ein Glas Wasser. Als sie sich etwas erholt hatte, fragte sie: ›Wo waren wir stehengeblieben?‹

›Bei meinen dynastischen Fähigkeiten.‹

›Ach so ja, ich habe Ihre letzten Worte nicht verstanden.‹

›Ich sagte, dass ich Ihnen im Schlafzimmer Förmlichkeiten erweisen werde, wenn Sie das wünschen. Mit meinem berühmten Hüftschwung ...‹

Wieder sank sie in ihrem Ohrensessel zusammen. Er sah in Kamera und sprach: Dieses Vorstellungsgespräch wird sich wohl in die Länge ziehen ... ich hole besser eine Karaffe kaltes Wasser ...«

Wir lachten sehr über diesen frivolen Sketch.

Dann fragte ich Jean: »Und wie viele Adelshäuser hast du vor dem Aussterben bewahrt?«

»Ein Gentleman schweigt und genießt −«

»− vor allem die Anonymität der Vaterschaft«, witzelte der Graf.

Ramon unterbrach uns und stellte uns einen »Lieferanten« vor, der beim Gesindehaus geläutet hatte.

Markus Sontheimer, so sein Name, trug einen blauen Businessanzug und hatte ein gepflegtes Äußeres. Auf den ersten Blick sah aus wie das Klischee eines Versicherungsvertreters. Doch er verhielt sich so ungezwungen und kumpelhaft, dass ich nicht überrascht gewesen wäre, wenn er aus seinem Koffer einen Sangriakübel und lange Strohhalme gezaubert hätte. Wir gingen sofort zum Du über und er schenkte sich gleich selbst einen Cognac Chabasse Napoleon ein. Dann begann er zu erzählen:

»Letzte Woche war ich von meiner Firma als Unternehmensberater nach Zürich geschickt worden; am Donnerstag hatte ich Geburtstag. Ich schlenderte abends so durch die Stadt, da sah ich ein Theaterplakat: ›Der Besuch der alten Dame‹ von Dürrenmatt. Ich kaufte mir eine Karte und setzte mich in den Zuschauerraum, doch leider war ich der einzige. Nach einer Weile traten die Schauspieler vor den Vorhang und sagten, dass sie unter zehn Besuchern nicht spielen würden und dass ich das Eintrittsgeld an der Kasse zurückerhalten würde.

›Ich habe heute Geburtstag‹, sagte ich ›ich kaufe neun weitere Karten.‹

Sie waren sichtlich überrascht, ließen sich aber darauf ein. Bevor die Vorstellung begann, sagte ich: ›Ich möchte nicht allein im Zuschauerraum sitzen, vielleicht bekomme ich etwas Publikum zusammen.‹

Ich ging also nach draußen und sprach Passanten an, ob sie nicht Lust hätten, kostenlos an einer Theatervorstellung teilzunehmen, nachher gäbe es eine kleine Geburtstagsfeier. Und tatsächlich erklärten sich eine Handvoll dazu bereit.

Als es endlich losgehen sollte, stand ich auf und sagte: ›Wenn ich schon alles bezahle, würde ich gern ein anderes Stück sehen. ›Der Besuch der alten Dame‹ ist mir zu sozialkritisch, wie wär's mit einer leichten Komödie?‹

›Das kommt jetzt überraschend‹, sagte ein Schauspieler.

›Ich finde die ganze Situation überraschend‹, antwortete ich.

Ein anderer Darsteller trat zum Bühnenrand und sagte, sie hätten gerade die erste Hälfte von Oskar Wildes Komödie ›Ernst sein ist alles‹ geprobt.

›Wunderbar‹, gab ich zur Antwort, ›eine Hälfte reicht.‹

Aber da müssten sie die Bühne etwas umbauen.

›Kein Problem, wir helfen mit‹, erwiderte ich. Die anderen Zuschauer lachten, gingen den Schauspielern jedoch helfend zur Hand.

›So lernen wir mal die Welt hinter den Kulissen kennen‹, meinte eine Dame.

Dann endlich hob sich der Vorhang. Die Aufführung war etwas holprig und die Schauspieler entschuldigten sich an manchen Stellen, dass sie den Text noch nicht ganz könnten. Aber das sorgte nur für zusätzliches Amüsement. Ich rief dann immer hoch: ›Das macht nichts, bitte improvisieren!‹

Das taten sie dann auch, und das war manchmal richtig lustig. Besonders gelungene Szenen ließ ich wiederholen, manche sogar dreimal. Ich kam mir dabei vor wie König Ludwig I. bei seinen Separatvorstellungen. Der ließ Lola Montez bestimmte Tanznummern auch mehrmals vorführen.

Nach der Vorstellung habe ich von einer Tankstelle Bier und Sekt geholt und eine kleine Party geschmissen. Das war der ungewöhnlichste Geburtstag meines Lebens.«

Wir applaudierten und wünschten ihm nachträglich noch alles Gute.

Dem Grafen war die Geschichte vier Goldmünzen wert.

Nach Mitternacht legte ich mich schlafen. Langsam döste ich ein, da spürte ich etwas Flauschiges auf meinen Händen. Das muss eine neue Decke sein, murmelte ich. Als sich die Decke jedoch zu bewegen begann, wurde ich wach. Ich schlug sie zurück und neben mir lag: Blacky!

»Du Hallodri«, sagte ich zu ihm. Er säuselte und machte ein flehendes Gesicht. »Ist schon gut, aber du musst ruhig sein.«

Er jedoch kroch zu mir hoch und begann, mein Gesicht abzulecken. »Blacky, so kann ich doch nicht schlafen. Wenn du still bist, darfst du hier bleiben.«

Aber er gab einfach keine Ruhe. So stand ich auf und brachte ihn in sein Zimmer. Doch kurz darauf winselte er wieder vor meiner Tür. »Okay, du hast gewonnen«, sagte ich zu ihm. »Ich bringe dich zu Jean, der hat einen tiefen Schlaf. Dem kannst du die ganze Nacht das Gesicht ablecken, ohne dass er es merkt.«

Ich klopfte an die Tür des Butlers und er war mit dem Besuch einverstanden. Blacky sprang auf sein Bett, war sofort still und schloss die Augen.

Oh Mann, dachte ich, das muss die Autorität des Alters sein; oder Jean hat so eine einschläfernde Wirkung auf Hunde ...

KAPITEL 5

Der Tag der Entscheidung war gekommen. Der Graf würde sich heute in die »Sansibar-Klinik« begeben. Voller Vorfreude zog ich die Vorhänge meines Schlafzimmers zurück – und ließ erst mal die Kinnlade fallen. Denn vor meinen Augen ging ein Wolkenbruch nieder. Da will wohl jemand verhindern, dass wir zur »Sansibar-Klinik« fahren, murmelte ich. Aber so leicht lasse ich mich nicht entmutigen. Vergnügt sang ich das Lied von den »Regentropfen, die an dein Fenster klopfen«.

Beim Frühstück war der Graf griesgrämig ob des schlechten Wetters.

»Ein schlechte Omen«, befand er.

»Das finde ich nicht«, entgegnete ich. »Das passt doch dramaturgisch: Vom Regen in den Sonnenschein.«

Sein Gesicht hellte sich auf.

Eine Stunde später fuhren wir im Rolls-Royce zur Klinik.

Der Portier begrüßte uns überfreundlich und entschuldigte sich zugleich, dass uns die drei Damen heute kein Ständchen darbringen könnten: »Ein befreundeter Klinikchef hat sie sich ausgeliehen, ich bin untröstlich.«

Der Graf sagte, er erwarte von einem Krankenhaus keine Show, sondern eine gute ärztliche Behandlung.

»Die bekommen Sie, die bekommen Sie!«, versicherte der Portier eilfertig. Er wollte den Kofferraum öffnen, doch Ramon schob ihn unsanft beiseite. »Das mache ich!« sagte der Chauffeur stolz.

Der Portier machte ein enttäuschtes Gesicht, doch Jean besserte seine Stimmung auf, indem er ihm ein kleines Trinkgeld zusteckte.

Das »Einbettzimmer« des Grafen im ersten Stock nahm sich aus wie die Suite eines Nobelhotels. Ein Zimmer reihte sich an das nächste, und eines war luxuriöser als das andere. Jean und Ramon machten sich daran, die vielen Koffer auszupacken, als es plötzlich klopfte. Ich öffnete und ein pausbäckiger Mann mit einem auffälligen Zucken der Oberlippe gab mir strahlend die Hand: »Sie sind also mein neuer Nachbar! Konrad Kraft mein Name.«

»Ich bin Jimmy Ludstock.«

»Lassen Sie mich raten … die Hüfte!«

»Bitte was?«

»Vielleicht die Schulter?«

Jetzt kam der Graf angerollt. Er sagte lapidar: »Der Rücken.«

»Oh Verzeihung. Auf gute Nachbarschaft!«

Ich machte beide miteinander bekannt und Herr Kraft beglückwünschte den Grafen, sich in dieser Klinik behandeln zu lassen.

Der Nachbar fragte: »Wie wär's mir einem Kaffee?«

»Da sage ich nicht nein«, antwortete der Graf. Und so besuchten wir das Krankenhauscafé im Erdgeschoss.

Nachdem wir Platz genommen hatten, fing Herr Kraft an, uns seine Leidensgeschichte zu erzählen: »Dieses Zucken«, er deutete auf seine Oberlippe, »deshalb bin ich hier. Ich bin Starkstromelektriker, wissen Sie. Ich arbeite für einen großen Energiekonzern. Vor drei Wochen wollte ich in einem Umspannungswerk einen Isolator auswechseln. Normalerweise ist das kein Problem. Man sperrt den Arbeitsbereich mit roten

Bändern ab und lässt dort den Strom abschalten. Aber ich wurde irgendwie abgelenkt.«

Seine roten Wangen wurden noch röter und er lächelte verschämt.

»Raus mir der Sprache!« sagte der Graf amüsiert.

»Nun ja, wie soll ich sagen ... ich musste an meine junge Geliebte denken.«

»Aha!«

»Na ja, so habe ich irgendwie vergessen, das vierte Band zu spannen ... Dabei wäre gerade dieses das Wichtigste gewesen. Denn dahinter befand sich eine stromführende Leitung, 20.000 Volt!

Jedenfalls, als ich aufwachte, lag ich am Boden und brannte überall.«

»Das Feuer der Liebe?«, witzelte der Graf.

»Nein, das Feuer eines Lichtbogens! Geistesgegenwärtig habe ich die Flammen mit meiner Jacke ausgeschlagen. Doch als ich aufstehen wollte, ging erstmal gar nichts. Ich musste mich ruckweise hochwuchten, denn mein Rücken war krumm und mein Kopf schief. Ich muss ausgesehen haben wie der Teufel, so bucklig, versengt und verkohlt war mein ganzer Körper. Mit letzter Kraft schleppte ich mich zum Firmenbus und schob mich auf den Fahrersitz. Dann fuhr ich zum nächsten Krankenhaus. Als ich in die Notaufnahme des Krankenhauses gehumpelt kam, wurden wartende Frauen blass und Kinder versteckten sich hinter ihren Eltern. Das Klinikpersonal war entsetzt und fragte: ›Um Gottes Willen, was ist denn Ihnen passiert?‹

Ich kam sofort auf Intensiv, habe es aber gut überstanden. Nur ein Zucken ist geblieben.«

»Das hat Sie ganz schön durchgeputzt«, sagte ich.

»Ja, dabei hatte ich großes Glück. Für gewöhnlich ist so ein Stromschlag tödlich.«

In diesem Moment fuhr ein Mann im Rollstuhl ins Café und hielt an einem Nebentisch; beide Füße waren eingegipst.

Als Herr Kraft ihn sah, beugte er sich lächelnd vor und flüsterte: »Der da hinten hat die gleiche Operation gleich zweimal machen lassen.«

»Wieso?«, fragte der Graf.

»Er hat vor der ersten OP Witze gemacht. Als er gefragt wurde, welche Ferse operiert werden soll, sagte er spaßeshalber: ›Die Linke. Oder war es die Rechte?‹. Dann hat er gelacht. ›Oder vielleicht doch die Linke? Wer kann das schon wissen?‹

Jedenfalls wusste es das OP-Personal nicht mehr so genau, denn sie haben irrtümlicherweise die falsche Ferse operiert.«

Wir lachten laut auf.

»Das muss ein Erwachen aus der Narkose gewesen sein«, sagte Herr Kraft schmunzelnd.

Ich fügte an: »Ich wäre gern dabei gewesen, als er das Malheur den Krankenschwestern mitgeteilt hat.«

Wir lachten alle herzhaft, da kam ein ältlicher Herr in einem roten Kimono zu unserem Tisch. Er sagte zu Herrn Kraft: »Dir scheint es ja richtig gut zu gehen.«

»Tut es auch. Übrigens Hilbur, wann ist es bei dir soweit?«

»Morgen.«

Der Graf fragte neugierig: »Weswegen?«

»Wegen einer Schönheitsoperation.«

Viktor insistierte: »Lassen Sie mich raten: das Kinn?«

»Nein, die Nase.«

»Darauf wäre ich jetzt nicht gekommen. Wieso die Nase?«

»Weil Professor Vogelsang die macht.«

»Ein Ornithologe?«, fragte ich spöttisch.

»Nein, ein Schönheitschirurg, der für seine schmucken Nasen berühmt ist.«

Herr Kraft sagte: »Er ist auch bekannt für Kontoverschlankungen und -absaugungen.«

Hilbur meinte: »Das stimmt schon, billig ist er nicht. Aber man bekommt was für sein Geld.«

Konrad Kraft hob bedeutungsvoll den Zeigefinger: »Die Welt wird nach dieser Nasen-OP nicht mehr dieselbe sein.«

Hilbur lächelte und Herr Kraft fuhr fort: »Und die Frauen werden die Vogelsang-Nase spontan küssen wollen.«

»Das ist das Mindeste, was ich erwarte«, scherzte Hilbur.

Plötzlich kam Viktors Gesellschafterin, Svetlana, hereingestürmt.

»Was, du bist schon hier?«, fragte sie vorwurfsvoll. »Wieso hast du mich nicht informiert? Ich bin doch deine Gesellschafterin.«

»Danke für deine Fürsorge«, antwortete der Graf, »aber ich habe mir inzwischen anderweitig Geselligkeit verschafft.«

»Dass du mir nicht fremdgehst«, drohte sie im Scherz. Herr Kraft und ich wechselten amüsierte Blicke.

In diesem Augenblick kamen Jean und Ramon. Anscheinend waren sie mit fertig mit Auspacken. Viktor sagte, dass er jetzt bestens versorgt sei und wir getrost den Heimweg antreten könnten. Also verabschiedeten wir uns von ihm und wünschten ihm für die anstehende Operation alles Gute.

Auf dem Heimweg ließ Jean den Wagen vor einem Spielzeugladen halten. Er huschte aus der Limousine und kam nach einigen Minuten mit einem Paket zurück.

»Was hast du gekauft?«, fragte ich ihn.

»Ein Klavier für Blacky.«

»Ein Klavier? Wie soll er das denn spielen?«

»Das bringe ich ihm schon bei.«

Nachmittags arbeitete ich in meinem Arbeitszimmer, als ich plötzlich ein Klavier klimpern hörte. Anfangs erklangen, schrille, dissonante Töne. Doch nach und nach ergaben sie eine Melodie. Es war das Chanson »Ich küsse ihre Hand, Madame«. Ich fragte mich, ob da tatsächlich der Foxterrier spielte, ging aber der Sache nicht weiter nach.

Vor dem Abendessen besuchte ich Jean in seinem Zimmer und traf ihn vor seinem PC sitzend an. Wie ich sehen konnte, hatte er für Blacky einen Instagram-Account eingerichtet. Viele lustige Fotos waren da abgebildet. Ich fragte ihn: »Ist das nicht gefährlich, Fotos hochzuladen? Sie könnten Blackys Aufenthaltsort verraten.«

»Auf keinem der Bilder ist das Schloss drauf«, antwortete er. »Damit können die Erben gar nichts anfangen.«

»Und was ist mit den vielen Besuchsanfragen? Die Besucher werden sicherlich Fotos von ihm knipsen und in den sozialen Medien verbreiten.«

»Das stimmt, das müssen wir unterbinden.«

Er überlegte kurz. »Ich schreibe einfach: ›Der Baron empfängt keine Besucher!‹, dann haben wir keine Probleme.«

Nach dem Abendessen erörterte ich mit Anni vor dem Gesindehaus das Für und Wider von Spannbetttüchern, als wir von einem lauten Geräusch gestört wurden. Es hörte sich an, wie wenn ein Panzer die Auffahrt herauf käme. Doch zum Vorschein kam ein alter blauer VW-Käfer, dessen Auspuff mehr als ein Loch haben musste. Nachdem der Krachmacher abgestellt war, stieg eine junge Frau aus, die angezogen war wie eine Marketenderin aus dem Dreißigjährigen Krieg.

Jean trat aus dem hinteren Portal, um sie zu begrüßen. An seinen Frackschößen hing knurrend Blacky. Die Frau blickte dem Butler ungläubig zwischen die Beine und fragte:»Ist der echt?«

»Ach woher«, winkte Jean ab.

Da ich in der Nähe stand, drehte er sich um und ging ins Schloss, den knurrenden Foxterrier hinter sich her schleifend. Sie war von dem Anblick so verdutzt, dass sie meine ersten beiden »Hallos« überhörte. Erst beim dritten »Hallo« drehte sie sich um und begrüßte mich. Sie stellte sich als Miriam Tremml vor und sagte, sie wolle eine Komparsengeschichte zum Besten geben. Ich wunderte mich über ihr Engagement als Komparsin, denn für diesen Job hatte sie eigentlich eine zu große Nase. Eine Statistin sollte unauffällig sein, dieser Zinken jedoch sprang gleich ins Auge.

Ich forderte sie auf, mir zu folgen und wir gingen auf der Westseite ums Schloss. Während wir das Gesindehaus passierten, hörten wir ein entsetzliches Gurgeln und Blubbern.

»Was ist denn das?«, fragte sie. »Das hört sich an wie ein furzender Dinosaurier.«

»Das ist unser Vorkoster«, antwortete ich. »Er gönnt sich gerade einen Einlauf.«

»Wieso das?«

»Ich glaube, er will sich seinen Darm geschmeidig halten.«

Sie sah mich fragend an.

»Er ist eben ein echter Profi.«

Sie antwortete lachend: »Verstehe. Gutes Personal ist unbezahlbar.«

Das Röcheln und Blubbern ging weiter.

»Aber sagen Sie, wieso brauchen Sie einen Vorkoster? Haben Sie Angst, dass Sie jemand vergiften könnte?«

»Es geht nicht um mich, es geht um einen Gast.«

»Und wer ist das, wenn ich fragen darf?«

»Ein Foxterrier.«

»Ein Hund?«, fragte sie verwundert. »Und dafür brauchen Sie einen Vorkoster?«

»Das ist eine lange Geschichte«, antwortete ich.

Wir setzten uns an einen Tisch auf der Terrasse und ich kredenzte ihr einen Bordeaux.

»Wie geht's dem Grafen?«, fragte sie.

»Der ist im Krankenhaus, er lässt sich operieren.«

»Am Rücken?«

»Ja, ein neues gentechnisches Verfahren. Es soll Wunder wirken.«

»Das heißt, er kommt wieder auf die Beine?«

Ich nickte.

»Du meine Güte! Er war ja ein wilder Hund, verzeihen Sie den Ausdruck.«

Wie aufs Stichwort kam Blacky aus dem Schloss gelaufen. In seinem Maul trug er ein vier Meter langes Seil.

»Da kommt ja der Foxterrier, der einen eigenen Vorkoster beschäftigt«, sagte sie amüsiert. »Wie heißt er denn?«

»Blacky.«

»Wieso das? Er ist doch weiß?«

Ich erklärte ihr die Namensgebung anhand der Augenklappe und Stulpenstiefeln von Käpt'n Blackbeard.

»Verstehe, sehr witzig.«

Blacky legte ihr das Seil zu Füßen.

»Was will er mit dem Seil? Soll ich ihn anleinen?«

»Nein, er will Seilhüpfen.«

»Er will, dass ich seilhüpfe?«

»Nein, er will Seilhüpfen und Sie sollen das Seil schwingen.«

»Kann er das?«

»Natürlich, er war im Zirkus.«

»Das möchte ich sehen«, sagte sie.

Sie stand auf und machte ein Seilende an einem Kandelaber fest. Dann ließ sie das Seil in großen Schwüngen kreisen. Blacky lief in die Mitte und hüpfte auf allen vieren zum jeweils richtigen Zeitpunkt in die Höhe.

»Ich werd verrückt«, rief sie, »der kann das ja wirklich!«

Blacky bellte.

»Soll ich aufhören?«

»Nein, er will, dass Sie schneller machen, er langweilt sich.«

Sie beschleunigte und der Baron hielt mit. Nach einer Weile bellte er erneut und sie zog das Tempo an. So ging es immer weiter. Das Seil fing bereits an zu Sirren, so schnell ließ sie es im Kreis herumwirbeln, doch für Blacky war das kein Problem. Er hüpfte spielerisch auf seinen vier Pfoten, als befänden sich darin Sprungfedern.

»Der macht mich noch fertig«, sagte sie stoßartig.

Schließlich ließ sie das Seil fallen und keuchte: »Ich kann nicht mehr.«

Blacky lief darauf in den Salon und sie setzte sich wieder an den Tisch. Während sie einen Schluck Rotwein trank, fragte ich sie:

»Also, was wollen Sie mir auftischen?«

»Die Story vom Pferd!«, antwortete sie lachend.

Auf meinen verwunderten Blick sagte sie: »Die Geschichte handelt wirklich von einem Pferd.«

Plötzlich war aus dem Salon ein Klavier zu hören. Ich erkannte die Melodie sofort, es war: »Ich küsse Ihre Hand, Madame.«

Die Töne waren zwar ein bisschen falsch, aber das Stück war deutlich zu erkennen.

Sie fragte: »Übt da ein Kind?«

»Nein, er.«

»Wer?«

»Na, er!«

»Der Hund?«

Ich nickte.

»Sie wollen mich wohl verkohlen?«

»Bitte, sehen Sie selbst.«

Sie stand auf und ging in den Salon. Wenige Augenblicke später hörte ich sie quietschen: »Das gibt's doch nicht, der Hund spielt Klavier!«

Ich ging hinein und wurde Zeuge eines skurrilen Schauspiels: Blacky saß auf einem Klavierstuhl vor einem E-Piano und drückte mit beiden Pfoten die Tasten, die abwechselnd leuchteten.

»So ein smarter kleiner Kerl«, zwitscherte sie.

Als das Lied aus war, knuddelte sie ihn und Blacky leckte ihr Gesicht ab.

Ich rief: »Blacky, hör auf die Lady abzuschlecken!«

Kurze Zeit später setzte sie sich wieder. »Aber ich wollte doch eine Geschichte erzählen.«

»Ich bin ganz Ohr.«

»Also – ich war heute bei einem Ritterfilm als Komparsin engagiert. Gedreht wurde die Lebensgeschichte von Götz von Berlichingen. Ich sollte eine Marktfrau spielen und Gemüse verkaufen. Die Statistin neben mir hat aus Spaß immer ihr

›junges Gemüse‹ angepriesen, aber das war egal, wird eh alles synchronisiert.

In einer Szene sollte der Hauptdarsteller auf seinem Rappen, also schwarzem Pferd, durch die Stadt zu seiner Burg reiten. Allerdings konnte der Aufnahmeleiter nur einen Schimmel auftreiben. So hat er ihn kurzerhand mit Fingerfarben schwarz anmalen lassen. Soweit so gut. Doch nachdem Götz losgeritten war, begann es heftig zu regnen und die schwarze Farbe lief deutlich sichtbar am Pferd herunter. Als er es merkte, schrie er: ›Ja, leck mich doch am Arsch, mein Pferd bleicht!‹

Der Regisseur rief: ›Aus!‹

Wir Komparsen lachten und spotteten: ›Hey, Götz, dein Rappe sieht heute irgendwie blass aus.‹

Der Regisseur fragte den Aufnahmeleiter: ›Was soll das?‹

Dieser zuckte nur mit den Schultern und antwortete: ›Das sind halt Fingerfarben, die sind abwaschbar.‹

›Verdammt, dann nimm halt Schuhcreme her!‹

›Das geht nicht, verstößt gegen Tierschutzauflagen.‹

›Gut, dann mal den Schimmel wieder an, aber dieses Mal so, dass die Farbe hält.‹

Gesagt, getan. Nach einer Stunde war der Schimmel wieder zum Rappen mutiert und der Götz-Darsteller ging wieder zurück auf die Ausgangsposition. Kein Regen, wunderbar. Dann rief der Regisseur ›bitte‹ und Götz ritt los. Die ersten zwanzig Meter ging alles gut, doch als er vor dem Tor stand, schüttete es wie aus Eimern und das Pferd war im Nu scheckig. Dieses Mal war es der Regisseur, der das berühmte Zitat vom ›Götz von Berlichingen‹ ausstieß und alle aufforderte, seinen Arsch zu lecken. Wir Komparsen kicherten und feixten: ›Bist du, oh Rosinante, vor Liebe erblasst?‹

Der Götz-Darsteller war patschnass und sichtlich verärgert. Er sagte zum Regisseur: ›Weißt du was, das ist mir jetzt egal, ob mein Pferd die Farbe wechselt. Dann reite ich eben auf einem Chamäleon.‹

Der Aufnahmeleiter konterte: ›Der Zossen ist ein bisschen groß für ein Chamäleon, findest du nicht?‹

›Dann mach ihn wieder schwarz, sapperlot!‹

Die Regieassistentin unterbrach die beiden und schlug vor, das Pferd mit einer Plastikplane abzudecken. Da schrie der Regisseur genervt: ›Aber doch nicht, wenn er durchs 16. Jahrhundert reitet! – Es hilft nichts. Wir müssen die Szene vertagen. Und du treib einen Schimmel auf.‹

Tja, damit war die Szene gestorben und wir Komparsen waren entlassen.«

Ich lachte herzlich und sie nahm einen Schluck Rotwein. Da kam Blacky angestürmt und zog an der Tischdecke. Sie erschrak, doch ich sagte gelassen: »Keine Angst, die ist festgetuckert.«

»Wenigstens darauf kann man sich verlassen.«

»Ja, die Tischdecke gibt einem Halt –«

»– in dieser unsicheren Zeit.«

Sie nahm den Baron in den Arm und schmuste mit ihm. Ich holte währenddessen drei Goldmünzen aus dem Arbeitszimmer des Grafen. Nachdem ich ihr die Goldstücke überreicht hatte, fragte sie mich: »Wie viel sind die wert?«

»Vierhundertfünfzig Euro.«

»Das hat sich aber gelohnt. Als Komparse bekommt man nur einen Bruchteil davon.«

Plötzlich riss sich Blacky los und spurtete links ums Schloss.

»Was hat er nur?«

Ich zuckte mit den Schultern. »Bei ihm weiß man nie, woran man ist.«

Kurze Zeit später kam er zurück mit einer gelben Rose im Maul. Er setzt sich vor Frau Tremml aufrecht hin und sie nahm sie ihm ab. »Das gibt's doch nicht. Er schenkt mir eine Rose. Vielen Dank!«

Sie roch daran: »Wie gut die riecht.«

Sie herzte den Baron und sagte: »Wissen Sie was, ich nehm ihn mit.«

Bevor ich antworten konnte, kam Ramon um die Ecke und schimpfte: »Jetzt hat mir frecher Kerl eine Rose geklaut. Da ist er ja!«

Er deutete auf Blacky. Der verschwand unterm Tisch.

Frau Tremml entschuldigte sich: »Es tut mir leid, dass ich Ihnen Unannehmlichkeiten bereitet habe. Wollen Sie sie zurück?«

»Ach so, er hat Sie Ihnen geschenkt. Está bien!«

Er beugte sich hinunter und sagte zu Blacky: »Aber du frag nächstes Mal!«

Dann trottete er murrend davon. Blacky kam wieder zum Vorschein und blickte ihm nach.

Frau Tremml sagte: »Das ist mir peinlich.«

»Das braucht es nicht«, antwortete ich. »Nehmen Sie sie nur mit. Das ist schließlich ein Geschenk unseres Rosenkavaliers.«

Sie nahm den Baron auf ihren Schoß und streichelte ihn.

»Wenn man bedenkt, welchen Ärger du auf dich genommen hast, nur um mir diese Freude zu machen. Vielen Dank!«

Sie knuddelte ihn und sagte deprimiert: »Ich würde dich wirklich gerne mitnehmen –«

»– aber Sie haben keinen Vorkoster«, fiel ich ihr ins Wort.

Sie nickte lächelnd. Dann verabschiedete sie sich und ging zu ihrem Auto.

Um 21 Uhr meldete Jean eine gewisse Alina Heymstätt. Ach ja, dachte ich, das Model, das mir entflogen ist.

Ich ging zum hinteren Portal und begrüßte sie. Sie sah blendend aus in ihrem roten Minirock und knappen T-Shirt.

»Entschuldige, dass ich dich so überfalle«, flötete sie, »ich bin eben erst aus Paris zurückgekommen.«

»Du warst in Paris?«

»Ja, ich habe meiner Schwester beim Innenausbau einer neuen Bar geholfen.«

»Du kommst ganz schön herum.«

»Ja, und am Eröffnungsabend gab's eine kleine Modenschau. Und da dachte ich –«

»– die kleine Alina könnte wieder als Model arbeiten.«

Sie nickte. »Könntest du ein paar Fotos für eine aktuelle Sedcard schießen?«

»Avec plaisir, Mademoiselle.«

Sie holte aus ihrem Cabrio einen Alukoffer und wir begaben uns ins Fotostudio.

Als sie aus der Umkleidekabine kam, blieb mir die Spucke weg: Sie trug nur einen winzigen roten Bikini, der mehr ent- als verhüllte. Sie erriet meine Begeisterung und fragte scheinheilig, ob ich ihr nicht gefiele. Ich bejahte überschwänglich und servierte ihr Champagner. Dann gingen wir zu Werke. Ich ließ sie die üblichen Posen einnehmen: Brust und Po raus, die langen Haare anfeuchten und durch die Gegend schwingen, eine Hand in die Hüfte stemmen usw.

Nach etwa einer Stunde hatten wir das Standardprogramm absolviert und tranken Sekt. Plötzlich kam sie ganz nah und legte die Kordel ihres Bikinitops in meine rechte Hand.

»Was soll ich damit?«

»Na, was schon, ziehen.«

»Wieso?«

»Dummi! Zieh schon.«

Ich zog daran und voilà: Die ganze Fülle ihrer Weiblichkeit kam zum Vorschein.

»Was hast du vor?«, stammelte ich, während ich ihr Zwillingsgebirge bewunderte.

»Ich möchte mich bedanken fürs Fotoshooting – mit noch heißeren Fotos.«

Ich sah sie fragend an.

»Sei ehrlich, wie oft hast du daran gedacht, mich nackt abzulichten?«

»Ich bin kein Mathematiker, aber die Zahl ist wohl exponentiell.«

»Also, sehr oft«, sagte sie lächelnd und schwang ihre Hüfte gegen die meine.

»Los, da ist noch 'ne Kordel.«

Ich tat, wie mir geheißen und so stand sie vor mir wie die Göttin Venus höchstpersönlich. Sie nahm eine aufreizende Pose ein, doch ich war perplex.

»Willst du nicht anfangen, mich zu fotografieren?«

»Du hast recht, es ist keine Zeit zu verlieren.«

Ich schnappte mir den Fotoapparat und knipste, was das Zeug hielt. Mein Model bot mir dabei Posen an, die vorzuschlagen, ich nie gewagt hätte. Alles, womit Mutter Natur sie ausgestattet hatte, zeigte sie mir voller Stolz.

Ich hatte mich fast bis zur Raserei gesteigert, da fragte sie mich:

»Bist du zufrieden mit meinen Posen?«

»Bei mir pfeift gleich der Druckkessel!«

»Dann werde ich mich ums Ventil kümmern.«

Sie nahm mir die Kamera ab und machte sich an meiner Kleidung zu schaffen. Kurz darauf stand ich im Adamskostüm vor ihr.

»Wow, du hast aber ein großes Ventil«, lobte sie meine Männlichkeit. Dann zog sie mich am Henkel zum Bett und ließ durch ständiges Reiben den Druck im Kessel weiter steigen.

Unvermittelt blickte sie mich an und hauchte mit gespielter Unschuld: »Darf ich deine Liebessklavin sein?«

»Warum nicht?«

»Dann musst du mich auch fesseln!«

»Wenn es unbedingt sein muss«, heuchelte ich.

Sie verwies auf die Tücher im Alukoffer, von wo ich sie eiligst holte und um ihre Handgelenke schlang.

»Nein, nicht vorne, hinten«, sagte sie.

Darauf fesselte ich ihr die Hände auf den Rücken.

»Fester!«, befahl sie mir, »ja, so ist es gut.«

Als ich fertig war, sah sie mich unschuldig wie ein kleines Mädchen an und zwitscherte: »Jetzt bin ich wehrlos. Du kannst mit mir machen, was du willst.«

Sofort begann ich sie zu küssen und ihre Brüste zu liebkosen, worauf sie lustvoll stöhnte. Dann schubste ich sie aufs Bett. Sie nahm dabei eine Stellung ein, die jeden Mann zum Hobbygynäkologen werden lässt. Ich band zwei Tücher um ihre Fußgelenke und fesselte ihre Beine in den Spagat. Da seufzte sie: »Wenn mich jetzt ein Mann begehrte, ich könnte mich nicht zur Wehr setzen, ich müsste alles erdulden.«

Ich stürzte mich auf sie und begann, auf der Werkbank der Liebe zu arbeiten. Sie quittierte meine Anstrengungen mit einem rhythmischen »Ja«, was ich als Zustimmung wertete. So angestachelt, tat mein Möglichstes, um meinen weiblichen Fan zufriedenzustellen.

Da sagte sie:»Wenn jetzt ein wilder Wikinger käme, ich könnte mich ihm nicht verweigern.«

Ich überlegte, ob ich jetzt einen Wikingerhelm aus der Kleiderkammer holen sollte, doch da riss mich ein Geräusch aus meinen Gedanken. Nach jedem »Ja« war von draußen ein »Wow« zu hören. So ging es in einem fort:»Ja – Wow! Ja – Wow! Ja – Wow!«

Sie fragte:»Hörst du das?«

»Was?«

»Da schreit immer jemand ›Wow‹.«

»Das ist sicher der Kammerdiener hinter der Tür.«

»Bitte?«

»Es gehört zu seinen Aufgaben, die sexuellen Leistungen der Schlossbewohner zu bejubeln.«

»He?«

»War nur Spaß, das ist der Hund«, sagte ich.

»Mach weiter, vielleicht ist er jetzt weg«, quengelte sie.

Doch kaum begann ich auf der Werkbank zu hobeln, erklangen wieder Blackys Anfeuerungsrufe:»Ja – Wow! Ja – Wow! Ja – Wow!«

Es hatte keinen Sinn, ich musste meine Arbeit einstellen.

Ich sagte zu ihr.»Entweder du bist leiser oder ich verpasse dem Hund einen Lärmschutzhörer.«

»Das wäre ja noch schöner«, sagte sie erbost, »ich trage keinen Maulkorb! Wieso mischt sich der Hund überhaupt ein?«

»Ich glaube, der will mitmachen.«

»Bei uns?«

»Wieso nicht? Vielleicht ist er ein toller Liebhaber?«

»Ich bin ja für vieles zu haben, aber das geht zu weit.«

Missmutig stand ich auf und öffnete die Tür einen Spalt – da stürmte Blacky herein und sprang aufs Bett. Sie schrie und zappelte wie wild, doch Blacky war nicht an Sex interessiert. So konnte ich ihn leicht vom Bett zurückziehen. Ich gab Kommando »Blacky, Platz!«, worauf er sich hinsetzte.

Alina sagte hastig: »Braver Hund, braver Hund!«

»Tja«, sagte ich zum Baron, »drei sind einer zu viel.«

Blacky blickte mich an, als verstünde er, wovon ich sprach.

»Aber du sollst auch deinen Spaß haben«, sagte ich zu ihm und brachte ihn in sein Zimmer. Aus Jeans Zimmer holte ich einige Leckerlis, die ich dem Baron zum Fraß vorwarf. Dann sperrte ich seine Tür ab.

Zurück im Fotostudio, betätigte ich mich wieder als Meister meiner gefesselten Liebessklavin. Und ungestört und ganz auf die Sache konzentriert, passierten wir die Ziellinie gleichzeitig.

Nachdem ich ausgekeucht hatte, löste ich die Fesseltücher und wir gingen gemeinsam duschen. Danach nahmen wir in der Küche mit Blacky eine kleine Mahlzeit zu uns und Alina schloss mit dem Baron Freundschaft. Kurz vor Mitternacht gingen wir zu Bett.

Während mein Model an meiner Seite eingeschlafen war, lag ich noch wach. Ich musste an den Grafen denken: Hoffentlich geht die Operation gut. Obwohl er im Rollstuhl sitzt, hat er was zu verlieren. Er ist schließlich nur teilgelähmt …

KAPITEL 6

Als ich am späten Vormittag erwachte, musste ich an den Grafen denken: Ob er schon operiert wurde? Hoffentlich ging alles gut. Nicht auszudenken, wenn er nach der Operation schlechter dastünde als vorher.

Während mein Model duschte, übertrug ich ihre Fotos auf einen USB-Stick. Dann frühstückten wir. Sie wunderte sich über meinen großen Hunger und ich erläuterte: »Hobeln ist eben kräftezehrend.«

Nach dem Frühstück verabschiedeten wir uns mit einem Küsschen und sie fuhr ab.

Kurz nach 13 Uhr kam Jean freudig erregt in mein Arbeitszimmer gelaufen: »Alles gut gegangen, keine Komplikationen, wir können ihn nachmittags besuchen.«

Mir fiel ein Stein vom Herzen.

Zwei Stunden später standen wir zusammen mit Konrad Kraft am Bett des Grafen. Der Zimmernachbar sagte: »Anscheinend ist die Operation gelungen, Sie haben noch kein einziges Mal ›Muh‹ gesagt.«

Wir lachten und der Herr Kraft fuhr fort: »Und wenn Ihnen Hörner wachsen – nicht so schlimm. Kann man ja absägen oder zurechtflexen.«

Ich sagte zu ihm: »Sie sind ja bestens gelaunt. Sie haben wohl als Stimmungsaufheller den Finger in die Steckdose gehalten.«

»Ja, aber inzwischen hat das fast keine Wirkung mehr. Das ist lediglich wie eine Tasse Kaffee.«

Ich entgegnete: »Das ist halt der Nachteil, wenn man immer nur mit Starkstrom zu tun hat.«

Herr Kraft sagte mit gespieltem Ärger: »Der verfluchte Gewöhnungseffekt.«

Jean fing plötzlich an zu lachen und sagte zum Grafen: »Wir haben dich noch gar nicht nach deinem Befinden gefragt. Ist die OP reibungslos verlaufen?«

»Fürs Erste schon. Was aber wirklich dabei herauskommt, wird sich später zeigen. Apropos erfolgreiche OP: Da fällt mir eine Geschichte ein, die ich im Krankenhausjournal gelesen habe. Bei einem Lateinlehrer sollte ein Gehirntumor entfernt werden. An sich keine schwierige Sache, das Geschwür war gut zugänglich und nicht besonders stark mit dem Gehirn verwachsen. Doch leider wurden bei der Operation durch Ärztepfusch auch andere Areale verletzt. Die Folge: Das Langzeitgedächtnis war weg, zwanzig Jahre Lateinstudium waren für die Katz. Und auch das Kurzzeitgedächtnis hatte Schaden genommen. Als ihm die Hiobsbotschaft überbracht wurde, fing der Arme an zu schreien. Doch weil er sich Sekunden später nicht mehr an den Grund erinnern konnte, sagte er: ›Meine Herren, ich bemerke, dass ich schreie. Könnten Sie mich freundlicherweise darüber aufklären, warum ich das tue?‹

Die Ärzte zuckten nur mit den Schultern und sagten: ›Nein, keine Ahnung. Wir haben uns ganz normal unterhalten, plötzlich wurden Sie lauter und lauter.‹

›Und Sie wissen nicht warum?‹

›Nein.«

›Dann würde ich vorschlagen, wieder zur normalen Lautstärke zurückzukehren.‹

›Ja, das wäre uns recht.‹

›Gut, wenn sonst nichts ist, werde ich gehen.‹

›Tun Sie das. Auf Wiedersehen.‹«

Wir lachten lauthals, obwohl wir alle Mitleid mit dem Lateinlehrer hatten. Da sagte der Graf: »Bei mir ist das gottlob anders. Ich merke gleich, ob man mich verpfuscht hat oder
nicht.«

»Das kann auch ein Nachteil sein«, meinte Herr Kraft. »Ich
weiß, über wen ich mich ärgern muss ...«

»Über sich selbst!«, sagte lachend der Graf. Herr Kraft nickte und zog eine Schnute.

Als wir später mit Viktor allein in seinem Zimmer waren, erzählten wir ihm die Streiche seines vierbeinigen Stellvertre-
ters.

»Das ist ein größerer Hallodri als wir alle zusammen«, bemerkte er anerkennend.

»Ja«, meinte Jean. »Aber ich kann nur hoffen, dass die Erben seinen Aufenthaltsort nicht rauskriegen.«

»Das wird schon nicht passieren«, sagte der Graf.

Wir saßen noch eine Weile lustig beisammen, dann machten wir uns auf den Heimweg.

Am Abend saß ich im steinernen Pavillon östlich der Freitreppe, da meldete Jean einen »Lieferanten«, der sich gleich
selbst als Frank Fürwitz vorstellte. Frankie wie ich nennen
durfte, hatte eine entwaffnende Burschikosität, er trat auf wie
der Kumpel von nebenan. So verwunderte es mich nicht,
dass er gleich anfing, seine Story zu erzählen:

»Heute Abend wurde in der Staatsoper ›Aida‹ von Verdi
aufgeführt. Zu Beginn der Vorstellung sollten als Tempeldie-
ner kostümierte Komparsen hinter dem Vorhang stehen. Alle
bekamen eine zwei Meter hohe Bogenlampe in die Hand
gedrückt, die einen Meter über dem Kopf baumelte. Ich wurde

angewiesen, einen Anfänger einzulernen, der das erste Mal im Nationaltheater als Statist arbeitete. Ich schärfte ihm ein, die Lampe ja nicht loszulassen, sie sei sehr wertvoll und mit Petroleum gefüllt.

Er antwortete: ›Festhalten um jeden Preis – verstanden!‹

Dann marschierten wir mit unseren Lampen hinter dem geschlossenen Vorhang auf und bildeten eine Reihe. Als das Orchester einsetzte und sich der Vorhang hob, bemerkte ich zu meiner Überraschung, dass der Neuling neben mir begann zu schweben. Anfangs konnte ich es nicht glauben, doch er erhob sich tatsächlich gemächlich in die Lüfte. Während seine Füße auf der Höhe meiner Knie hingen, zischte ich ihm zu: ›Was machst du?‹

›Ich weiß es nicht‹, gab er zur Antwort.

Er schwebte immer höher und man konnte die Zuschauer lachen hören.

›Komm jetzt runter!‹, befahl ich ihm.

›Ich kann nicht!‹, antwortete er.

Seine Füße baumelten mittlerweile neben meinem Kopf und das Gejohle des Publikums wurde immer lauter.

Plötzlich machte es ratsch und er knallte auf den Boden, die Lampe zersprang dabei in tausend Splitter. Unter schallendem Gelächter des Publikums senkte sich der Vorhang wieder und das Orchester verstummte. Hinter dem Vorhang herrschte hektisches Treiben. Der Inspizient schrie den Neuling an: ›Sie Vollidiot!‹

Der arme Tropf versuchte sich zu verteidigen und stammelte: ›Ich kann nichts dafür.‹

›Los, hauen Sie ab!‹

Während er davonhumpelte, wischten die Bühnenarbeiter das ausgelaufene Öl weg und bereiteten den zweiten Start vor. Dieses Mal ohne Lampen.«

Ich fragte Frankie: »Was war passiert?«

»Der Pechvogel hatte sich mit seiner Lampe am Vorhang verfangen und war hochgezogen worden. Und weil ich ihm eingebläut hatte, nicht loszulassen, tat er's auch nicht.«

Ich sagte lachend: »Wenn der Vorhang nicht gerissen wäre, wäre er wahrscheinlich zehn Meter in der Luft gehangen.«

»Ja, und die Zuschauer hätten sich krankgelacht.«

»Das war's dann wohl mit seiner Komparsenkarriere.«

Plötzlich saß Blacky mit seinem Napf im Maul vor uns und schaute uns vorwurfsvoll an.

Frankie sagte: »Der arme Kerl hat Hunger.«

Ich sagte: »Das ist nur ein Zirkusgag. Er ist der bestgefütterte Hund der ganzen Stadt. Er sollte deshalb anstelle seines Napfes ein Stützrad bringen, damit sein Hängebauch nicht am Boden schleift.«

Blacky jaulte auf.

Frankie meinte: »Ach, komm, der Arme.«

Er streichelte den Foxterrier und schmiss ihm einen Keks hin, den Blacky auch gleich verschlang.

Dann gellte ein lautes »Blacky, go to bed« durch den Schlosspark. Es war Jean, der Blacky aufforderte, ins Bett zu gehen.

Frankie warf dem Foxterrier noch einen Keks ins Maul und sagte »als Betthupferl«, dann lief der Baron zum Schloss.

Ich belohnte den »Lieferanten« mit drei Goldmünzen und er machte die vage Zusicherung, mich weiterhin mit Komparsengeschichten verwöhnen zu wollen.

Als die Sonne unterging, setzten sich Jean, Anni, Iphigenie und Ramon zu mir in den Pavillon. Bei einem Glas Rotwein erzählten sie Schnurren aus ihrem Leben. Ramon berichtete zum Beispiel von einem Erlebnis als Taxifahrer in Traunreut:

»Es war tiefster Winter, die Straßen waren verschneit und kaum geräumt. Ein Abteilungsleiter von Siemens hatte mich gerufen, ich sollte ihn zum Flughaften nach München Erding fahren. Doch wir waren etwa eine halbe Stunde zu spät dran.

›In der kurzen Zeit nicht zu schaffen‹, sagte ich.

›Kein Problem, ich werde Sie anweisen‹, antwortete er selbstsicher. Und dann fuhren wir los.

›Schneller!‹, sagte er.

›Geht nicht, es ist spiegelglatt.‹

›Das macht nichts. Ich kenne mich aus.‹

Er klebte mit dem Gesicht an der Windschutzscheibe und sagte mir Gang und Geschwindigkeit an, wie bei einer Rallye.

›Geben Sie Gas, das ist eine Gerade, da kann nichts passieren.‹

Ich sagte ›Madre mía!‹, machte ein Kreuzzeichen und drückte das Gaspedal durch.

Als wir 150 Sachen drauf hatten, sagte er: ›Jetzt ganz vorsichtig lenken, keine großen Steuerbewegungen.‹

Ich tat, wie mir geheißen und begann, zu Sankt Christophorus zu beten. Er lachte nur: ›Keine Angst, die Strecke bin ich im Winter schon dutzende Male gefahren. Da kann nichts passieren. – Und sollten wir schleudern, ich sitze mit im Wagen.‹

›Sie sind lebensmüde?‹, fragte ich ihn.

›Würde ich dann versuchen, die Lufthansa-Maschine zu erwischen?‹

Ich dachte, stimmt eigentlich. Lufthansa ist kein Billigflieger. Aber trotzdem hatte ich Angst. Und während andere Autos mit 20 km/h dahingekrochen, schossen wir mit 150 Sachen vorbei. Die Kamikaze-Fahrt war bis dahin gutgegangen, doch dann kam eine Kurve.

›Los, dritter Gang, 90!‹, sagte er an.

›Meinen Sie wirklich?‹

›Vertrauen Sie mir.‹

Kaum hatte er es ausgesprochen, schlitterten wir von der Straße auf eine verschneite Wiese.

›Geben Sie Vollgas!‹, schrie er. ›Sonst bleiben wir stecken.‹ Ich zögerte.

›Nicht bremsen! Das Gaspedal voll durchdrücken!‹

Der ist wahnsinnig, schoss es mir durch den Kopf. Doch ich tat mein Möglichstes. Und tatsächlich: Nachdem wir die Schneefläche durchpflügt hatten, schossen wir wieder mit einem Mordskaracho auf die Bundesstraße zurück. Mein Beifahrer winkte nur ab: ›Das ist mir schon öfter passiert.‹

Plötzlich blockierte ein querstehendes Auto die Straße. Ich schaute hilfesuchend zu ihm. ›Kein Problem, fahren Sie rechts auf den Standstreifen.‹

›Der ist nicht geräumt‹, wandte ich ein.

›Bei Vollgas geht das immer.‹

›Noch schneller?‹

›Keine Angst, die bewegen sich nicht.‹

Ich gab noch mehr Gas und so rasten wir mit 170 Stundenkilometer am havarierten Wagen vorbei. Die trauten ihren Augen nicht.

Als ich am Flughafen vorfuhr und auf die Uhr blickte, traute *ich* meinen Augen nicht: Gerade mal eine halbe Stunde! Weltrekord! Selbst im Sommer bei besten Verhältnissen würde ich das kaum schaffen.«

Wir lachten herzhaft und nun meldete sich Iphigenie zu Wort:

»Letztes Jahr sollte auf Mykonos ein neuer Fußweg gebaut werden: Vom Hafen ins Innere der Insel. Als mein Onkel davon erfuhr, hat er per Bestechung erreicht, dass der Weg mitten durch sein Restaurant führt. Touristen sind also gezwungen, durch die Kneipe zu spazieren, ob sie wollen oder nicht. Und viele von ihnen bleiben natürlich hängen und trinken ein Glas oder essen was. Das bringt den dreifachen Umsatz. Selbstverständlich hält der Bürgermeister die Gemeinderatssitzungen in dieser Kneipe ab und selbstredend ist alles gratis.«

Ihre Augen glänzten: »Das ist Korruption! Das macht uns keiner nach!«

Jean meinte: »Stimmt. Davon können andere Länder nur träumen.«

Wir delektierten uns noch einige Zeit am Rotwein, dann ließ ich mich reichlich angesäuselt ins Bett sinken.

KAPITEL 7

Am nächsten Tag erwachte ich erst zur Mittagszeit. Die gut verlaufene Operation des Grafen hatte mich schlummern lassen wie ein Murmeltier.

Nachmittags fuhren Jean und ich wieder zur »Sansibar-Klinik«. Viktor saß in seinem Bett und stopfte sich Rührkuchen in den Mund, den ihm Svetlana gebacken hatte. Wir taten uns ebenfalls am Gugelhupf gütlich und lauschten Svetlanas Geschichte von ihrer Großmutter Marketa:

»Gestern habe ich mit meiner Oma in Prag telefoniert. Die freut sich immer über meine Anrufe. Ich bin so am Erzählen, wie es mir geht und was ich in Deutschland so treibe, da hat sie plötzlich keinen Mucks mehr von sich gegeben. Ich habe ins Telefon gerufen: ›Hallo Omi, bist du noch dran?‹ – Keine Antwort. Sie hatte aber auch nicht aufgelegt. Also habe ich aus Sorge, dass ihr etwas passiert sein könnte, die Sanitäter verständigt. Die haben geläutet und geläutet – doch niemand öffnete. Schließlich haben sie die Wohnungstür mit einem Brecheisen aufgestemmt und meine Oma zusammengesunken in ihrem Ohrensessel gefunden; der Telefonhörer lag auf ihrem Schoß.«

Svetlana machte eine Pause. Wir hörten auf mit Kauen und sahen sie erwartungsvoll an.

»Und?«, fragte ich mit vollem Mund.

»Schlaganfall! Inzwischen liegt sie im Wachkoma.«

Ich hatte inzwischen meinen Bissen hinuntergeschluckt und scherzte: »Na klar, du hast sie ins Koma gelabert.«

Viktor und Jean lachten auf und ich fuhr fort: »Du warst so lähmend, dass deiner Oma das Gehirn eingeschlafen ist.«

Wieder erntete ich Gelächter. Ich erhob meinen rechten Zeigefinger und sagte: »Du musst aufpassen, Viktor, du wirst von einer gefürchteten Koma-Laberin betreut.«

Svetlana entgegnete: »Nein, das stimmt nicht!«

Ich setzte hinzu: »In Prag haben alle Menschen Svetlanas Telefonnummer gesperrt, weil sie Angst vor ihren Anrufen haben ... das wäre so, als riefe der Tod höchstpersönlich an.«

Jetzt meldete sich Viktor zu Wort: »Selbst wenn dem so wäre, würde sie mich mit ihren körperlichen Reizen wieder aufwecken.«

Er streckte seine Hände nach ihr aus und sie fiel ihm in die Arme.

»Danke, Vicco«, sagte sie und gab ihm ein Küsschen.

Nachdem wir aufgegessen hatten, gab ich Viktor die Mappe mit den neuen Anekdoten zur Lektüre.

»Mal sehen«, sagte Viktor und begann zu blättern.

»Übrigens«, fuhr er fort, »werde ich bald keine Anekdoten mehr ankaufen, sondern wieder selbst für lustige Erlebnisse sorgen.«

»Ach«, meinte ich, »so eine amüsante Gewohnheit sollte man nicht so schnell aufgeben.«

»Du hast recht«, antwortete er, »gute Geschichten sind immer willkommen.«

Wir amüsierten uns noch eine Weile über lustige Krankengeschichten, dann verabschiedeten wir uns von Viktor. Er teilte uns dabei mit, dass wir ihn nicht täglich besuchen müssten, er werde hier – er nahm Svetlanas Hand – bestens versorgt. Wir wünschten ihm weiterhin »gute Besserung« und fuhren zurück zum Schloss.

Am Gesindehaus fing uns Anni ab und erzählte ganz begeistert, dass wir Post von einem englischen Bürgermeister erhalten hätten. Sie gab uns einen Brief zu lesen, in dem stand, Baron Frederick habe sich um das Ansehen der Baronie Devonshire verdient gemacht. Wir stutzten. Weiter stand zu lesen, er bekomme deshalb den Orden »Pour le Mérite« verliehen.

Anni zeigte mir einen billigen Ramschorden: »Sieh mal, was ein schöner Orden.«

Ich fragte sie: »Was war noch im Paket?«

»Eine Torte!«

Jean sagte: »Hoffentlich hat sie Jussuf vorgekostet.«

»Natürlich.«

»Und?«

»Ich weiß nicht.«

»Gut, dann schauen wir mal nach.«

Wir marschierten zum Gesindehaus und Jean klopfte an Jussufs Zimmertür, doch er antwortete nicht.

Jean sagte: »Das verheißt nichts Gutes.«

Er öffnete die Tür und wir sahen Jussuf auf dem Boden liegen. Sein Gesicht war grün und blau und er hielt sich den Bauch. Er stöhnte: »Damit könnte man einen Elefanten umbringen. Gott sei Dank befinden sich seine Därme in Topform, sonst wäre es um mich geschehen.«

Ich fragte ihn, ob wir ihm helfen könnten.

»Nein«, gab er zur Antwort, »ich werde jetzt meine Schläuche nochmals leeren und mit Kamillentee ausspülen.«

»Wohl bekomm's«, sagte ich und schloss die Tür.

Kurz darauf hörten wir ein Röcheln und Gurgeln.

Jean meinte: »Das wäre kein Job für mich.«

Ich sagte: »Er ist eben ein passionierter Esser.«

Jean runzelte die Stirn und sagte: »Jetzt wissen sie's also.«

Anni fragte: »Wer weiß was?«

»Die Erben – sie wissen jetzt, dass Blacky bei uns wohnt.«

»Das waren die Erben?«

»Natürlich, aber sie haben nicht mit Jussuf gerechnet.«

Ich sagte: »Ich fürchte, dieser Vorteil ist jetzt futsch. Der nächste Anschlag wird sicher auf andere Weise erfolgen.«

»Ja, leider«, entgegnete Jean. Er hatte Sorgenfalten auf der Stirn – zu Recht, wie sich bald zeigen sollte.

Ich fragte: »Wo ist eigentlich der Baron?«

Anni sagte: »Der ist sicher wieder in der Küche. Iphigenie macht was mit Fleisch.«

Ich ging in die Küche und hörte Iphigenie schimpfen. Nach dem Grund ihres Ärgers befragt, sagte sie, der Baron habe sich über ein Schnitzel hergemacht.

Ich sagte erleichtert: »Gott sei Dank!«

Sie starrte mich fassungslos an. Dann erzählte ich ihr von dem vergifteten Kuchen.

»Nein, solche Banditen!«, sagte sie. »Aber trotzdem tut's mir um das schöne Schnitzel leid.«

Ich schmunzelte und verließ die Küche.

Nachmittags war ich mit meiner redaktionellen Arbeit zugange, da hörte ich Blacky hin und wieder bellen. Ich schaute aus dem Fenster und sah Jean an einem Tisch mit Spielkarten hantieren. Blacky saß auf einem Stuhl und starrte auf die Karten. Das muss ich mir näher ansehen, sagte ich mir und ging hinaus. Als mich Jean bemerkte, sagte er auf meinen fragenden Blick: »Heute kommt mein Cousin zu Besuch, wir werden pokern.«

»Und was hat das mit Blacky zu tun?«, wollte ich wissen.

»Nun, mein Cousin ist der größte Falschspieler des gesamten Commonwealth. Es gibt keinen Trick, den er nicht kennt. In den meisten Spielhöllen hat er Hausverbot, ein Wunder, dass man ihn nicht schon längst abgemurkst hat.«

Er mischte die Karten und legte sie vor dem Baron auf den Tisch.

»Natürlich wird er mich wieder spüren lassen, wie überlegen er mir ist. Denn ich bin in seinen Augen ja ›nur‹ ein Butler, er hingegen sieht sich als Künstler.«

Er grinste hämisch.

»Aber dieses Mal werde ich ihn eines Besseren belehren, ich werde ihn austricksen.«

»Und wie?«

»Ich werde einen Trick anwenden, auf den bisher noch keiner gekommen ist.«

Er zeigte Blacky ein Ass, worauf dieser einmal bellte. Dann hielt er ihm zwei vor die Nase – zweimaliges Bellen war die Reaktion. Dann das gleiche mit dreien. Und prompt gab's dafür ein Leckerli.

»Ich werd verrückt!«, sagte ich. »Blacky kann Asse erkennen?«

»Ja, und die Anzahl bellend anzeigen.«

»Das ist ja unglaublich!«

Jean nickte zufrieden.

Kurze Zeit später war der Besuch angekommen. Ich war neugierig, ob der Trick wirklich funktioniert und gesellte mich zu ihnen. Jean stellte mir seinen Cousin als Clarence »Cheaty« Chestnut vor. Der sah unscheinbar und harmlos aus, als könne er kein Wässerchen trüben. Neben ihm saß Blacky. Er streichelte ihn und sagte: »He's my lucky charm. Er bringt mir Glück.«

Ich dachte mir, wenn der wüsste, welche Natter er da an seiner Brust nährt. Dann begann die nächste Runde. Blacky schaute in seine Karten, blieb aber still. Also eine Runde ohne Ass, dachte ich mir.

Während die beiden Cousins zockten, schenkte ich mir einen »Mandarine Napoleon« ein und nahm einen Schluck. Nachdem ich das halbvolle Glas abgestellt hatte, hüpfte Blacky auf den Tisch und begann, das Glas auszuschlabbern.

»Nein«, sagte ich, »das musst du so machen.«

Ich führte das Glas an seine Vorderzähne, ließ ihn leicht draufbeißen und hob seine Schnauze an, sodass der Likör ins Maul lief.

»Ja, so ist es gut«, lobte ich ihn.

Jean sagte: »Du bringst ihm noch das Saufen bei.«

»Als Baron muss er das können.«

Als das Glas leer war, stellte es Blacky sachte auf den Tisch und fing an zu winseln.

»Er will noch ein Glas«, sagte ich.

Doch Jean wiegelte ab: »Nein, jetzt ist genug. Wenn man bedenkt, dass er nur zehn Kilo wiegt.«

Ich sagte zu Blacky: »Vielleicht später, wenn du das verdaut hast.«

Sichtlich enttäuscht setzte er sich wieder auf seinen Stuhl.

Jean und Clarence pokerten noch eine Weile, dann kam es zum unvermeidlichen Showdown. Jean hatte drei Könige, sein Cousin angeblich drei Asse. Blacky sah ihm in die Karten und bellte nur zweimal. Aha, zwei Asse, dachte ich und wohl auch Jean. Clarence hatte die beiden Asse bereits aufgedeckt. Was aber hatte er noch? Der Baron blickte ihm wieder in die restlichen Karten – Stille.

Jetzt versuchte Clarence seinen Cousin einzuschüchtern.

»Na?«, fragte er, »was habe ich? Ist es ein Ass oder nicht?«

Clarence erhöhte den Einsatz – Jean ging mit. Clarence erhöhte noch einmal – Jean ebenfalls. Schließlich schob Jean völlig gelassen all sein Geld in die Mitte und sagte: »All in!«

Clarence wurde blass, versuchte aber souverän zu wirken.

Er sagte: »Jean, mach dich nicht unglücklich. Du hast doch nur das kleine Gehalt eines Butlers.«

Während er das sagte, rann ein Schweißtropfen seitlich an seiner Schläfe herunter. Blacky sah wieder in seine restlichen Karten und blieb still. Schließlich sagte Jean: »Ich will sehen.«

Clarence warf darauf seinen Karten in die Luft und rief: »Damned!«

Jean lachte auf.

Clarence fragte: »How could you know?«

»That's the life experience of an old butler«, antwortete Jean und wischte das ganze Geld zu sich. Dann griff er die Flasche und schenkte ein Glas Mandarinenlikör ein. Er schob es zu Blacky und sagte: »Hier, du sollst auch was davon haben.«

Blacky war ein gelehriger Schüler: Wie ich es ihm beigebracht hatte, nahm er das Glas mit den Vorderzähnen und trank es ex!

Wir applaudierten und Clarence meinte: »Jetzt ist er ein richtiger Baron!«

Da Clarence pleite war, lud Jean ihn auf einen Stadtbummel ein. Ich jedoch begab mich wieder in mein Arbeitszimmer.

Kurz vor 23 Uhr, ich saß gerade am Springbrunnen westlich der Freitreppe, hörte ich plötzlich eine Stimme hinter mir: »Hallo, ich bin's wieder.«

Ich drehte mich um und sah Frank Fürwitz vor mir stehen. Zu meinem Erstaunen hielt er eine Flasche Remy Martin und zwei Gläser in der Hand. Anscheinend hatte er die Bar entdeckt und sich selbst bedient. Er füllte beide Gläser und sprudelte mit seinem frischen Erlebnis heraus:

»Heute Abend hatte ich außerplanmäßig einen Komparseneinsatz am Nationaltheater. Ich sollte für einen erkrankten Statisten einspringen, gespielt wurde ›Tosca‹ von Verdi. Da ich sehr spät angerufen wurde, kam ich erst kurz vor meinem Auftritt. Der Inspizient meinte: ›Wo bleiben Sie denn? Sie müssen gleich auf die Bühne, für Instruktionen ist keine Zeit.‹

Ich fragte: ›Was soll ich denn machen?‹

›Sie müssen gar nichts machen.‹

Und schon hatten mich die Kostümbildner in eine Ritterrüstung gesteckt und mir einen großen Helm aufgesetzt. Nach vorne konnte ich nichts sehen, nur seitlich nach oben. Dann wurde ich von einem Bühnenarbeiter auf die Bühne geschoben. In den schweren Eisenstiefeln konnte ich gar nicht richtig gehen. Ich bin da herumgestolpert und wäre fast hingefallen. Plötzlich habe ich jemanden singen hören, das muss die Tosca sein. Aber was zum Teufel mache ich hier? Ich konnte anhand des Schnürbodens über mir die Rückseite der Bühne ausmachen und habe mich darauf zubewegt. Ich dachte mir: Vielleicht kann ich mich in die Kulissen verdrücken. Doch von dort haben mich flinke Hände wieder zurückgeschubst. So habe ich es auf der anderen Seite versucht. Aber auch hier wurde mir der Fluchtweg versperrt. »Verdammte Scheiße«, fluchte ich, »wollen die mich verarschen?«

Da ich nirgends abgehen konnte, bin ich wieder scheppernd Richtung Bühnenmitte gestakst. Und während ich ziellos herumirre und vor mich hin fluche, habe ich die Sopranistin immer lauter singen gehört. Schließlich stand sie neben mir und

115

hat mir in die Ohren geschmettert, dass ich mir Hören und Sehen verging. Dann machte sie sich an meiner Rüstung zu schaffen. Ich fragte mich: Was macht die da? Das geht doch nicht! Auf einmal war sie still – donnernder Applaus. Da nahm mir jemand den Helm ab und ich sah die Tosca-Darstellerin vor mir auf dem Boden liegen, ein kurzes Schwert unter die linke Achsel geklemmt. Plötzlich sprang sie auf und eilte nach vorne, der Vorhang ging auf und sie ließ sich vom begeisterten Publikum feiern.«

Ich starrte Frankie fragend an und er erläuterte:

»Ich sollte in der Oper eine Palastwache spielen. Ganz am Schluss zieht Tosca einen Dolch aus meinem Gürtel und ersticht sich damit selbst.

Nachher kam der Inspizient auf mich zu und hat mir zu meiner Leistung gratuliert: ›Hervorragend, wie Sie das gemacht haben. Absolut authentisch.‹

›Ich bin eben ein Naturtalent‹, antwortete ich stolz.«

Frankie nahm einen Schluck: »Übrigens wird mich das Nationaltheater jetzt immer als Palastwache engagieren.«

»Klar, bei dem Talent!«, sagte ich.

Wir lachten beide und ich entlohnte ihn mit drei Goldstücken.

Als ich im Bett lag, hörte ich Blacky mit den Pfoten an Jean's Zimmer kratzen. Er drückte nicht einfach die Türklinke herunter, wie er es leicht gekonnt hätte, sondern wartete brav, bis Jean ihm öffnete. Ist das ein lieber Kerl, dachte ich. Und plötzlich wurde mir bewusst, dass der Baron bei uns nur zu Gast war und seine Anwesenheit nur vorübergehend sein würde …

KAPITEL 8

Am Donnerstagmorgen erwachte ich bereits bei Sonnenaufgang; die zwitschernden Vögel hatten mich aufgeweckt. Ich dachte mir, wie schön ist dieser beschauliche Beginn eines milden Sommertages und wie reizvoll ist es, bei offenem Fenster zu schlafen.

Plötzlich spürte ich etwas Flauschiges auf meiner Hand. Es fühlte sich an wie ein Biberpelz. Aber es konnte unmöglich ein Biber sein. Dann war es weg. Wahrscheinlich der Ausläufer eines Traumes, kam mir in den Sinn. Ich drehte mich auf die linke Seite, da hörte ich es dicht an meinem Kopf schnurren. Das kann ja gar nicht sein. Das würde ja bedeuten …? Nein. Sicher wieder eine Schimäre.

Doch dann brummte es laut in meinem rechten Ohr und ich spürte etwas Feuchtes. Kein Zweifel, das musste eine Katze sein: Lilly!

Kaum wurde ich sie gewahr, setzte die dazu passende Geräuschkulisse ein. Denn Blacky hatte sie nun auch entdeckt und bellte wie verrückt vor meinem Schlafzimmer. Ich dachte mir: Oh Mann, wieso muss sie ausgerechnet hier Zuflucht suchen? Und wie kommt sie überhaupt ohne Einladung ins Schloss?

Ich stand auf und übergab sie Jean, der für ihre Heimkehr sorgte. Dann duschte und frühstückte ich.

Kurz nach 9 Uhr fuhren Ramon, Jean und ich zum Krankenhaus, um den Grafen in die Rehaklinik »Kurklinik Morgenröte« zu bringen. Svetlana war mit von der Partie, was mich nicht wunderte. Sie hatte wohl von Viktor ein besseres

Jobangebot bekommen. Als wir in den Rolls-Royce einstiegen, kam Chefarzt Springinsfeld mit einem Grammofon und spielte »Lohengrins« Abschiedsarie:

> So hehrer Art doch ist des Grales Segen,
> enthüllt muss er des Laien Auge fliehn;
> des Ritters drum sollt Zweifel ihr nicht hegen,
> erkennt ihr ihn – dann muss er von euch ziehn.

Ich sagte zu Viktor: »Man hätte dich *nicht* nach deinem Namen fragen sollen.«

Viktor grinste: »Gut, dass sie es getan haben.«

Er machte mit der rechten Hand eine »Abflug-Geste«.

Ramon blickte zum Professor und schüttelte den Kopf: »Mir tut nur seine Familie leid.«

Dann gab er Gas.

Als wir an der Rehaklinik ankamen, bemerkten wir unter dem Schriftzug »Kurklinik Morgenröte« ein Graffito: Es zeigte eine hübsche Frau mit zwei Krücken. Daneben stand zu lesen: »Auch Krücken können entzücken!«

»Kein schlechtes Motto«, bemerkte der Graf.

Der Empfang war überraschenderweise schlicht und fiel ohne Begrüßungsständchen aus. Svetlana war darüber sichtlich enttäuscht. Sie murmelte: »Diese Klinik hat keinen Stil.«

Jean kümmerte sich derweil ums Einchecken. Nachdem er an der Rezeption den Namen des Grafen genannt hatte, nahm der Portier den Telefonhörer, tippte einige Tasten und versuchte zu flüstern. Doch er sprach dabei so laut, dass wir ihn verstehen konnten. Er sagte: »Herr Professor, der dicke Fisch ist da. Kommen Sie schnell.«

Viktor hielt sich die Hände auf den Bauch und meinte: »So dick bin ich gar nicht.«

Anschließend erledigte der Rezeptionist mit Jean die Formalitäten. Am Ende überreichte er ihm den Zimmerschlüssel. Auf dem stand 226 – 229. Jean fragte: »Für welche Tür ist der?«

»Für alle vier.«

»Und wo ist der Eingang?«

»Natürlich bei 226.«

In diesem Augenblick öffnete sich der Fahrstuhl und ein großer Mann in einem weißen Kittel eilte auf uns zu. Er war um die fünfzig und hatte eine Halbglatze. Seine braunen Haare befanden sich offensichtlich auf dem Rückzug. Nur ein Haarschopf in der Mitte hielt wacker die Stellung.

Er stellte sich als Professor Stieglitz vor und hieß uns willkommen. Mit überschäumender Freundlichkeit sagte er: »Nein, was für eine Ehre, dass Sie meine Klinik besuchen. Als ich erfuhr, dass Sie sich hier auskurieren wollen, wäre ich vor Freude beinahe vom Stuhl gefallen. Ihr Ruf eilt Ihnen ja voraus.«

Er drängte Ramon vom Rollstuhl weg und schob den Grafen den Gang entlang. Jean bemerkte: »Zu Zimmer 226 geht's in die andere Richtung.«

»Das ist korrekt. Aber erst möchte ich Ihnen etwas Interessantes zeigen.«

Svetlana sagte grinsend: »Sicher eine Baustelle.«

Der Graf sagte zu Jean und Ramon: »Schafft bitte die Koffer auf mein Zimmer, ich komme später.«

Dann begann die Besichtigungstour. Der Professor zeigte uns bereits fertiggestellte OP-Säle, Behandlungszimmer, Gänge, Toiletten und Besenkammern. Besonders stolz war er das neue Klinikcafé: »Alpenbarock«, sagte er und strahlte dabei wie ein Honigkuchenpferd.

Svetlana flüsterte mir zu: »Schön geschmacklos.«

Dann führte er uns in einen Trakt, wo noch gehämmert und gebohrt wurde.

Er sagte: »Sehen Sie, hier soll ein neuer Speisesaal entstehen. Der Name ist noch zu vergeben. Wäre es nicht reizvoll, wenn dieser schöne Pavillon Ihren Namen trüge?«

Er machte eine ausladende Handbewegung und schmetterte: »Graf von Bodeswalde-Pavillon!«

»Das klingt nicht schlecht«, sagte der Graf. »Wie viel würde mich diese Ehre denn kosten?«

»So viel, wie Sie der Sansibar-Klinik gespendet haben.«

»Professor Springinsfeld hat also geplaudert?«

»Ich bitte Sie, wir sind Studienkollegen.«

»Verstehe.«

Viktor überlegte einige Augenblicke. Dann sagte er: »Einverstanden. Jean wird Ihnen später den Scheck bringen.«

»Professor Stieglitz schüttelte seine Hand: »Danke, vielen Dank! Ich wusste, dass Sie ein Förderer moderner Architektur sind. Meine Angestellten werden Ihnen jeden Wunsch von den Lippen ablesen.«

»Übrigens«, sagte der Graf, »meine Assistentin, Frau Veselý, bräuchte einen Sonderausweis, der es ihr ermöglicht, sich im Sanatorium frei zu bewegen.«

»Natürlich, ich werde das sofort in die Wege leiten.«

Er schob den Grafen zurück zum Aufzug und wünschte ihm noch einen angenehmen Aufenthalt.

Die Zimmer 226 – 229 waren eine luxuriöse Suite, bestehend aus einem Salon, einem Schlaf-, Bade- und Arbeitszimmer.

Während ich das edle Interieur bewunderte, bekamen wir Besuch von der Sekretärin von Professor Stieglitz, Frau Tauentzien. Sie war um die Vierzig, hatte eine altmodische Frisur, jedoch einen sinnlichen Kussmund wie Brigitte Bardot. Sie hätte ohne Weiteres als Lippenstiftmodel arbeiten können, aber ich unterließ es, sie darauf hinzuweisen.

Frau Tauentzien sagte uns, dass sie ein Passbild von Frau Veselý benötige. Der Graf rollte daraufhin zum Badezimmer und rief durch die Tür: »Svetlana, wie weit bist du?«

»Ich hab's gleich«, war ihre Antwort. Dann hörten wir sie schimpfen: »Verdammt, jetzt sieht man den Fotoblitz. – Oh nein, jetzt stört eine Reflexion.«

Die Sekretärin klopfte an die Tür und sagte: »Frau Veselý, lassen Sie mich das Foto machen. Ich habe darin Übung.«

Die Badezimmertür öffnete sich einen Spalt und sie huschte hinein. Kurze Zeit später kamen beide Frauen heraus. Frau Tauentzien hatte ihr eigenes Handy benutzt und sie gingen die Fotos durch. Sie einigten sich schließlich auf eines und Svetlana flüsterte der Sekretärin ihr Geburtsdatum ins Ohr. Frau Tauentzien sagte daraufhin, dass es nicht lange dauern würde und wir inzwischen zu Mittag essen könnten. Sie werde den Ausweis dann an unseren Tisch bringen.

Svetlana bedankte sich bei ihr und wir machten uns auf den Weg zum alten Speisesaal. Dort angekommen, bemerkte Svetlana, dass der alte Speisesaal viel schöner sei als der Neue und dass es eine Schande sei, so viel Geld dafür zu verschwenden. Viktor jedoch zuckte nur mit den Schultern.

Nachdem wir Platz genommen hatten, setzten sich zwei Patienten an einen Nebentisch. Der eine hatte eine Bassstimme, die so laut war, dass es unmöglich war, seinen Ausführungen nicht zu folgen. Er erzählte seinem Kumpel den Grund seines Aufenthaltes in der Klinik.

»Wie das passiert ist?«, begann er. »Du wirst lachen, aber mir ist das Lachen vergangen. Ich bin vorletzten Samstag einen Stadtmarathon gelaufen. Weißt du, Marathon laufen ist mein Hobby. Ich jogge so dahin, da merke ich, dass es irgendwie leichter geht. Es war, als würde ich schweben. Ich habe unwillkürlich beschleunigt, einem Läufer kann es ja nie schnell genug gehen. Und das war mein Untergang! Die totale Apokalypse!«

Er machte eine Pause. – Wir und alle anderen Patienten an der Peripherie seines Tisches hielten den Atem an. Wir waren neugierig, doch er machte nicht weiter. Der Graf sagte: »Svetlana, könntest du bitte rübergehen und ihn bitten, weiterzuerzählen. Es ist gerade so spannend.«

Sie winkte lachend ab. Dann setzte die volltönende Stimme wieder ein: »Schritt für Schritt bin ich in die orthopädische Katastrophe gelaufen. Das war sportlicher Suizid! Der reinste Exitus!«

Endlich fragte sein Gegenüber: »Was ist denn passiert?«

»Was passiert ist?«, schrie er. »Du willst wirklich wissen, was passiert ist?«

Alle in seiner Umgebung nickten.

»Das ist passiert!«

Er deutete auf sein linkes Knie. Das war eingegipst, doch in einer Sportklinik war das nichts Ungewöhnliches. Ramon verlor die Geduld. Mit halblauter Stimme sagte er: »Oh Mann, jetzt erzähl endlich, was passiert ist.«

Als hätte der Marathonläufer das gehört, rückte er endlich mit der Sprache heraus: »Der Meniskus hat sich verabschiedet! Ist in hundert Teile zerbrochen. Der war nur noch Brei. Der Röntgenarzt konnte es anfangs nicht glauben. Er fühlte sich an den zweiten Weltkrieg erinnert. Nur da gab es solche vernichtende Bilder zu sehen, wie nach einem Granateneinschlag.«

»Und damit bist du schneller gelaufen?«, fragte sein Kumpel ungläubig.

»Ja, neue Rekordzeit.«

»Wahnsinn!«

Der Graf sagte: »Da sieht man's wieder: Wirf über Bord, was dich bremst.«

Wir kicherten und Svetlana fügte an: »Wer weiß? Wenn er seine Kniescheiben auch noch verloren hätte, vielleicht wäre er dann noch schneller gelaufen.«

Sie gluckste über ihren Scherz, da tippte ihr Frau Tauentzien auf die Schulter. »Hier, Ihr Ausweis.«

Svetlana nahm ihn entgegen und las laut vor: »Svetlana Veselý: Sonderbeauftragte der Kurklinik Morgenröte. – Sonderbeauftragte! Als wär ich Botschafterin oder so.«

Sie bedankte sich bei der Sekretärin, doch dann verfinsterte sich ihr Gesicht: »Das Foto ist suboptimal.«

Viktor entriss ihn den Ausweis und meinte: »Das finde ich nicht.«

Jean sagte: »Wie dem aus sei. Wir müssen nach dem Baron sehen. Schließlich sind wir für seine Sicherheit verantwortlich.«

Viktor war der gleichen Meinung. So verabschiedeten wir uns von den beiden und wünschten Viktor eine baldige Genesung.

Als wir auf den Parkplatz des Schlosses einbogen, kam Blacky angelaufen und begrüßte uns. Ramon blickte aus dem Fenster und meinte: »Haltet mich für verrückt. Aber Blacky hat eine Handgranate im Maul.«

Ich schaute genauer hin und sagte. »Du hast recht, das ist eine Handgranate!«

Ramon meinte ängstlich: »Ich bleib hier, die Limousine ist gepanzert.«

Jean und ich waren mutiger. Wir stiegen aus und untersuchten die Handgranate in Blackys Maul. Und zu unserer

Erleichterung stellten wir fest, dass der Sicherungsstift noch drinnen war.

Jean fasste beide Enden der Granate, sagte »aus!« und hielt darauf die Handgranate in seinen Händen. »Sieh nur«, sagte er, »am Ring des Sicherungsstifts hängt der Rest einer Wurst. Das sollte wohl der Köder sein.«

»Ja, der Baron sollte die Wurst fressen, dabei den Sicherungsstift ziehen und ›Wumm!‹ in die Luft fliegen.«

»Aber der Stift ist verrostet«, merkte Jean an, »deshalb ist er nicht herausgegangen.«

»Wo hat er die nur her?«

Jean sagte zu Blacky »such!« und der Foxterrier fetzte los. Er lief zum Zaun an der Ostseite, wo auf der anderen Seite frische Reifenspuren eines Autos zu sehen waren.

»Sie haben die Handgranate über den Zaun geworfen«, stellte Jean fest.

»Und Blacky hat die Wurst gerochen und hat sie gefressen.«

Jean runzelte die Stirn und sagte schließlich: »So kann es nicht weitergehen! Es war reines Glück, dass er dem Tod entronnen ist. Auf der anderen Seite will ich den Baron nicht in den Keller sperren und die Tür abschließen.«

»Ja, aber was machen wir dann?«

Jean runzelte die Stirn. Er schien an etwas zu denken. Doch ich unterließ es, ihn danach zu fragen.

Mit sorgenvollen Gesichtern gingen wir zurück zur Terrasse und Jean legte die Handgranate gedankenverloren auf einen Tisch.

Kurze Zeit später kam ein Student, der sich als Thomas Pappenbrook vorstellte. Er trug eine kreisrunde Nickelbrille, die ihn wie einen biederen Burschenschafter eines Carl Spitzweg-Gemäldes erscheinen ließ. Er nahm Platz und sagte: »Schön hast du's hier.«

Ich antwortete: »Das ist das Anwesen vom Grafen von Bodeswalde, ich bin nur sein Privatsekretär.«

»Ist trotzdem ein schöner Arbeitsplatz.«

Er blickte umher und entdeckte die Handgranate auf einem Nebentisch. »Ist die echt?«

»Natürlich«, gab ich zur Antwort.

»Du willst mich wohl veräppeln?«

»Keineswegs.«

»Ach komm, wer hat schon Handgranaten herumliegen?«

»Wir zum Beispiel.«

Er winkte verächtlich ab.

Ich nahm die Handgranate und zeigte sie ihm. Er inspizierte sie und las vor: »›HGR SPLITTER DM51‹ – was heißt das?«

»Dass es eine scharfe ist.«

»Das glaub ich nicht.«

»Na gut«, sagte ich, »dann schmeißen wir sie eben.«

»Das möchte ich sehen.«

»Das wirst du«, sagte ich voller Vorfreude.

Wir machten uns auf den Weg zur Ostseite des Schlossparks, wo wir nach einem passenden Ort für die Explosion suchten. Als wir an einer Lichtung zwischen Sträuchern angekommen waren, sagte ich: »Die ist wie gemacht für unser Experiment.«

Wir traten dreißig Schritt zurück und ich rief nach Blacky, der kurz darauf angelaufen kam. Ich schärfte meinem Gast ein, den Foxterrier festzuhalten und unter keinen Umständen loszulassen. Nicht, dass er die Handgranate apportiert.

»Das wäre war«, scherzte Thomas.

Ich vergewisserte mich erneut, dass niemand in der Nähe war. Dann zog ich den Sicherungsstift, holte aus und warf die

Handgranate zur Lichtung ... Nach fünfundzwanzig Metern landete sie in einem Forsythien-Strauch. Blacky riss sich los und lief hinterher.

»Um Gottes willen!«, schrie ich. Dann gab es einen Knall und die Forsythie flog in die Luft, Blacky warf es zu Boden. Sofort lief ich zu ihm und untersuchte ihn. Äußerlich waren keine Verletzungen zu sehen, er war nur etwas benommen. Der Goldflieder jedoch hatte nicht so viel Glück. Von dem war nur noch der Strunk übrig und die gelben Blüten regneten vom Himmel herab.

Da kam Ramon angelaufen. Mit weit aufgerissenen Augen schrie er: »Wer hat Forsythie gesprengt?«

»Das müssen die Erben gewesen sein«, schwindelte ich. »Sie wollten sicher Blacky treffen.«

Der spanische Gärtner begann zu fluchen: »Idiotas! Bastardos! Tontos!«

Thomas und ich lachten lauthals und gingen zurück zur Terrasse.

Kurze Zeit später wässerte Ramon den Rasen westlich der Freitreppe. Blacky war mit von der Partie und hatte sichtlich Spaß daran, in den Wasserstrahl zu beißen. Er schnappte immer wieder nach dem Ende des Schlauches, doch Ramon zog ihn behänd zurück. Schließlich erwischte Blacky den Wasserschlauch und lief zu uns hoch. Er umkreiste unseren Tisch und spritzte uns dabei gehörig nass. Thomas versuchte, ihm den Schlauch aus dem Maul zu reißen, doch Blacky war einfach zu schnell. Ramon beendete schließlich die Wasserschlacht, indem er das Wasser abstellte. Blacky lief darauf mit nassen Pfoten ins Schloss.

Nach einer Weile kam er zurück und hatte die Mandarinenlikörflasche im Maul.

»Was will er mit der Flasche?«, fragte der Student.

»Er gibt einen aus«, antwortete ich.

»Euer Hund wird mir immer unheimlicher.«

Thomas sah sich um. »Sollen wir aus der Flasche trinken?«

»Moment, er ist noch nicht fertig.«

Wie aufs Stichwort rannte der Baron ins Schloss und kam mit einem Schnapsglas im Maul zurück. Das legte er in meine Hände. Dann brachte er ein zweites. Als er nochmal zur Bar lief, machte mein Gast ein fragendes Gesicht. Ich sagte nur: »Abwarten.«

Da kam Blacky mit einem dritten Glas.

»Wieso ein Drittes?«, fragte der Student.

»Natürlich für sich.«

»Ach, er trinkt mit?«

»Natürlich, darum geht es doch.«

Thomas schüttelte den Kopf.

Blacky hüpfte auf den dritten Stuhl, stützte seine Vorderbeine auf der Tischkante ab und blickte erwartungsvoll zur Likörflasche. Als ich die drei Gläser gefüllt hatte, stießen mit Blackys Glas an. Der Baron nahm es darauf mit seinen Zähnen und trank es ex.

»Der kann saufen!«, sagte der Student anerkennend.

Nachdem Blacky zwei Gläser getrunken hatte, bemerkte Thomas: »Der säuft uns noch unter den Tisch.«

»Na, wenigstens das schafft er nicht – mit seinen zehn Kilo.«

»Ach, übrigens«, sagte Thomas, »wieso ich hier bin.«

Ich machte ein einladende Geste und er fing an zu erzählen: »Unser Seminar für Kunstgeschichte war vor Kurzem auf einer Exkursion in Barcelona. Auf der Hinfahrt hatten wir den Nachtzug genommen. Herr Märzluft, unser Professor, und ich belegten ein Schlafwagenabteil. Ich schlief unten, er oben.

Als wir zu Bett gingen, machte der Professor das Licht aus und wollte nach oben steigen. Da bremste der Zug abrupt, die Räder kreischten und wir blieben mit einem Ruck stehen. Kurz darauf klopfte es an unserer Tür. Es war der Schaffner. Er machte Licht und fragte uns, wie es uns gehe.

›Danke, gut‹, antwortete Professor Märzluft.

›Ist alles in Ordnung?‹, wollte der Schaffner wissen.

›Ja, bestens, danke der Nachfrage. Ist etwas passiert?‹

›Nein, nichts Schlimmes.‹

Der Professor gähnte und fragte, ob er sich jetzt schlafen legen dürfe, er sei sehr müde.

›Gerne‹, sagte der Schaffner. ›Aber zuvor sagen Sie mir, wieso Sie die Notbremse gezogen haben?‹

›Was soll ich getan haben?‹, fragte der Professor ungläubig. Der Schaffner deutete nach oben. Professor Märzluft blickte zur Decke und bemerkte selbstsicher: ›Das ist eine Halteschlaufe.‹

›Nein, das ist der Bügel der Notbremse.‹

Der Professor kramte in seinem Kulturbeutel, holte eine Brille hervor und setzte sie auf. Dann blickte er nach oben: ›Ja, so was, tatsächlich. Ich bitte vielmals um Entschuldigung.‹

Der Schaffner erläuterte: ›Hier ist die Schlaufe, die ist gleich daneben.‹

›Ah ja, verstehe‹, antwortete Professor Märzluft.

Der Schaffner drückte den Bügel wieder hinein und brachte eine Plombe an. Dann fragte er den Professor: ›Wollen Sie nicht hochsteigen? Ich könnte Ihnen behilflich sein.‹

›Nein‹, antwortete Professor Märzluft. ›Das ist nicht nötig. Ich weiß ja jetzt, wo ich hingreifen muss.‹

Er setzte seine Brille ab, griff nach oben und ›zack‹ war die Plombenschnur wieder gerissen. Der Schaffner sprach völlig ruhig ins Funkgerät: ›Jochen, das war ich, alles in Ordnung.‹

Dann zeigte er dem Professor die Halteschlaufe erneut.

›Jetzt hab ich's verstanden‹, sagte der Professor.

Der Schaffner fragte: ›Darf ich Ihnen helfen?‹

›Nein, das ist wirklich nicht nötig.‹

Der Professor griff nach oben – dieses Mal erwischte er die Halteschleife – und wollte sich aufs Bett wuchten. Doch er schaffte es nicht. Er hing an der Schlaufe wie ein nasser Sack. Der Schaffner schlug daraufhin vor, die Betten zu tauschen: Er unten, ich oben. Das gefiel dem Professor gar nicht. Er sagte: ›Unten kann ich nicht schlafen. Außerdem bin ich bisher immer hochgeklettert.‹

Er probierte es erneut – keine Chance.

Inzwischen hatten sich einige Studenten in Schlafanzügen vor unserer Kabine versammelt. Ich machte den Vorschlag, dem Professor zu helfen und bat zwei Kommilitonen ins Abteil. Dann ging's auch schon los: Der Professor zog an der Halteschleife und wir drei schoben. ›Hau ruck! Hau ruck!‹ Beim dritten Mal klappte es und wir bugsierten Professor Märzluft aufs Bett. Der Schaffner brachte den Bügel der Notbremse wieder in Ordnung und sagte abschließend: ›Sollten Sie auf die Toilette müssen, geben Sie bitte Ihren Studenten Bescheid.‹

›Das wird nicht passieren‹, antwortete der Professor. Er entschuldige sich erneut für die Unannehmlichkeiten und machte das Licht aus. Gott sei Dank ist er sofort eingeschlafen und wir blieben von weiteren Hubaktionen verschont.«

Wir lachten herzhaft und ich gab Thomas für seine Anekdote drei Goldstücke.

»Apropos Eisenbahn«, sagte ich, »da fällt mir eine Geschichte ein. Drei Professoren fuhren im Nachtzug von München nach Paris. Sie saßen in ihren Schlafmänteln im Speisewagen und droschen einen zünftigen Skat. In der Hitze des

Gefechts vergaßen sie alles um sich herum. Alkohol war natürlich auch im Spiel.

In Stuttgart wurden die Schlafwaggons Richtung Paris abgekoppelt, das hatten sie in ihrem Eifer übersehen. Der Speisewagen, in dem sie saßen, fuhr weiter nach Lyon. Am Morgen bemerkten sie dann, dass sie nicht in Paris waren, sondern in Lyon und dass der Schlafwagen mit ihren Koffern verschwunden war. Da sie nichts bei sich hatten, kein Geld, keine Ausweise, sind in ihren Morgenmänteln und Hausschuhen zur Bahnhofsmission marschiert. Das muss ein Anblick gewesen sein. Besonders, als sie der Servicekraft ihre Berufe genannt haben, dürfte das ein Schmunzeln auf ihren Mund gezaubert haben: Sie alle waren Professoren aus Deutschland!«

Thomas sagte lachend: »Eine Fahrt nach Paris lernt man eben nicht in der Schule.«

»Und auch nicht im Lehramtsstudium«, fügte ich hinzu.

»Und wie ging's dann weiter?«, fragte Thomas.

»Ich denke, sie sind in den nächsten Zug nach Paris gestiegen.«

»In ihren Morgenmänteln?«

»Vielleicht hat man ihnen ein eigenes Abteil zur Verfügung gestellt: ›Für verirrte deutsche Professoren!‹«

Blacky hatte mittlerweile noch ein Glas Likör getrunken und hatte nun ganz glasige Augen. Er sprang vom Stuhl und torkelte auf der Terrasse herum. Er taumelte nach links, dann nach rechts, als stünde er auf einem schwankenden Schiff.

Thomas sagte belustigt: »Jetzt sehe ich zum ersten Mal einen besoffenen Hund.«

Passend zu Blackys »Tanz« stimmte er das Shanty »Rolling home« an. Thomas sang »Rolling home, rolling home« und Blacky tanzte dazu. Nachdem der vierbeinige Baron noch einige Male umhergeschwankt war, warf es ihn seitlich zu Boden. Ich meinte: »Was die Handgranate nicht geschafft hat, bringt der Likör fertig.«

»Ja, er ist gekentert.«

Anschließend rief ich nach Jean, der den Baron in sein Zimmer trug.

Nachts in meinem Bett machte ich mir Sorgen wegen Blacky. Die Mordanschläge auf ihn nahmen kein Ende. Und mir fiel kein Mittel ein, um den Baron wirksam zu schützen. Das Schloss war nach allen Seiten offen und für jedermann zugänglich. Hätte wir weitere Attentate verhindern wollen, hätten wir daraus einen Hochsicherheitstrakt machen müssen, mit hohen Zäunen und Stacheldraht. Doch das hätte der Graf niemals erlaubt. Und auch zu Recht! Es blieb uns also nichts übrig, als weiter auf unser Glück zu vertrauen. Aber hatten wir es nicht schon längst aufgebraucht?

KAPITEL 9

Am nächsten Morgen schreckte ich von meinem Bett auf, denn vor meiner Schlafzimmertür herrschte ein heftiger Tumult.

Ich hörte Jussuf schreien: »Herr Jean, Herr Jean, der Baron will nichts fressen.«

Anni und Iphigenie stimmten in das Durcheinander mit ein. Ich sprang aus dem Bett, warf mir den Morgenmantel über und öffnete die Tür. Vor mit stand Jussuf und hielt Blacky in den Armen. Kopf und Beine des Foxterriers hingen schlaff herunter. Der Vorkoster schüttelte ihn, doch es wollte sich kein Leben in ihm regen. Da kam Jean mit seiner Arzttasche. Er ließ den Baron in sein Zimmer bringen und auf den Tisch legen. Dann untersuchte ihn der Butler. Er sprach dabei seine »Diagnose« laut aus, als ob eine Arzthelferin mitstenografierte: »Die Zunge hängt heraus, die Augen sind geschlossen.«

Er legte seine rechte Hand an Blackys Hals. »Kein Puls.«

Jussuf fragte ängstlich: »Was ist nur mit ihm?«

Jean antwortete sachlich: »Ich weiß nicht. Vielleicht ein Schwächeanfall?«

Er nahm das Stethoskop und hielt es auf Blackys Brust: »Kein Herzschlag. – Ich fürchte …«

Jussuf wimmerte: »Nein, das kann nicht sein.«

Jean öffnete das Maul des Foxterriers und roch daran: »Kein Gift. Aber die Zunge ist blau. Es kann nur ein Herzinfarkt gewesen sein.«

Jussuf flüsterte: »Das heißt, der Baron ist …?«

Jean nickte.

»Nein, nein, nein.«

Jussuf rüttelte Blacky an den Vorderbeinen. »Sir Frederick, aufwachen!«

Jean sagte ernst: »Es hat keinen Sinn.«

»Frederick, so wach doch auf!«

Jean zog Jussuf von Blacky weg.

Jussuf jammerte: »Es ist furchtbar.«

»Ich weiß. Aber tröste dich. Er hatte einen schmerzlosen Tod.«

»Glauben Sie?«

»Aber ja. Er ist friedlich eingeschlafen, sieh nur seinen sanften Gesichtsausdruck.«

Das sorgenvolle Gesicht Jussufs glättete sich etwas.

Jean fuhr fort: »Er hatte ein schwaches Herz und die Aufregung der letzten Tage war zu viel.«

»Dann bin ich nicht schuld?«

»Nein, Du hast gute Arbeit geleistet.«

Jean sagte: »Es musste so kommen. Der Baron war schon sehr alt.«

»Ich dachte vier Jahre?«

»Nein, er hat immer geschwindelt, was sein Alter betraf.«

Der Vorkoster runzelte die Stirn, hörte aber weiter zu.

Jean fuhrt fort: »Er war schon zwölf. Und du weißt ja: Ein Hundejahr zählt sieben Menschenjahre.«

Jussuf rechnete und sagte: »Also war er vierundachtzig.«

»Ein Mann im fortgeschrittenen Alter, da kann das Herz schon mal versagen.«

Jussuf fiel ein Stein vom Herzen.

Jean setzte seine »Expertise« fort: »Er hätte ein neues Herz gebraucht. Aber wer spendet einem alten Hund schon sein Herz?«

»Da haben Sie recht!«

Jussuf umarmte den toten Hund: »Armer Frederick, ich verzeihe dir, dass du mich über dein wahres Alter angeschwindelt hast. Du wolltest sicher nicht, dass ich mir Sorgen mache. Ach, du warst so ein lieber Kerl.«

Jean sagte: »Er wird ein würdiges Begräbnis bekommen.«

»Ja, das wäre schön. Mit einem rosa Halsband und Schleifchen und –« Plötzlich hielt er inne, er flüsterte: »Aber was sage ich Herrn Lukas?«

Jean sagte: »Ich werde ihn informieren.«

Nachdem die »Diagnose« von »Doktor Jean« abgeschlossen war, gingen er und ich in sein Arbeitszimmer.

Ich fragte ihn: »Sollen wir Jussuf nicht doch einweihen?«

»Geht leider nicht, er trägt sein Herz auf der Zunge. Wenn man wissen will, wie es Blacky geht, braucht man ihn nur anzusehen.«

»Du hast recht. Die Erben wüssten sofort, was gespielt wird.«

»Außerdem sind es nur zwei Tage: Die Erben kommen, überzeugen sich vom Tod des Barons und hören auf, ihm nachzustellen.«

Ich musste an den armen Vorkoster denken und sagte: »Das wird uns Jussuf nie verzeihen.«

»Wenn wir Blacky damit retten, schon. – Für die anderen gilt übrigens das gleiche.«

Ich nickte. Dann jedoch kamen mir Zweifel. »Sind zwei Tage nicht zu lange?«

»Nein, keine Sorge. Ich habe in Indien diesbezüglich Erfahrungen gemacht, mit Amisha, der Lieblingskuh eines Maharadschas. Auf die hatten es Rebellen abgesehen. Ich habe sie zwei Tage mit dem gleichen Opiat schlafen gelegt, wie Blacky jetzt. Die Aufrührer dachten, die Kuh sei tot und haben sie nicht weiter behelligt.«

Ich fügte hinzu. »Und wir beerdigen einen Stoffhund, der aussieht wie Blacky.«

»Genau! Und Blacky selbst verstecken wir in Kiefersfelden, bei meiner Nichte.«

Später telefonierte Jean mit Fridolin Kranzbichler und weihte ihn in unseren Plan ein. Der Notar sicherte uns zu, sofort die Erben zu verständigen und sie zu bitten, sich vom Baron zu verabschieden. Sie hätten dazu zwei Tage Zeit.

Nach dem Telefonat fragte ich Jean, ob sie denn auch kommen würden.

»Sicher«, antwortete er mir. »Diesen Triumph werden sie sich nicht entgehen lassen.«

Nachmittags erhielt ich einen Anruf von Svetlana. Sie war ganz aufgeregt und sagte mit zitternder Stimme: »Etwas Furchtbares ist passiert! Viktor ist gestürzt. Jetzt ist es schlimmer als zuvor. Er will nicht mehr. Du sollst abends in die Kurklinik kommen. Er spricht von seinem Testament. Er will es dir aushändigen und dann …«

»Was dann …?«, fragte ich besorgt.

Sie schluchzte. »Es ist entsetzlich.«

Sie legte auf. – Ich versuchte, sie zurückzurufen, doch es war vergeblich. Sie ging nicht mehr ran. Wilde Gedanken schossen mir durch den Kopf. Viktor hatte also einen Unfall! Wahrscheinlich ist er jetzt ganz gelähmt. Vielleicht sogar vom Kopf abwärts. Na, vielen Dank! Deshalb also war das neue gentechnische Verfahren noch im Stadium einer Studie. Der Graf hatte hoch gepokert und alles verloren. Und ich hatte ihn dazu angestiftet. Was soll ich ihm jetzt sagen? Das es mir leid tut?

Ich stellte mir eine skurrile Szene vor: »Es tut mir leid, dass ich dein Leben ruiniert habe und dass du jetzt keinen anderen Ausweg mehr siehst als Selbstmord. Nichts für ungut. Im Himmel ist es sicher auch ganz schön.«

Oh nein, das darf nicht wahr sein. – Ich nahm mir vor, ihn abends zu besuchen und mich zu entschuldigen. Mehr konnte ich nicht tun. Ich sagte Jean nichts von der Hiobsbotschaft. Es reichte, wenn ich mich damit quälte.

Um 19 Uhr bestellte ich ein Taxi, denn ich war einfach zu niedergeschlagen, um selbst zu fahren. Eine Stunde später kam ich an der »Kurklinik Morgenröte« an. Als ich den Schriftzug las, musste ich sarkastisch lachen: »Morgenröte«, sehr witzig. Eigentlich sollte die Klinik »Kurklinik Endstation« heißen oder so. Ich fuhr mit dem Aufzug in den zweiten Stock und schlurfte zum Zimmer 226. Als ich klopfte, erhielt ich keine Antwort. Ich klopfte erneut – nichts. Klar, dachte ich mir, hier ist alles tot. Ich öffnete vorsichtig die Tür und ging langsam hinein. Es war dunkel, kein Licht brannte. An der offenen Balkontür stand der leere Rollstuhl und auf dem Balkon sah ich die Umrisse einer Gestalt. Jetzt erkannte ich sie: Es war Svetlana! Sie kam ins Zimmer und machte ein todtrauriges Gesicht. »Er ist –«, sie deutete mit Daumen über ihre Schulter.

»– gesprungen?«

Sie nickte. Ich rannte auf den Balkon und starrte nach unten. Dort waren mehrere Büsche und dazwischen ein verrosteter Klappstuhl. Vom Grafen keine Spur.

Plötzlich tippte mir jemand auf die Schulter.

»Was ist, Svetlana?«

Das Klopfen wurde stärker.

»Was ist denn?«

Jetzt bemerkte ich, dass sie einen Meter neben mir stand. Wer zum Teufel ...? Ich drehte mich um und traute meinen Augen nicht: Der Graf stand vor mir, ohne Krücken! Er grinste bis über beide Ohren.

»Was ..., was soll das?«, stammelte ich.

»Na, was wohl?«

Er wippte auf den Zehenspitzen auf und ab.

»Das darf doch nicht wahr sein!«

Ich umarmte ihn spontan. Freudentränen kullerten meine Wangen herunter.

Der Graf fragte: »Ist das eine Überraschung?«

»Ich könnte dich –«

»– den Balkon runterstoßen?«

Er lachte polternd. Svetlana kicherte: »War das gut geschauspielert?«

Ich wich etwas zurück und schüttelte vorwurfsvoll den Kopf: »Ihr A...! Ihr wisst ja gar nicht, welche Sorgen ich mir gemacht habe.«

Svetlana sagte: »Ich weiß gar nicht wieso. Ich habe gesagt: ›Er will nicht mehr‹, gemeint war ›im Rollstuhl sitzen‹. Und dass er sein Testament gemacht hat, stimmt auch. Er wird dich berücksichtigen.«

Beide kicherten drauflos. Ich verdrehte die Augen und atmete durch: »Da fällt mir ein zentnerschwerer Stein vom Herzen.«

Der Graf sagte: »Was glaubst du, was mir runtergefallen ist?«

Svetlana fügte an: »Das Wendelsteingebirge!«

Ich betrachtete den Grafen von oben bis unten. »Du siehst aus wie zwanzig.«

»Ich fühle mich auch so. Ich könnte Bäume ausreißen!«

»Dann zeig mal was, Herkules!«

Er drehte auf den Hacken um und ging ein paar Schritte. Tadellos! Dann eine Drehung. Unfassbar! Als er begann zu hüpfen, geriet er ins Stolpern und ich fing ihn auf. »Hoppla, nicht so schnell mit den jungen Pferden.«

Ich zog ihn wieder in die Senkrechte und er sagte: »Danke, Jimmy! Das werde ich dir nie vergessen.«

»Einem alten Drachen auf die Beine zu helfen ist doch das Mindeste.«

Svetlana hatte inzwischen Licht gemacht und drei Gläser mit Champagner gefüllt. Ich schnupperte an meinem Glas und jetzt fiel es mir auf: Das ganze Zimmer roch nach Sekt, das hätte mich gleich auf die richtige Spur bringen müssen. Wir stießen an und leerten unsere Gläser. Dann zeigte mir Svetlana ihr Handy. »Guck mal, Jimmy, aus aller Welt sind Glückwunsch-SMS eingetroffen. Hier eine aus Portugal.«

Sie radebrechte: »Desejo-lhe tudo de melhor! Weißt du, was das heißt?«

»Mein Portugiesisch ist nicht das Beste, aber es heißt wohl: ›Ich wünsche alles Gute!‹«

Anschließend zeigte sie mir auf dem Nachtkästchen eine Vase mit einem riesigen Blumenstrauß. »Der ist von Professor Springinsfeld, meinem ehemaligen Chef. Sogar mit Karte.«

Ich las: »Alles Gute zur Genesung!«

Darunter stand: »Ich hab's ja gesagt: Wir sind die Besten! Empfehlen Sie uns weiter! Prof. Springinsfeld, Chefarzt Sansibar-Klinik.«

Ich bemerkte: »Bescheidenheit gehört wohl nicht zu seinen Vorzügen.«

Ganz unten stand als Postskript: »Und sollten Sie sich doch einmal vermählen wollen …«

Svetlana zog ihre Stirn kraus: »Was meint er denn damit?«

»Ach nichts.«

Ich wollte Svetlana mit den Rheintöchtern des Professors nicht beunruhigen. Dann richtete ich das Wort an beide: »Jetzt erzählt mal, wie war das genau mit der Heilung?«

Der Graf sagte: »Das war eigentlich ganz banal. Um 14 Uhr hatte ich die übliche Rückenmassage und danach konnte ich gehen.«

»Klingt fast wie ein Wunder.«

Svetlana bemerkte: »Hat sich aber angekündigt. Schon gestern Abend hat er im Bett Höchstleistungen vollbracht.«

Sie grinste und gab Viktor ein Küsschen.

Dieser fragte unvermittelt: »Und wie ist die Lage auf der Akropolis?«

Ich berichtete ihm von Blackys Abenteuer mit der Handgranate und seinem Scheintod.

Viktor lachte: »Das ist verdammt clever. Das nimmt ihn aus der Schusslinie: Niemand verübt einen Anschlag auf einen ›Toten‹.«

Er machte eine Pause, denn Svetlana kitzelte ihn. Dann fuhr er fort. »Ach, übrigens. Jean soll ein Fitnessstudio einrichten.«

»Du willst also bald nach Hause?«

»Nein, ich möchte hier zehn Wochen bleiben. Ich habe eingesehen, dass ich hier am schnellsten wieder fit werden kann.«

Das überraschte mich. So fragte ich ihn: »Ist es dir hier nicht zu langweilig?«

»Nein, Svetlana vertreibt mir hervorragend die Zeit.«

Sie kitzelte ihn weiterhin und murmelte: »Killekillekille!«

Viktor wurde es jetzt zu viel. Er zwickte Svetlana in die Seite, worauf diese aufkreischte und sich vor Lachen krümmte.

Dann fiel sie hin und riss den Grafen mit zu Boden. Beide lagen jetzt auf dem Teppich und kitzelten sich beherzt.

Svetlana beschwerte sich lachend: »Das gilt nicht. Nur ich darf kitzeln.«

Viktor versuchte etwas zu sagen, doch er musste, von Svetlana heftig attackiert, immer glucksen. »Jean soll, hühü, zu meinem 60. Geburtstag, hühühü, eine Party vorbereiten. Hühühü.«

»Hühühü? Ich bin doch kein Pferd«, spottete Svetlana.

Plötzlich hörte ich hinter mir eine Frauenstimme sagen: »Da ist er ja, unser Held! Und wie ich sehe, in heldenhafter Stellung!«

Der Graf sagte lachend: »Es ist nicht so, wie es aussieht.«

»Ja, ja, das sagen sie immer.«

Die am Boden Liegenden begrüßten die Besucherin und Viktor stellte sie mir als Laura Bianchi vor, seine Zimmernachbarin. Laura, wie ich sie nennen durfte, sah in ihrem kurvenreichen Kleid aus wie eine italienische Mamma, die eine große Kinderschar zu versorgen hat. Doch sie hatte nur eine Tochter.

Viktor und Svetlana rappelten sich auf und Svetlana spielte auf ihrem Gettoblaster heiße Discomusik. Ich fragte Laura nach dem Grund ihres Aufenthalts in der Klinik und sie erzählte mir ihre Leidensgeschichte: »Ich bin Illustratorin von Kinderbüchern und arbeite zu Hause. Vor einer Woche bin ich in meinem Arbeitszimmer auf dem Boden liegend aufgewacht. Ich saß zuvor am Schreibtisch und muss vom Stuhl gefallen sein.«

Ich fragte: »Ein Schlaganfall?«

»Nein, dafür gibt es keine Hinweise.«

»Unterzucker?«

»Auch nicht.«

»Vielleicht war's ein Einbrecher?«

»Nein, ich hatte keine Kopfverletzung. Die Wohnungstür war abgesperrt und alle Fenster verschlossen.«

Ich war mit meinem Latein am Ende.

Laura fuhr fort: »Mein Hausarzt hat mich komplett durchgecheckt. Alles in Ordnung. Er sagte, ich müsste damit leben.«

»… ,dass du einfach umfällst?«

»Ja, das habe ich ihn auch gefragt. Doch er zuckte nur mit den Schultern und meinte, er könne nichts für mich tun.«

Ich musste plötzlich lachen. »Dann bleibt dir nichts anderes übrig, als dir ein Kissen um den Kopf zu binden, damit du nicht so hart aufschlägst.«

Svetlana meinte: »Oder du trägst einen Sturzhelm.«

Laura fragte: »In der Wohnung?«

Wir mussten lachen. Nachdem unser Gekicher abgeklungen war, ging Viktor zu ihr und umarmte sie. »Tut mir leid, wir spötteln, aber das ist wirklich eine absurde Situation.«

Svetlana meinte: »Auf alle Fälle solltest du das schonende Fallen üben, zum Beispiel in einem Judokurs. Dann könntest du auch gleich lernen, in unangenehmen Situationen in Ohnmacht zu fallen, das beherrscht heutzutage keine Frau mehr.«

Svetlana stellte sich neben das Sofa. »Früher war es doch so: Der Ehemann hat seine Frau mit dem Nachbarn in flagranti erwischt. Und was machte sie? Sie fiel gekonnt in Ohnmacht.«

Svetlana hielt sich die Hände auf die Brust, schloss die Augen und sank mit einem lauten Seufzer aufs Sofa. Wir applaudierten.

Dann fuhr sie fort: »Und der trottelige Ehemann kümmerte sich lieber um seine ohnmächtige Frau, als dass er den Liebhaber verprügelte.«

Ich meinte: »Na, wenigstens ist Viktor jetzt gewarnt.«

Wir lachten.

Svetlana sagte zu Viktor: »Das habe ich doch nicht wegen dir gezeigt.«

Viktor entgegnete: »Ist aber gut zu wissen.«

»Jetzt hör aber auf.«

Plötzlich klopfte es. Laura öffnete und begrüßte einen gewissen Jannis. Seine »Frisur« sah aus, als hätte er ein braunes Grasbüschel auf dem Kopf. Alle Haare fielen so, wie ihnen gerade zu Mute war – völliger Wildwuchs! Wie ich erfuhr, war er Grieche, Bauarbeiter und wegen eines Burn-outs hier.

Ich sagte: »Apropos Burn-out: Von der offiziellen oder inoffiziellen Arbeit?«

Er grinste schlau und meinte: »Eher das Letzte.«

»Dachte ich mir's doch.«

»Aber das wissen die von der Krankenkasse nicht.«

Viktor sagte lachend: »Jannis, erzähl doch mal, wie du den Arbeitsamtsdirektor abgeschossen hast.«

Er warf sich in die Brust und sagte: »Mein Meisterwerk! Also, der Direktor vom Arbeitsamt in der Nähe von Fürstenfeldbruck hat sein Haus mithilfe von arbeitslosen Schwarzarbeitern gebaut. Das war einfach für ihn, denn er hatte ja Einblick in die Datenbank. So wusste er auch bei Razzien Bescheid und hat ›seine Schwarzarbeiter‹ gewarnt. Nur einer hat das nicht mitbekommen.«

Jannis machte ein betretenes Gesicht.

»Du?«, fragte ich ihn.

»Ja, mein Handyakku war leer, deshalb hat mich die SMS nicht erreicht. Die Polizei hat mich hopsgenommen und über mein beschlagnahmtes Handy haben sie die anderen Schwarzarbeiter ermittelt. Der Direx vom Arbeitsamt wurde suspendiert und dann gefeuert. Heute ist er selbst arbeitslos.«

Ich fragte: »Aber er sitzt doch an der Quelle?«

»Ja, schon. Aber wer stellt schon einen ehemaligen Arbeitsamtsdirektor ein? Der kann ja nichts.«

Laura sagte: »Das muss eine lustige Situation beim Arbeitsvermittler gewesen sein, als plötzlich sein Direktor vor ihm stand und um Arbeit nachgefragt hat.«

Viktor sagte: »Ich stelle mir folgenden Dialog vor:

›Ausbildung?‹

›Keine!‹

›Vermittlungsaussichten?‹

›Null!‹

›Prognose:‹

›Dauerarbeitslosigkeit!‹

›Maßnahme:‹

›Frühverrentung!«

Wir lachten und Jannis sagte zum Grafen: »Apropos Frühverrentung. Da du wieder gehen kannst, kannst du die Rente mit 59 abschreiben.«

Viktor erwiderte: »Ist mir auch lieber so.«

Svetlana sagte: »Und das hat er Henry zu verdanken.«

Sie hob ihr Glas und brachte einen Toast aus: »Ein dreifach Hoch auf Henry, dem tapferen Highlander!«

Wir stimmten darin ein und ließen den schottischen Bullen hochleben.

Der Graf sagte: »Natürlich bekommt Henry sein Gnadenbrot; immer die frischesten, saftigsten Gräser. Ich werde sie aus Schottland einfliegen lassen.«

Laura wandte ein: »Sollte Henry nicht zurück in seine Heimat gebracht werden? Er hat doch sicherlich Heimweh?«

»Du hast recht, genau das werde ich machen. Er bekommt sein Gnadenbrot in Schottland, inmitten einer Herde aus Kühen.«

Svetlana sagte süffisant: »Also Gnadenbrot mit Harem.«

Auf einmal spielte der Gettoblaster das Geigenintro von »An der schönen blauen Donau« von Johann Strauss.

Svetlana streckte die Arme nach Viktor aus und sagte: »Vicco, komm, tanz mit mir.«

»Nein, das ist noch zu früh.«

Sie ging zu ihm und zog ihn in die Senkrechte.

»Nein, ich habe noch zwei linke Beine«, wehrte der Graf ab.

»Gut, dann stell dich auf meine Füße.«

»Okay, aber besser strumpfsockig.«

Svetlana zog Viktor die Halbschuhe aus und er stellte seine schwarz bestrumpften Füße auf ihre Turnschuhe. Und als das Intro vorüber war und der Walzer Fahrt aufnahm, begann das seltsame Gespann zu tanzen. Die ersten Schritte waren noch etwas unsicher und hölzern, am im weiteren Verlauf gewannen die beiden an Eleganz. Wir anderen applaudierten und feuerten die beiden Tanzenden an.

Svetlana sagte zu Viktor: »Du tanzt wie Fred Astaire.«

»Ich würde eher sagen wie Quasimodo.«

Laura kamen vor Rührung die Tränen. »Nein, so ein reizendes Paar.«

Als die Walzenden das Sofa streiften, ließ der Graf sich darauf fallen und riss Svetlana mit. Sie fragte ihn: »Brichst du jeden Tanz so ab?«

»Nach dem Tanz gleich in die Waagerechte – das ist das Motto meines Adelsgeschlechts«, sagte der Graf kichernd.

»Klingt eher wie das Motto von Casanova.«

Jannis meinte im Scherz: »Wenn wir euch stören – ihr braucht es nur zu sagen.«

Viktor und Svetlana lachten laut auf, damit war diese Frage geklärt.

Nach weiteren fröhlichen Stunden verließ ich die Runde und trat meine Heimreise an. Wieder ins Schloss zurückgekehrt, suchte ich den Baron und fand ihn in seinem Zimmer. Jean hatte daraus einen Operationssaal gemacht, mit allem, was für eine medizinische Versorgung nötig ist. Der Foxterrier lag ausgestreckt auf einem Tisch und war an ein EKG angeschlossen, das regelmäßig einen Ausschlag verzeichnete. Um Blackys Vorderbein war eine Manschette gewunden, mit der automatisch der Blutdruck gemessen wurde. Besonders ins Auge stachen mir aber einige Dosen mit orientalischen Schriftzügen, die auf einem Beistelltisch lagen. Ich nahm eines in die Hand und Jean erläuterte: »Das ist ein starkes Sedativum. Richtig dosiert, ist es absolut harmlos.«

Ich verstand die implizite Gefahr in dieser Formulierung, vertraute Jean aber voll und ganz.

Später, als ich zu Bett ging, machte ich mir trotzdem Sorgen um Blacky. Wenn dem Baron etwas zustieße, würde ich mir das nie verzeihen.

KAPITEL 10

Am Samstagvormittag hatte Ramon den Foxterrier im hinteren Treppenhaus in drei Meter Höhe aufgebahrt. Davor hatte er Trauerkränze drapiert, sodass man nicht ohne Weiteres zum »Verstorbenen« vordringen konnte. Der Baron war geschmückt mit einem goldenen Halsband und lag in einem Bett aus roten Rosenblättern. Seine Zunge hing schräg aus dem Maul, was Jussuf mit den Worten kommentierte: »Er streckt Hades die Zunge heraus. Recht so, Frederick!«

Jean fragte mich, ob er Blackys Tod auf Instagram bekanntgeben sollte.

»Natürlich«, antwortete ich. »Wir müssen den Anschein erwecken, dass er wirklich tot ist. Die Erben kennen sicherlich seinen Account.«

Nachmittags kam Jean in mein Arbeitszimmer und zeigte mir die Reaktionen auf Blackys Trauernachricht. Über tausend Kondolenzkommentare waren eingegangen.

Ein »Doggydog17« schrieb: »Die Welt wird nicht mehr so sein, wie sie einmal war. Unser kleiner Pirat, Baron Blacky, ist von uns gegangen.«

Doch es gab auch gehässige Kommentare, offensichtlich von Hundehassern. Einer war besonders abstoßend:

»Hip Hip Hooray! The mutt is dead!«

Während Jean sich darüber ärgerte, erheiterte sich mein Gemüt. Auf seinen verwunderten Blick sagte ich: »Das waren sicher die Erben. Das heißt unser Täuschungsmanöver ist gelungen.«

Am Abend informierte uns Herr Kranzbichler, dass die fünf Erben morgen um 11 Uhr zu einem Kondolenzbesuch aufs Schloss kommen würden.

Jean sagte lächelnd: »Es ist angerichtet.«

KAPITEL 11

Am Sonntag kurz vor 11 Uhr erschien Herr Kranzbichler auf dem Anwesen. Ich begrüßte ihn und führte ihn zum aufgebahrten Baron. Der Notar erschrak und murmelte: »Er sieht wirklich aus, als sei er ...«

»Genau diese Wirkung ist beabsichtigt«, sagte ich. »Aber wenn die Erben schon mal vorbei kommen; wären Sie so freundlich, mir einige Details über sie zu verraten?«

»Natürlich, aber dazu müssten wir uns irgendwo verstecken.«

Ich sagte: »Kommen Sie, wir gehen in den ersten Stock und schalten das Licht aus, so können sie uns nicht sehen.«

Der Notar akzeptierte meinen Vorschlag und so platzierten wir uns am Fenster im ersten Stock. Kurze Zeit später fuhren zwei schwarze Mercedeslimousinen vor, aus denen zwei Frauen und drei Herren in schwarzer Trauerkleidung stiegen; Jean nahm sie in Empfang. Wie man sehen konnte, hatten sie Mühe, Jean gegenüber ernste Beileidsbekundungen abzugeben. Immer wieder huschte ein Lächeln auf ihre heuchlerischen Lippen. Eine der Damen sagte: »Er hatte sein Leben noch vor sich, wir grausam doch das Schicksal ist.«

Darauf prustete einer der Herren heraus. Jean, ganz diskreter Butler, tat so, als bemerkte er das unschickliche Verhalten nicht. Vornehm und ernst geleitete er die »Trauernden« zum »Verstorbenen«.

Als sie das Treppenhaus betraten, stiegen der Notar und ich vom Fenster ein paar Stufen hinunter und Herr Kranzbichler unterrichtete mich über jeden der Erben. »Die zwei großen, schlanken sind die Penroses. Pamela und Bruder Paul.«

Pamelas spitze Hexenkinn passte zu ihrem Charakter. Paul sah aus wie ein abgefeimter Börsenmakler.

Der Notar fuhr fort: »Die drei untersetzten sind die Brubakers. Die Frau ist Monica Brubaker. Sie züchtet Rosen – leider erfolglos. Neben ihr steht Stanley Brubaker. Er ist ein Möchtegernalchimist, der sein Labor schon öfter in die Luft gejagt hat. Und der ganz links ist Frankie Brubaker, ein stets klammer Bonvivant.«

Nachdem ich von den fünf Erben heimlich Fotos geschossen hatte, ging Herr Kranzbichler nach unten und begrüßte sie herzlich. Sie wechselten ein paar Worte, dann sagte Jean: »Wir lassen Sie jetzt mit dem Verstorbenen allein.«

Jean und der Notar gingen daraufhin in den Salon. Als die Erben unter sich waren, sagte Paul Penrose: »Der streckt uns die Zunge heraus, will er uns verspotten?«

Seine Schwester Pamela antwortete darauf: »Keine Angst, der Köter ist tot, der verspottet niemanden mehr.«

Monica Brubaker flüsterte: »Was war es denn?«

Ihr Bruder Stanley antwortete: »Natürlich die Handgranate, echte deutsche Wertarbeit.«

Frankie Brubaker tönte siegesgewiss: »Hähä, die Töle sind wir los, und nun her mit den Millionen!«

In dieser Weise kosteten sie ihren »Triumph« aus. Anschließend verließen sie das Treppenhaus. Beim Hinausgehen sagte Monica Brubaker: »Also wisst ihr, ich bin völlig fertig. Fast hätte ich geweint, wegen dem blöden Köter. Das muss man sich mal vorstellen. – Unfassbar!«

Ihr Bruder Frankie tröstete sie: »Das wird schon wieder. Wenn du erst mal im Champagner badest ... hähä. Das wird ein Spaß!«

Paul Penrose sagte: »Heute Abend werden wir im Hilton feiern.«

Seine Schwester Pamela fügte hinzu:»Und nachmittags machen wir einen Einkaufsbummel durch die Nobelgeschäfte der Stadt. Der Antritt des Erbes ist ja nur noch eine Formalität.«

Nachdem die Erben gefahren waren, verabschiedeten wir uns vom Notar, der uns zusicherte, die Testamentsvollstreckung so lange wie möglich hinauszuzögern.

Um 14 Uhr kündigte mir Jean einen gewissen Lukas Kovačević an, seines Zeichens Vormund von Baron Frederick. Ich war ziemlich erstaunt, gerade diesen Namen zu hören. Hatten wir doch die ganze Komödie nur wegen seines Fehlverhaltens inszeniert.

Herr Kovačević schien eine Frohnatur zu sein, denn er hatte ausgeprägte Lachfalten. Doch wie es schien, war ihm das Lachen vergangen. Er nahm am Tisch auf der Terrasse Platz und bot uns gleich das Du an, das wir gerne annahmen. Jean sagte daraufhin:»Verzeih, Lukas, das ich misstrauisch bin. Aber zu viel ist schon geschehen. Hättest du was dagegen, mir deinen Pass zu zeigen?«

»Keineswegs«, antwortete Lukas und zückte seinen Ausweis. Wir begutachteten den Reisepass und stellten fest, dass der Name mit dem Passbild übereinstimmte. Aber wir wollten sichergehen. So rief ich mit dem Handy Herrn Kranzbichler an. Der Notar identifizierte den Vormund sofort und schalt ihn, nicht auf Frederick aufgepasst zu haben. Über Blackys Scheintod verlor er kein Wort.

Dann führten wir Lukas zum »Verstorbenen«. Als er den aufgebahrten Hund sah, kletterte er behänd die Blumengirlanden hoch und umarmte ihn. Er jammerte:»Armer Frederick. Jetzt hat es dich also erwischt. Tja, das war's dann wohl mit Highlife. Aber es geschieht mir ganz recht. Ich habe mich nicht um dich gekümmert, dabei habe ich dir alles zu verdanken. Wie konnte ich nur so selbstsüchtig sein? Ich würde alles geben, wenn du wieder lebendig werden würdest …«

Er weinte echte Tränen, was Jean bewog, die Komödie zu beenden.

Er sagte zu Lukas: »Du hast Glück, dass ich ein Magier bin. Ich werde den Baron wieder zum Leben erwecken.«

Der Vormund machte ein verdutztes Gesicht. Er fragte sich sicherlich, ob der Butler das ernst meinte.

Jean holte eine Leiter und hob Blacky herunter. Dann trug er ihn in den »Operationssaal«. Er legte den scheintoten Foxterrier mit dem Rücken auf den Tisch und setzte ihm eine Sauerstoffmaske auf. Während er die Sauerstoffflasche einstellte, legte ich an Blackys rechtem Vorderbein einen Zugang und ließ die vorbereitete Natriumchlorid-Infusion laufen. Danach begann Jean's großer Auftritt. In der Manier eines Magiers nahm er eine mit Arabesken geschmückte Phiole, murmelte lateinische Zaubersprüche und schüttete etwas davon in die Kochsalzlösung. Wie ich erkennen konnte, waren die Beschwörungsformeln reines Fantasielatein. Aber Jean zelebrierte es so beeindruckend, dass Lukas die Augen aufriss und glaubte, Zeuge eines geheimnisvollen, exotischen Rituals zu sein.

Dann geschah das Wunder. Blackys Körper regte sich. Der Vormund stieß einen Schrei aus, mehr aus Überraschung denn aus Freude. Jean ließ sich davon nicht beeinflussen und fuhr fort, auf den Hund mit seinen »magischen« Händen einzuwirken. Blackys Brustkorb hob und senkte sich darauf immer schneller. Schließlich zuckten seine Beine.

»Das ist ein gutes Zeichen«, sprach Jean, »ich glaube, der Zauber wirkt.«

Der Vormund starrte ungläubig auf den Hund und flüsterte ehrfurchtsvoll: »Das ist Wahnsinn!«

Jean zwinkerte mir heimlich zu und nahm dem Patienten die Sauerstoffmaske ab. Dann drehte er Blacky auf den Bauch. Lukas streichelte ihn und redete begütigend auf ihn ein. Ich entfernte die Infusionsnadel und klebte ein Pflaster auf die Wunde.

Jean sagte: »Jetzt kann es nicht mehr lange dauern.«

Er stellte sich vor Blacky hin und streckte Arme und Finger in seine Richtung, als wolle er seine Heilkräfte per Telekinese auf ihn übertragen. Er ließ seine Finger erzittern und sagte beschwörend: »Du erwachst jetzt!«

Tatsächlich öffnete Blacky die Augen. Erst das linke Auge, unglaublich langsam, wie in Zeitlupe, dann das rechte. Hier blieb das Augenlid zunächst auf halbem Weg stehen, bis es Blacky schließlich ganz heben konnte.

Lukas war fassungslos. Ich aber musste lachen, denn ich hatte noch nie so einen schlappen Hund gesehen.

Nun versuchte Blacky aufzustehen, doch es gelang ihm nicht. Jean massierte daraufhin seine Vorderbeine, bis der Baron sich darauf abstützen konnte; dann die Hinterbeine. Und da stand er nun: Der auferweckte Lazarus! Auf wackligen Beinen! Doch in seinem Gesicht tat sich nichts, er verzog keine Miene. Lukas nahm ihn in den Arm und wiegte ihn hin und her. Er sagte: »Dir bleibt auch nichts erspart.«

Endlich bewegte sich Blackys Zunge und er leckte das Gesicht seines Vormunds langsam ab.

Jean sagte zu mir: »Sag bitte Jussuf Bescheid. Aber verrate ihm nichts, es soll eine Überraschung werden.«

Ich ging zu Jussuf ins Gesindehaus und teilte ihm mit, dass Herr Kovačević ihn sehen wolle.

»Oh Gott, oh Gott«, jammerte er. »Wie soll ich ihm nur unter die Augen treten?«

»Keine Bange. Er weiß, dass du nicht schuld bist.«

»Ja?«

»Ja, ich habe es ihm mehrmals gesagt.«

»Und Jean auch?«

»Auch Jean hat es ihm gesagt.«

»Gut, dann komme ich.«

Wir betraten kurz darauf das »OP-Zimmer« und Jussuf begrüßte schüchtern den Vormund. Der grinste ihn an, was den Vorkoster nur noch mehr zu beunruhigen schien. Wie ich feststellen konnte, war von Blacky nichts zu sehen. Sie hatten ihn wohl unter dem Tisch versteckt. Jussuf stand käsebleich in einer Ecke. Da kam Blacky unter dem Tisch hervor, trippelte auf den Vorkoster zu und setzte sich vor ihn hin. Jussuf, weiterhin von Schuldgefühlen geplagt, bemerkte ihn nicht. Wir deuteten mit dem Finger nach unten.

»Was?«, fragte er.

Er wandte seine Augen nach unten, dann wieder hoch und schließlich wieder nach unten. Plötzlich rief er: »Frederick! Du lebst ja!«

Er nahm den Foxterrier in die Arme und drehte sich johlend im Kreis. Wir wollten protestieren, doch wir ließen es sein – diese überschäumende Freude konnte man nicht bremsen.

Jussuf sagte lachend: »Du bist von den Toten auferstanden. Der Tod konnte dich nicht halten, du bist einfach ausgebüxt.«

Jean und ich wechselten Blicke und ich legte den Zeigefinger vor den Mund.

Der Butler sagte daraufhin: »Ja, es ist ein Wunder, wie bei Schneewittchen.«

Der Vorkoster sprang darauf an und meinte: »Gell, du hast dich an einem vergifteten Apfel verschluckt, aber der ist ja nun draußen. Du musst einen riesigen Hunger haben, ich werde gleich deine Leibspeise kochen.«

Und er lief mit dem Foxterrier unterm Arm hinaus.

Lukas sagte: »Ich weiß gar nicht, wie ich euch danken soll. Sagt mir, was ihr wollt. Ich werde euch jeden Wunsch erfüllen. Ein Ferrari vielleicht oder eine Luxusjacht?«

Jean antwortete ungewöhnlich ernst: »Das Einzige, was ich mir wünsche, ist, dass du dich um ihn kümmerst. Und dass du ihn beschützt. Rund um die Uhr. Sieben Tage die Woche.«

»Das werde ich, das werde ich. Ich werde Leibwächter engagieren. Er wird sicherer sein als der Dalai-Lama und der Papst zusammen!«

Er zückte sein Handy und rief einen Sicherheitsdienst an. »Hallo – Ich möchte zwei Leibwächter engagieren – ja, zwei – für einen adeligen Hund. – Nein, das ist kein Scherz. – Wieso? Weil er Millionen schwer ist. – Er ist Engländer, Sie verstehen? – Und sie müssen reisefreudig sein, am besten Junggesellen. – Sie haben zwei? Sehr gut. – Nein, sofort. – In einer Stunde? Wunderbar. Schicken Sie sie zum Schloss auf dem Stadthügel.«

Er legte auf, sprang lachend zur Tür hinaus und stieß auf der Terrasse Jauchzer aus.

Ich sagte: »Ich wünschte, Blacky ginge es auch so gut.«

Jean meinte: »Er wird sich bald erholen.«

Als später Anni dem lebenden Foxterrier begegnete, sagte sie: »Ja, da legst' di' nieder. Der Blacky lebt!«

Iphigenie freute sich ebenso, auch wenn ihre Vorräte jetzt wieder in Gefahr seien.

Um 16 Uhr meldete Jean zwei Herren vom »Super Safe Security Service.«

Lukas sagte: »Ah, die Leibwächter.«

Der eine stellte sich als Torsten Leinhos vor. Er war groß und muskulös und hatte das vernarbte Gesicht eines Kriegsveteranen. Überraschenderweise trug er keine Leinenhose, sondern einen blauen Baumwollanzug. Der andere hieß Jürgen Tennenbaum. Er war von gedrungener Gestalt und hatte ein breites Kinn, das Selbstsicherheit und Durchsetzungskraft ausstrahlte.

Lukas stellte ihnen die Schutzperson vor: »Sir Frederick, 7. Baron of Devonshire.«

Blacky hob artig die rechte Pfote und beide gaben ihm nacheinander die Hand.

Herr Leinhos fragte: »Wie müssen wir ihn anreden? Mit Sir?«

Jean antwortete: »Nein, einfach nur Blacky.«

»Obwohl er weiß ist?«

Der Butler erklärte den beiden die Namensgebung.

Herr Tennenbaum sagte daraufhin: »Das ist das erste Mal, dass wir einen Hund beschützen.«

Lukas erläuterte: »Das ist eben ein besonderer Hund. Er ist der Erbe eines riesigen Vermögens – und genau das ist sein Problem.«

»Verstehe.«

Jean fügte an: »Es wurden bereits mehrere Attentate auf ihn verübt. Sie müssen ihn auf Schritt und Tritt bewachen. Er darf nichts fressen, was vorher nicht durch den Vorkoster geprüft wurde.«

Herr Leinhos fragte: »Ach, er hat einen Vorkoster?«

»Ja, Jussuf. Den werden Sie später kennenlernen.«

Jean bot den Leibwächtern einen Platz am Nebentisch an und servierte ihnen Kaffee und Kuchen. Danach zeigte ich ihnen meine Handyfotos von den Erben. »Das sind die potenziellen Angreifer. Diese Gesichter sollten Sie sich einprägen.«

Die beiden Leibwächter gaben mir ihre Handynummer und ich simste sie ihnen zu.

Lukas fuhr fort: »Bedenken Sie: Jeder Tag, an dem dem Baron nichts passiert, wird mit einer Prämie belohnt.«

Plötzlich hörten wir Jussufs Sopranstimme rufen: »Baron Frederick, lecki, lecki, lecki!«

Blacky spurtete los und war im Nu hinter der Hausecke verschwunden.

Herr Leinhos fragte: »War das der Vorkoster.«

Jean antwortete: »Nein, die Köchin.«

»Werden Sie so zum Essen gerufen?«

»Jo!«

Wir mussten lachen und Herr Leinhos sagte: »Das kann ja heiter werden.«

Er beugte sich vor, um von seinem Kuchenstück zu essen, da bemerkte ich sein ausgebeultes Sakko.

Zum Scherz fragte ich ihn: »Verstehen Sie auch Ihr Handwerk? Ich meine, können Sie mit Ihren Bleispritzen umgehen?«

Herr Leinhos lächelte und antwortete: »Das fragen sie alle.«

Er stand auf und sagte: »Jürgen, mach mal den Walter.«

»Schon wieder diese Nummer?«

Er nickte.

»Ach komm«, murrte er, »das hängt mir langsam zum Halse heraus.«

»Ist aber anscheinend nötig.«

Ich wehrte mit den Händen ab und sagte: »Das war doch nur Spaß.«

Herr Tennenbaum jedoch stand auf, nahm sich einen großen Apfel aus der Obstschale und ging einige Schritte Richtung Rasen. Er blickte hinter sich, sah, dass dort niemand war und legte sich den Apfel auf den Kopf. Herr Leinhos stellte sich zehn Meter vor ihn und schlug sein Sakko zurück.

Ich sagte zu den beiden: »Das wollen Sie doch nicht wirklich durchziehen.«

In diesem Augenblick zog Herr Leinhos seine Pistole und schoss. Der Apfel fiel rechts zu Boden und Herr Tennenbaum schrie: »Aua, du hast mich getroffen!«

Herr Leinhos sagte gelassen: »Hab dich nicht so. Das ist doch nur ein Streifschuss.«

Er ging zu seinem Kollegen, untersuchte seinen Kopf und bemerkte: »Wie ich vermutet hatte. Nur eine kleine Brandwunde.«

Herr Tennenbaum jammerte jedoch weiter: »Jetzt hab ich aber langsam genug von Walter Tell! Das nächste Mal spiel ich den Vater.«

Während Jean Verbandszeug holte, ging ich zu den Leibwächtern und hob den Apfel auf. Ich inspizierte ihn und entdeckte den Kanal, den das Projektil an der Außenseite gerissen hatte. Ich sagte: »Ein guter Schuss.«

»Ja, aber leider mit Kollateralschaden.«

Jean war inzwischen zurück und schmierte übel riechende Salbe auf die Kopfwunde von Herrn Tennenbaum.

Dieser sagte: »Iiiihh, ich muffele ja wie ein Stinktier.«

Sein Kollege fragte: »Hast du heute Abend was vor?«

»Jetzt nicht mehr.«

Nachdem Jean den Leibwächter verarztet hatte, setzten wir das Kaffeetrinken fort.

Jean sagte zu Lukas: »Wie hast du eigentlich vom Tod des Barons erfahren? Du warst doch nicht erreichbar.«

Lukas antwortete: »Pamela Penrose hat meine Geheimnummer und sie hat mich gestern angerufen. Sie hat mich verhöhnt, dass der Köter endlich tot sei und dass ich Schmarotzer keinen Zugriff mehr auf ihr Eigentum hätte. Dann hat sie hämisch gelacht wie eine Hexe und aufgelegt.«

Wir mussten lachen ob ihres vermeintlichen Triumphes und ich teilte Lukas mit, dass die Erben heute Abend im Hilton den »Tod des Köters« feiern wollten. Der Vormund sagte: »Ich finde, wir sollten ihnen einen Besuch abstatten.«

Jean schien die Idee zu gefallen, denn er fing an zu lächeln. Schließlich sagte er: »Na gut, wo jetzt zwei Leibwächter rund um die Uhr auf ihn aufpassen, die Gesichter möchte ich sehen …«

Ich fragte in die Runde: »Apropos, wo ist Blacky überhaupt?«

Jean und ich gingen ins Schloss, um den Vierbeiner zu suchen. Im Treppenhaus hörten wir Iphigenie auf Griechisch schimpfen. Im gleichen Augenblick lief Blacky mit einem Kotelett im Maul an uns vorbei.

Jean stellte zufrieden fest: »Er ist wieder der Alte.«

Um 20 Uhr machten wir uns auf dem Weg zum Hilton Hotel. Lukas, Jussuf, Blacky und die beiden Leibwächter fuhren in Lukas' Limousine, Jean und ich benutzten den VW Golf.

Am Hotel angekommen, erkundigte sich Jean nach dem Saal, in dem die Feier der fünf amerikanischen Gäste stattfinden sollte. Er erhielt als Antwort »Don Giovanni«.

Als wir dorthin marschierten, sagte Jean spöttisch: »Der ›Steinerne Gast‹ rückt an.«

Am Saal angekommen, öffnete Jean die Tür und machte den Blick frei auf einen Partyraum, der mit bunten Luftballons und Luftschlangen geschmückt war. In der Mitte waren Tische zu einem Hufeisen zusammengerückt, an dessen Außenseite die fünf Erben standen. Sie stießen gerade auf das Wohl des toten Barons an und nippten an ihren Gläsern, da sprang Blacky munter bellend in die Runde – vielfaches Prusten war die Reaktion.

Monika Brubaker sagte: »Oh no, everything gone!«

Pamela Penrose hingegen flötete: »Ja, wo is' er denn? Ja, so ein Lausejunge, hat er uns was vorgespielt.«

Blacky jaulte vor Vergnügen.

»Er ist ja gar nicht tot, so ein Schlingel.«

Der Baron hüpfte bellend herum.

Paul Penrose jedoch war nicht nach Heucheln zumute. Er griff ein Kuchenmesser und ging mit den Worten »I'll kill the mutt!« auf den Hund zu. Die Leibwächter zogen Blacky sofort hinter sich und stellten sich ihm entgegen. Der Angreifer war von der Abwehraktion überrascht, warf das Kuchenmesser wütend auf den Tisch und eilte hinaus.

Jean raunte mir zu: »Das war ein deutliches Signal. Ab jetzt werden sie es nicht mehr so leicht haben, auf den Kleinen einen Anschlag zu verüben.«

Lukas war inzwischen in die Mitte der Tische gegangen und sagte: »Schön, dass ihr alle so lustig beisammen seid. Was feiert ihr denn?«

Pamela Penrose antwortete übereilig. »Meinen Geburtstag.«

»Ich wusste gar nicht, dass du heute Geburtstag hast?«

»Wir auch nicht«, flüsterte Monica Brubaker sarkastisch.

Lukas gratulierte: »Na, dann alles Gute.«

»Danke«, sagte Frau Penrose peinlich berührt. Wir anderen wünschten ihr ebenfalls alles Gute und verließen den Saal. Draußen lachten wir uns kringelig. Lukas sagte kichernd:

»Habt ihr die Gesichter gesehen, als Blacky hereingesprungen kam? Ein Bild für Götter.«

Jean sagte glucksend: »Und wie sie geprustet haben: Fünf Fontänen auf einmal. Das werde ich nie vergessen.«

Wir verließen das Hotel und spazierten scherzend und feixend zum Hotelparkplatz. An Lukas' Limousine angekommen, ging Jean vor dem Hund in die Hocke und Blacky gab ihm brav die Pfote. Jean nahm sie und sagte: »Herr Baron, es war mir eine Ehre … ach, komm her.«

Jean herzte den Foxterrier, dann reichte er ihn an mich weiter. Ich knuddelte ebenfalls den Baron und wünschte ihm alles Gute.

Lukas bedankte sich nochmals für die Errettung seines Mündels, dann stiegen sie in die Limousine ein. Blacky kam zwischen Lukas und Torsten Leinhos auf der Hinterbank zu sitzen. Als sie davonfuhren, macht er mit seinen Pfoten winke, winke. Wir erwiderten seinen Abschiedsgruß und Jean sagte: »So ein lieber Kerl.«

Nachdem die Limousine in der Ferne verschwunden war, zückte Jean sein Handy und zeigte mir einige Reaktionen auf Blackys »Auferstehung« auf seinem Instagram-Account.

Ein Doggydog99 schrieb: »Hurra! Ein Wunder ist geschehen! Baron Frederick ist von den Toten auferstanden.«

Weiter unten meinte ein DogKing11: »Der wackere Blaublüter ist nicht totzukriegen.«

Und ein anderer Follower postete: »Möge Blacky die Erben ewig zum Narren halten.«

KAPITEL 12

Die nächsten Wochen waren Jean und ich beschäftigt, im Keller des Schlosses ein Fitnessstudio einzurichten. Nachricht vom Grafen bekamen wir nur sporadisch. Er sagte am Telefon zumeist, dass es ihm gut gehe und dass er große Fortschritte mache. Wir machten uns deshalb wegen ihm keine Sorgen und gingen ruhig zu Werke.

KAPITEL 13

Am dreißigsten Tag von Viktors Reha fuhr ich abends mit dem Taxi zur »Kurklinik Morgenröte«. Bei der Ankunft stellte ich fest, dass ich eine halbe Stunde zu früh war. Aber das wird schon gehen, dachte ich. So fuhr ich mit dem Aufzug in den zweiten Stock und ging zum Zimmer 226. Als ich die Türklinke drücken wollte, hörte von innen eine Frauenstimme »ja, ja, ja« stöhnen. Ich musste schmunzeln und trat einen Schritt zurück. Wenn zwei Menschen so extrem einer Meinung sind, sagte ich mir, möchte ich ihren »Disput« nicht stören. Es wird also das Beste sein, einen kleinen Spaziergang zu machen und später wiederzukommen.

Als ich das Stationsbüro passierte, schoss Oberschwester Hartmann auf mich zu. Sie fragte mich, wohin ich wolle. Ich antwortete:

»Zum Grafen von Bodeswalde.«

»Moment«, sagte sie.

»Nein«, wehrte ich ab, »ich bin zu früh.«

Doch Schwester Hartmann ließ sich nicht mehr stoppen. Sie eilte zu Zimmer 226 und klopfte kräftig an die Tür. »Hallo, Herr Graf, Sie haben Besuch.«

Eine Männerstimme antwortete: »Momentan kann ich nicht.«

Die Oberschwester wollte die Tür öffnen, doch sie war verschlossen. Jetzt klopfte sie noch energischer und rief: »Aufmachen!«

»Moment«, war die Antwort der Männerstimme. Es dauerte eine Weile, dann öffnete Svetlana die Tür. Wie ich sehen konnte, war sie erhitzt und derangiert.

Frau Hartmann sagte herrisch: »Wir dulden keine verschlossenen Türen, Frau Veselý!«

Svetlana antwortete verlegen: »Ich habe soeben den Blutdruck gemessen.«

Doch wie ich sehen konnte, lag die Blutdruckmanschette auf dem Schoß des Grafen.

Die Oberschwester sagte: »Da unten? Da muss er aber ganz schön hoch gewesen sein.«

»Die Manschette ist kaputt« sagte Svetlana und eilte hinaus. Die Oberschwester antwortete »wohl kaum« und warf dem Grafen einen strafenden Blick zu. Doch der grinste frech zurück, was den Unmut der Oberschwester nur noch steigerte. Sie wollte noch etwas sagen, verließ dann aber wortlos das Zimmer. Ich zuckte mit den Achseln und sagte: »Es tut mir leid, ich kann nichts dafür.«

»Ich weiß«, erwiderte der Graf, »sie hat Svetlana auf dem Kieker, weil sie ihr nicht unterstellt ist.«

Ich überreichte dem Grafen die Anekdotensammlung, die er kurz überflog. Dann kam Svetlana zurück. Sie fragte: »Ist der Stationsdrache weg?«

»Ja, die Luft ist rein«, antwortete der Graf.

Kurze Zeit später kamen Laura und Jannis zum fröhlichen Umtrunk. Wie ich von Laura erfuhr, hatte man die Ursache für ihren Black-out immer noch nicht gefunden und wollte deshalb weitere Tests durchführen. Jannis erzählte voller Stolz, dass es ihm gelungen sei, seinen Aufenthalt zu verlängern. Als Begründung habe er angegeben, sich noch eine Weile erholen zu müssen.

Der Graf meinte: »Wenn du weiterhin an den abendlichen Besäufnissen teilnimmst, wirst du dich nie erholen.«

Jannis entgegnete: »Aber gerade das genieße ich.«

163

Wir unterhielten uns prächtig und kamen im Verlauf des Abends auf Operationen und Ärztepfusch zu sprechen. Und in diesem Zusammenhang erzählte Laura ihre Leidensgeschichte vom Rosenschneiden:

»Ich hatte im Frühling Kletterrosen an der Garagenwand geschnitten und mich an einem Dorn gestochen. An sich keine große Sache. Da es aber nach einer halben Stunde immer noch wehtat, versuchte ich, mit einer Pinzette den Rest des Dorns zu entfernen. Doch es gelang mir nicht. Also bin ich zu meinem Hautarzt gegangen. Der erklärte nach der Untersuchung, dass da nichts sei, es werde schon wieder gut. Aber das Gegenteil war der Fall. Die Schmerzen wurden immer schlimmer, so bin ich am Wochenende zur Ambulanz des nächsten Krankenhauses gefahren. Ein Chirurg hat tief in die Wunde geschnitten und die Spitze des Dorns entfernt. Gerade noch rechtzeitig, bevor sich die Sehne entzündet hätte. Ich bin dann am Montag zu meinem Hautarzt und habe ihn über sein Versagen aufgeklärt. Doch er hat nur mit den Schultern gezuckt, der Kurpfuscher.«

Ich musste lachen und sagte zu Laura: »Was hätte er denn sagen sollen? Etwa Folgendes?:

›Sie haben ja so recht, Frau Bianchi, ich bin ein entsetzlicher Kurpfuscher! Aber was soll ich machen? Ich habe nun mal zwei linke Hände. Die Praxis musste ich von meinen Eltern übernehmen, obwohl ich völlig ungeeignet bin. Sie können sich gar nicht vorstellen, wie ich unter meiner Unzulänglichkeit gelitten habe. Albträume habe ich bekommen wegen meiner vielen Kunstfehler. Aber gottlob lassen Sie mich auffliegen und erlösen mich von diesem Schicksal. Danke, Frau Bianchi, vielen Dank!‹

Und er zieht seinen Arztkittel aus, pfeffert ihn zu Boden und läuft frohlockend aus der Praxis.«

Wir lachten herzhaft und Laura sagte: »Genau das hätte ich erwartet.«

Der Graf meinte: »Wenn die nach jedem Pfusch so reagieren würden, würde man dauernd Ärzte johlend aus ihren Praxen laufen sehen.«

Jannis bemerkte: »Das wäre nicht das Schlechteste.«

Wir amüsierten uns noch einige Zeit über skurrile Leidensgeschichten, dann trat ich den Heimweg an.

KAPITEL 14

Die Zeit bis zur geplanten Heimkehr des Grafen nutzten Jean und ich zur Vorbereitung seines Geburtstagsfestes am 12. September. Die Messlatte lag dabei hoch. Nach dem Willen des Grafen sollte es »die Mutter aller Partys« werden, vergleichbar mit den Barockfesten Prinz Eugens. So gaben wir unser Bestes, den Grafen zufriedenzustellen.

Jean kümmerte sich um die Gästeliste und verschickte die Einladungen per Mail. Als Postskript hinzugefügt war das Angebot einer Geschenkberatung, das auch rege in Anspruch genommen wurde. So hörte ich Jean des Öfteren am Telefon sagen: »Das wollen Sie ihm schenken? Nicht sehr originell. Das hat bereits der Präsident des Landtags bekommen. Es sollte schon extravaganter sein. Bitte geben Sie sich etwas Mühe.«

Eine weitere Aufgabe bestand in der Vorbereitung einer kleinen Willkommensparty für den Grafen am Tag seiner Rückkehr, dem 9. September. Höhepunkt des Festes sollte die feierliche Enthüllung eines Geschenkes sein, das ich bei einem Schlosser in Auftrag gab.

Als es am Vortag angeliefert wurde, war ich selbst von den Dimensionen überrascht. Es war vier Meter lang, drei Meter breit und ebenso hoch. Ein Ungetüm! Noch dazu umwickelt mit einer Silberfolie und einem breiten roten Band mit Schleife. Die übrigen Schlossbewohner wollten natürlich wissen, was sich darin verbarg. Aber ich behielt mein Geheimnis für mich und vertröstete sie auf den nächsten Tag.

KAPITEL 15

Der große Tag des Grafen war gekommen. Er sollte heute aus der Reha entlassen werden. Ramon, Jean und ich holten ihn mit dem Rolls-Royce von der »Kurklinik Morgenröte« ab.

Als wir vor Zimmer 226 standen, kam der Graf im Rollstuhl sitzend herausgefahren. Mir fuhr der Schreck in die Knochen. Doch der Graf lachte nur und fuhr zum Stationsbüro. Dort stand er auf und schenkte seinen Faltrollstuhl der Station. Oberschwester Hartmann bedankte sich herzlich für das Geschenk. Schließlich handelte es sich um ein hervorragendes Fabrikat.

»Ja«, sagte der Graf. »Ich bin aber trotzdem froh, ohne ihn auszukommen.«

Er verabschiedete sich vom Stationspersonal mit einem großen Blumenstrauß und ging mit Svetlana Hand in Hand zum Fahrstuhl. Sie sagte auf unsere fragenden Blicke: »Ich komme mit, als seine Personal Trainerin.«

»Natürlich«, sagte Jean schmunzelnd.

Als wir auf dem Schlossparkplatz ankamen, bereiteten uns Anni und Iphigenie einen herzlichen Empfang. Überall hingen bunte Luftballons und am Hintereingang standen Stehtische mit gefüllten Sektgläsern. Über dem Portal war ein mit Blumengirlanden geschmücktes Schild angebracht, auf dem zu lesen stand: »Willkommen zurück, Herr Graf!«

Anni umarmte den Grafen mit Tränen: »Nein, dass Sie wieder gehen können, ein Wunder ist geschehen.«

Auch Iphigenie war außer sich vor Freude.

Viktor stellte ihnen Svetlana als seine Personal Trainerin vor. Anni bedankte sich bei ihr für ihre tatkräftige Unterstützung, was diese leicht erröten ließ. Viktor kam ihr zu Hilfe und meinte: »Sie hat mich wirklich gut betreut. Ich wüsste nicht, was ohne sie aus mir geworden wäre.«

Svetlana gab ihm darauf ein Küsschen, worauf Anni und Iphigenie bedeutungsvolle Blicke wechselten. Dann stießen wir auf die Genesung des Grafen an.

Der Graf sagte: »Danke für den netten Empfang. Ihr könnt euch gar nicht vorstellen, wie schön es ist, wieder zu Hause zu sein.«

Anni meinte: »Wir sind auch froh, dass Sie wieder bei uns sind.«

Ich verwies auf das Willkommensgeschenk, das der Graf enthüllen müsse und wir marschierten auch gleich durchs Treppenhaus zur Vorderseite des Schlosses. Nur Iphigenie ging in die Küche, um nach ihrem Festtagsbraten zu sehen. Auf der Terrasse angekommen, blickte der Graf an der Frontseite nach oben, wo die Fahne der Bodeswalder Grafen schräg gen Himmel aufragte.

»So ist es recht!«, sagte der Graf. »Wenn der Lappen draußen hängt, ist der Lump zu Hause.«

Wir lachten und ich zeigte auf das Geschenk. Der Graf sagte bewundernd: »Das ist ja riesig.«

Er stand davor und war unschlüssig, wie er es auspacken könne.

Ich sagte: »Einfach an der roten Schleife ziehen.«

Der Graf nahm ein Ende und zog daran, doch nichts tat sich. Er stemmte sich mit einem Bein dagegen – immer noch nichts. Schließlich bat er Ramon um Hilfe und sie zogen gemeinsam. Endlich löste sich die Schleife und das Silberpapier fiel ab. Was nun folgte waren Ah- und Oh-Laute der Belegschaft. »Uiii!«, sagte Anni, »das ist ja ein Monster.« Tatsächlich war es ein eiserner Drache, der auf ein Quad montiert war. Ich hatte mich bei der Wahl des Geschenkes vom Wappen des Grafen inspirieren lassen. Nur, dass ich den Drachen wie ein Urzeitvieh gestalten ließ. So hatte er grimmige Zähne und glutrote Augen, an den Pranken große Krallen und am Rücken zwei gezackte Flügel.

Ich sagte zum Grafen: »Man kann nach oben steigen und damit herumfahren.«

Das ließ sich Viktor nicht zweimal sagen. Er kletterte hoch und saß vor dem Armaturenbrett, das ich ihm kurz erklärte. Dann fuhr er los. Der Drache gab dabei fürchterliche Laute von sich und schlug mit den Flügeln. Als der Graf den roten Knopf drückte, spie das Ungetüm eine Feuerfontäne aus seinem Maul. In diesem Augenblick kam Iphigenie ums Eck. Als sie den feuerspeienden Drachen auf sich zufahren sah, stieß sie einen gellenden Schrei aus und lief davon. Doch das Urzeitmonster verfolgte sie. Der Graf rief: »Wie stoppt man das Teufelsding?«

Ich schrie: »Es hat eine Fußbremse, wie bei einem Motorrad.«

Inzwischen hatte das Ungeheuer die Köchin in eine Ecke gedrängt und verfolgte sie mit dem Feuerstrahl. Die wich aus und schrie sich die Seele aus dem Leib. Schließlich stoppte das Urviech, drehte auf der Stelle um und fuhr röhrend und fauchend davon. Iphigenie sank langsam zu Boden; Anni eilte zu ihr und tröstete sie.

Kurz darauf bretterte der Drache brüllend und Flügel schlagend die untere Terrasse entlang. Wir übrigen Schlossbewohner standen auf der oberen Terrasse und beobachteten das imposante Schauspiel.

Jean sagte schmunzelnd: »Ein putziges Haustier.« Doch das Scherzen verging ihm sogleich. Denn das Ungeheuer brauste die Ostallee hoch, direkt auf uns zu.

Jean murmelte: »Der wird doch nicht –«

»– wird er doch«, vollendete ich seinen Satz und lief in den Salon. Die anderen folgten mir, und das keine Sekunde zu früh. Denn kaum waren sie in Sicherheit, sauste der Drache Feuer speiend an uns vorbei. Der Graf drehte auf der Terrasse noch einige Runden, dann holperte er auf dem Ungetüm die Freitreppe hinunter. Auf halber Höhe schwenkte er nach rechts, kam auf dem Rasen ins Schleudern und plumpste auf dem Ungeheuer sitzend in den Pool. Der Drache versank blubbernd im Wasser, der Drachentöter jedoch schwamm an den Rand des Beckens.

Ich lamentierte: »Der arme Drache.«

Iphigenie sagte. »Geschieht ihm recht!«

Kurze Zeit später sah ich den Grafen in seinem Ersatzrollstuhl zur unteren Terrasse fahren. Was hat er nun schon wieder vor, fragte ich mich und setzte mich ebenfalls in Bewegung. Als wir unten angekommen waren, hob der Graf den Rollstuhl über die Brüstung und ließ ihn den Abhang hinunterrollen. Der Rolli wurde immer schneller, geriet durch Unebenheiten ins Hüpfen und machte schließlich einen weiten Sprung ins Geäst einer Buche.

Der Graf bildete nun mit den Händen einen Schalltrichter vor seinem Mund und rief hinunter: »Hey, ihr da unten, hört mal zu! Jetzt sorge *ich* wieder für lustige Geschichten, und nicht *ihr*!«

Dann lachte er polternd.

Beim Hochgehen zum Schloss sah ich Ramon und seine Gehilfen am westlichen Pool werkeln. Sie zerlegten den Drachen in seine Einzelteile und zogen diese nacheinander heraus. Als Ramon mich sah, murmelte er: »Das Quad bekomme ich schon wieder klar.«

Ich sagte: »Wäre nicht schlecht, schließlich wollen noch mehr Leute Spaß mit dem Ding haben.«

Nachmittags hörte ich Schreie durchs Schloss gellen. Ich musste lächeln, denn es hörte sich an, als würde ein weidwunder Elch Turnübungen machen.

Ich ging ins Fitnessstudio und sah den Grafen an der Beinpresse trainieren. Jedes Mal, wenn er das Gegengewicht wegdrückte, schrie er gotterbärmlich. Danach waren Kniebeugen an der Reihe. Auch hier plärrte er wie ein Jochgeier. Nach dreißig Wiederholungen haute er sich klatschend mit beiden Händen gegen die Oberschenkel und sagte: »Endlich funktionieren meine Hachsen wieder.«

Dann sprang er aufs Laufband und joggte.

Ich fragte ihn: »Wieso wohnt Svetlana jetzt im Schloss, die Reha ist doch vorbei?«

»Sie ist für Unterleibsgymnastik zuständig, da ist sie Expertin.«

Ich scherzte: »Jetzt also ohne Hochdruckgebiet?«

»Endlich bestimmt nicht mehr das Barometer mein Liebesleben, beziehungsweise mein Hochdruckgebiet heißt Svetlana.«

»Wäre sie Meteorologin, würde sie sich sicher über das Kompliment freuen.«

»Sie freut sich auch so darüber.«

Um 18 Uhr gingen Viktor und ich zum Parkplatz, wo bereits Ramon mit dem startklaren Zeppelin wartete. Ich hatte das

Fluggerät bisher nur in der Garage gesehen und war von seiner Größe überwältigt.

»Das ist ja ein Riesending«, sagte ich.

Der Graf erläuterte: »Für zwei Personen wird es reichen.«

Er stieg in die Gondel und ich folgte ihm kurz darauf. In der Kabine sah ich zwei mit Wasser gefüllte Luftballons und eine Tasche mit Geldscheinen liegen.

Ich sagte: »Du scheinst einiges vor zu haben?«

»Wenn ich schon fliege, dann soll es auch Spaß machen.«

Ramon löste die Halteseile und wir schwebten auf der Stelle. Anschließend stellte der Graf die Motorgondeln vertikal und wir begannen langsam zu steigen. Gemächlich erhoben wir uns in die Lüfte und das Schloss unter uns wurde immer kleiner.

»Ach so, sieht es von oben aus«, sagte ich, »ein langgezogenes Rechteck.«

Dann schaute ich mir den Schlosspark genauer an. Aus der Höhe war die geometrische Unterteilung in vertikale und horizontale Achsen gut zu erkennen und die beiden Pools wirkten wie himmelblaue Augen. Besonders gut gefielen mir aber die geschwungenen Alleen, die den Park umliefen.

Als wir etwa hundert Meter Höhe erreicht hatten, setzte sich der Zeppelin in Richtung Stadt in Bewegung. Wir schwebten über die abschüssige Wiese hinweg auf die ersten Gebäude zu, die von oben aussahen wie Puppenhäuser. Auf den Dachterrassen winkten uns Menschen zu, die wir höflich grüßten.

Am Ende eines Wohnblocks sah ich unter uns ein Penthouse, auf dessen Terrasse ein Mann die Zeitung las und eine Frau im Swimmingpool planschte. Er sagte vorwurfsvoll zu ihr: »Liebling, spritz nicht so. Ich hab dir das schon tausend Mal gesagt. Was hast du nur?«

Sie girrte: »Es ist Sommer!«

»Ach ja, der Sommer«, er schüttelte den Kopf und blätterte um.

Der Graf schmunzelte und meinte, wir müssten ihm eine Lektion erteilen. Er nahm darauf eine Wasserbombe, zielte, und ließ sie auf den Zeitungsleser hinunter fallen ... Mit einem »Platsch« explodierte diese, worauf die Frau vor Lachen gluckste. Der Mann saß da wie ein begossener Pudel und schimpfte zu uns herauf: »Sind Sie von allen guten Geistern verlassen? Das war das Feuilleton, das Sie da vernichtet haben.«

Der Graf zuckte mit den Schulter und rief hinunter: »Es ist Sommer!«

Die Frau nahm nun ihren wasserscheuen Freund an der Hand und zog ihn kichernd in den Pool.

»Na, geht doch«, sagte der Graf und er nahm wieder Fahrt auf.

An einer Ampel sahen wir ein rotes Cabrio, dessen Fahrer einer blonden Radfahrerin hinterherpfiff. »Ciao Bella, Bellissima!«, flötete er, sie aber reagierte nur mit abweisenden Gesten. Den Papagallo schien das nicht zu stören. Er fuhr ihr langsam nach und überschüttete sie mit italienischen Komplimenten: »Sei stupenda, sei meravigliosa, sei una donna affascinante ...« und so weiter.

Dieses Mal schlug ich vor, von oben einzugreifen, was dem Grafen nur recht war. Er brachte unseren Zeppelin in eine gute Abwurfposition, ich ließ die Wasserbombe fallen und es machte »Platsch!« auf seinem Kopf. Das Mädchen lachte lauthals, der patschnasse Casanova jedoch rief zu uns hoch: »Stronzo! Bastardo! Idiota!«

Der Graf antwortete: »È fantastico! È grandioso, È magnifico!«

»Cretino! Culo!«, revanchierte sich der Italiener.

173

»È meraviglioso!«, parierte Viktor.

Auf diese Weise tauschten sie Komplimente aus, bis Viktor das Interesse daran verlor und den Zeppelin in Richtung eines zehnstöckigen Hochhauses steuerte. Wie ich beim Anflug erkennen konnte, hatte es auf dem Dach eine Terrasse mit einem Café.

»Was willst du denn dort?«, fragte ich den Grafen.

»Das ist das Lido. Dort werden wir ankern.«

»Und wie soll der Anker halten?«

»Am Eisengeländer.«

Als wir auf das Café zuflogen, standen einige Gäste auf und machten Fotos. Und je näher wir kamen, desto mehr wurde geknipst. Als der Zeppelin fünf Meter über der Terrasse schwebte, warf ich durch eine Bodenluke eine Strickleiter hinunter und rief den Cafébesuchern zu: »Machen Sie bitte die Seile am Eisengeländer fest.«

Zwei Männer wickelten daraufhin das Ende der Strickleiter um die Stahlstreben der Brüstung und machten einen Knoten. Viktor setzte die Seile unter Spannung und wir stiegen auf die Terrasse hinunter. Ein junger Kellner begrüßte uns mit den Worten: »Es kommt nicht oft vor, dass die Gäste von oben anreisen, aber wir wollen mal eine Ausnahme machen.«

Viktor bedankte sich für seine Nachsicht und wir nahmen in einer Ecke Platz. Der Graf sah sich etwas um und zeigte plötzlich auf einen Sonnenschirm: »So einer war's. Damit ist der Falltest misslungen.«

Der Ober meinte: »Das stimmt. Ich habe gehört, dass ein Spinner versucht hat, einen Sonnenschirm als Paraglider zu verwenden. Es soll ihm nicht bekommen sein.«

»Dieser Spinner war ich«, sagte Viktor.

»Oh Verzeihung«, erwiderte der Kellner.

Viktor fügte an: »Sie haben recht, es ist mir nicht bekommen. Der Flug war dabei nicht das Problem. Der Sonnenschirm hat gut funktioniert und den Fall gut gebremst. Nur die Landung ging schief. Kurz vor dem Boden wurde der Schirm von einer eine Bö erfasst und ich bin mit dem Rücken auf die Hauer eines bronzenen Ebers geknallt. Dabei hat es einen Rückenwirbel eingedrückt. Die Folge: Querschnittlähmung!«

»Das ist ja furchtbar!«, sagte der Ober.

»Und seit neun Wochen kann ich wieder gehen.«

»Das freut mich für Sie.«

Viktor bestellte eine Flasche Champagner, die der Kellner kurz darauf brachte. Verlegen sagte er: »Verzeihen Sie, dass ich Sie nicht gleich erkannt habe, Graf von Bodeswalde. Die Flasche geht natürlich aufs Haus.«

Er schenkte sich auch ein Glas ein und stieß auf die Gesundheit des Grafen an.

Dann aßen wir zu Abend.

Um 21 Uhr fuhren wir mit dem Aufzug zum Erdgeschoss hinunter. Ich fragte Viktor: »Willst du den Zeppelin unbeaufsichtigt zurücklassen?«

»Den wird schon niemand stehlen«, antwortete er.

Unten angekommen, lief er wie ein Irrer durch die Fußgängerzone. Ich folgte mit der Geldtasche so gut es ging. An einem Blumenstand blieb er stehen. Die Verkäuferin hatte ein Dutzend Rosenblüten im Haar und sah aus wie die Mutter von Dornröschen.

Der Graf fragte sie: »Was kosten die?«

Die alte Frau antwortete mit einem osteuropäischen Akzent: »Eine gelbe Rose vier Euro, eine rote fünf Euro.«

»Ich meine alle.«

»Alle gelben oder alle roten?«

»Ich meine alle Rosen, der ganze Stand.«

Sie begann zu kichern, dann wurde sie ernst: »Sie sein verrückt, aus dem Irrenhaus entlaufen.«

»Ich erläuterte: »Er wurde tatsächlich heute entlassen, allerdings nicht aus dem Irrenhaus.«

Sie fuhr fort: »Sie wollen Stand übernehmen? Sie sein Iwan aus Bosnien?«

Der Graf sagte: »Ich bin weder der Blumen-Iwan, noch vom Ordnungsamt oder der Gärtnerzunft. Ich will einfach nur alle Blumen kaufen.«

Sie überlegte eine Weile. Dann kam ihr ein Wort auf die Lippen, das sie aber nicht aussprach. Der Betrag kam ihr wohl zu gering vor. Schließlich sagte sie: »Zweitausend Euro.«

»In Ordnung«, sagte der Graf.

Ich bezahlte sie, indem ich in die Tasche griff und einfach einen Batzen Geldscheine auf den Tresen klatschte. Sie überflog die Summe und schien zufrieden zu sein. Viktor schichtete inzwischen die Rosen in die rechte Armbeuge. Hin und wieder stöhnte er auf, von Dornen gepikst.

Ich sagte zu ihm: »So geht das nicht. Es sei denn, du willst ein Passionsspiel aufführen.«

Er schüttelte den Kopf und meinte: »Fünf Jahre Martyrium sind genug.«

Ich fragte die Verkäuferin: »Haben Sie eine Tüte, Sie sehen ja selbst ...?«

»Tüte nicht, aber Kartoffelsack«, antwortete sie.

Ich war einverstanden und so steckten wir die Rosen in den Sack. Viktor umfing ihn mit beiden Händen und lief los. Zu jeder Frau, auf die er traf, sagte er. »Eine Rose für die schönste aller Frauen!«

Wie man sich denken kann, lehnte keine sein Angebot ab. So hatte er nach einer viertel Stunde alle Rosen verteilt. Ich entsorgte den Kartoffelsack und wir marschierten weiter durch die Fußgängerzone. An einem Bogengang sahen wir eine Gruppe Passanten stehen. Wir steuerten darauf zu und hörten bald die dazu passende Musik. Ein Mann spielte von Chopin das Scherzo in B-Moll. Nachdem er geendet hatte und der Applaus verebbt war, fragte der Graf, ob er sich das Klavier kurz ausleihen könne. Der Pianist verneinte zunächst, doch ein Griff in die Geldtasche ließ ihn seine Meinung ändern. Der Graf setzte sich auf den Klavierhocker und schmetterte die »Marseillaise«:

> Allons enfants de la Patrie,
> Le jour de gloire est arrivé!
> Contre nous de la tyrannie
> L'étendard sanglant est levé.

Ein Passant fragte mich: »Das ist wohl ein patriotischer Franzose.«

Ich antwortete: »Er wurde heute aus dem ›Gefängnis‹ entlassen.«

»Aus der Bastille?«

Ich nickte.

Nach seinem Vortrag bedankte sich der Graf für den herzlichen Applaus und wir zogen weiter. Als wir das Ende der Fußgängerzone erreicht hatten, rief Viktor Ramon an und bat ihn, uns mit dem Cadillac abzuholen.

Kurze Zeit später kurvte der Chauffeur in einem hellgrünen Cadillac Deville aus den 1960ern um die Ecke. Ramon machte für den Grafen den Fahrersitz frei und Viktor und ich stiegen ein. Der Graf gab Ramon den Auftrag, den Zeppelin vom Hochhaus nach Hause zu fliegen, dann gab er Gas. Ich holte aus Minibar eine Flasche Sekt, aus der wir abwechselnd tranken. Viktor legte eine CD ein und spielte die Quincy Jones-Version von »Summer in the city«. Wir sangen den Refrain mit und jauchzten:

»Wir lassen es heute krachen!«

»Wir lassen die Sau raus!«

»Wir lassen die Puppen tanzen!«

Nachdem wir einige Zeit johlend herumgefahren waren, hielt Viktor vor einem Straßencafé. Er hupte mehrmals, worauf eine Frau aus dem Inneren trat, die mir bekannt vorkam: Es war Edwina Leuthäuser, die Kaffeehausbetreiberin. Der Graf kletterte nach hinten und stellte sich aufrecht hin. Dann sagte er voller Stolz: »Sie dir meine Hachsen an.«

Edwina stammelte: »Großer Gott! Du kannst also wirklich wieder gehen.«

Viktor hielt die Sektflasche waagrecht in die Höhe und befahl: »Los, Mund auf!«

Edwina lachte und öffnete ihren Mund, worauf der Graf Champagner in ihren Schlund laufen ließ. Dass dabei einiges daneben ging, kümmerte sie nicht.

Der Graf rief: »Jetzt die anderen.«

Edwina gab zwei Bedienungen ein Zeichen, die darauf herbeikamen und sich ebenfalls mit Champagner abfüllen ließen. Viktor rief jetzt in der Manier eines Marktschreiers: »Meine Damen und Herren, ich bitte um Ihre Aufmerksamkeit. Kommen Sie zur Sektabfüllstation! Es ist alles gratis!«

Es dauerte nicht lange und vor dem Cadillac bildete sich eine Schlange von Gästen, die wir nacheinander mit Sekt betankten. Zwei Mädels waren dabei besonders gut gelaunt. Sie kicherten unablässig und rissen Witze. Ich fragte beide, ob sie nicht mitfahren wollten. Die Brünette mit der frechen Nase fragte aufreizend: »Wer seid ihr denn?«

Der Graf antwortete: »Wir sind die Bremer Stadtmusikanten. Wir sammeln Leute ein für eine Party.«

Die Rothaarige in einer Schaffnerunifom fragte: »In Bremen?«

Der Graf erwiderte: »Nein, auf dem Stadthügel. Ich darf mich vorstellen: Graf Viktor von Bodeswalde, und das ist Jimmy Ludstock, mein Privatsekretär.«

Die Brünette meinte: »Du meine Güte, ein Graf und sein Assi.«

Viktor entgegnete »sagt doch einfach Viktor zu mir« und er streckte ihnen sein Hand hin.

Ich sagte: »Ich bin der Jimmy.«

Wir gaben uns alle die Hand und die beiden Mädels stellten sich als Lisa und Mizzi vor. Dann machte Viktor eine einladende Geste und beide Frauen nahmen auf der Rückbank des Cadillacs Platz. Wir setzten uns ebenfalls und Viktor düste los. Ich reichte unseren beiden Passagieren eine Sektflasche, aus der sie ausgiebig tranken.

Lisa sagte: »Da geht's aber nicht zum Stadthügel.«

Viktor antwortete: »Wir sind ja auch noch nicht vollzählig.«

Wie aufs Stichwort hörten wir von weitem Schreie. Augenscheinlich lieferten sich ein Autofahrer und ein Politeur eine lautstarke Auseinandersetzung. Mizzi, selbst in der Montur einer Zugbegleiterin, sagte begeistert: »Ist der fesch, ich liebe Männer in Uniformen!«

Wir wir hören konnten, hatte der Hilfspolizist einem Autofahrer, der im absoluten Halteverbot geparkt hatte, gerade einen Strafzettel ausgestellt, was diesen in Wut versetzte. Er rief: »Du Strichbubi gehst wohl anschaffen?«

»Das ist Beleidigung einer Amtsperson«, war die Antwort des Politeurs.

»Ich sehe hier keine Amtsperson, nur einen Zettelstrizzi!«

»Es reicht, ich erstatte eine Anzeige.«

»Ach, leck mich doch«, schrie der Autofahrer und brauste mit quietschenden Reifen davon.

Der Uniformträger schimpfte hinterher und pfefferte seine Kappe auf den Boden:»Was für ein Scheißjob!«

Der Graf war inzwischen zu ihm vorgefahren und Mizzi sagte zu ihm:»Sie haben völlig recht. Wieso machen Sie nicht einfach eine Pause? Ich möchte Sie zu einer Party einladen, beim Grafen auf dem Stadthügel.«

Er antwortete:»Ich bin im Dienst.«

»Das ist schon richtig, aber lassen Sie mal Dampf ab.«

»Ich weiß nicht so recht«, sagte er.

»Sie haben es verdient. Wir alle wissen, was für eine wichtige Arbeit Sie hier verrichten.«

»Sie veräppeln mich auch nicht?«

»Aber nein. Wir suchen für eine Party ein paar nette Leute.«

Er zögerte einen Augenblick, nahm dann aber die Einladung an. Ich machte den Beifahrersitz frei und setzte mich nach hinten zwischen die beiden Mädels. Er nahm vorne Platz. Dann fuhr der Graf weiter.

Mizzi streckte dem Uniformträger die Hand hin und sagte:»Ich bin die Mizzi.«

»Ich bin der Hermann.«

Lisa sagte:»Aber das Eine sage ich dir gleich: Wenn wir falsch parken, dann schreibst du uns nicht auf.«

Er schüttelte lachend den Kopf.»Ich bin ja nicht im Dienst.«

Wir kredenzen ihm sogleich Sekt, was seine Laune deutlich hob. Mizzi schnappte sich seine Kappe und setzte sie sich auf. Sie flötete:»Wäre ich nicht eine adrette Politesse?«, sie nahm eine anmutige Pose ein,»das ist doch ganz etwas anderes, wenn man von einer hübschen Frau einen Strafzettel bekommt.«

»Nein«, wandte Hermann ein, »ist es nicht, die werden genauso beschimpft.«

Lisa fragte ihn: »Welche Schimpfnamen sind denn so gebräuchlich?«

»Zettelnutte, Knöllchenschlampe, Bußgeldhexe.«

Wir lachten herzhaft. Da fragte ihn Mizzi: »Wie ist denn deine Berufsbezeichnung? Weibliche Politesse?«

»Nein, Politeur.«

Wir mussten grinsen.

Er sagte: »Ich weiß, klingt bescheuert.«

Lisa meinte: »Als würde man Autos polieren.«

Er lächelte gequält.

Der Graf hatte inzwischen ein kleines Megafon aus dem Handschuhfach geholt und reichte es zu uns nach hinten. Lisa nahm es, schaltete es ein und grölte: »Halligalli, Freunde!«

Viktor und Hermann hielten sich die Ohren zu. Ich entriss Lisa die Flüstertüte und plärrte in ihre Richtung: »Rambazamba, Leute!«

Jetzt hielt sich Lisa die Hände vor die Ohren. So ging es in einem fort. Als Hermann das Megafon eroberte, brüllte er: »Stille Nacht, heilige Nacht.«

Lisa kommentierte lachend: »So ›still‹ wird sie heute nicht werden.«

Mizzi gluckste: »Und ›heilig‹ auch nicht.«

Wir balgten uns noch eine Weile um die Flüstertüte, da erregte lautes Radiogedudel neben uns unsere Aufmerksamkeit. Ein Kleinlaster mit offenen Hintertüren hatte rechts vor uns in der Autoschlange gehalten. Wie man sehen konnte, hatte er einen Tresor geladen.

Lisa sprach mit dem Megafon zum Fahrer: »Wohl eine Bank überfallen?«

Der lachte nur.

»Können wir einen Teil der Beute abhaben, als Schweige-geld?«

Der Mann rief uns zu: »Nein, es darf nur eingezahlt werden. Ich bin ein fahrender Bettler.«

»Mit Kleinlaster und Tresor?«

»Auch Bettler müssen mir der Zeit gehen.«

Lisa öffnete ihre Geldbörse und warf eine 50-Cent-Münze zu ihm hinüber: »Hier, eine milde Gabe.«

Er fing das Geldstücke auf und sagte: »Vergelt's Gott.«

Dann bog er rechts ab. Wir fuhren weiter.

Vor einer Ampel hielt neben uns ein Kombi mit Anhänger, auf dem eine bunte Plastikkuh stand.

Lisa fragte per Megafon den Fahrer: »Ist das Ihre Lebens-partnerin?«

Wir kicherten. Er sagte nur: »Haha, sehr witzig.«

Lisa hielt ihm eine Sektflasche hin: »Schampus gefällig?«

»Nein, danke.«

»Was frisst die denn so?«

»Freche Mädchen, die dumme Fragen stellen.«

Er lachte meckernd wie eine Ziege.

Ich sagte zu Lisa: »Jetzt hat er's dir aber gegeben.«

Lisa fragte weiter: »Was haben Sie denn damit vor?«

»Die ist für eine Kunstinstallation der Galerie Artifiziensis.«

»Ach so, ich dachte die ist für ein Sodomiten-Studio.«

Er lachte gequält.

Lisa sagte: »Vielleicht schauen wir mal vorbei.«

»Wenn's sich nicht verhindern lässt.«

Er lachte meckernd und bog ab.

Lisa meinte: »Hat 'ne Kuh dabei und meckert wie eine Zie-ge – der ist echt tierisch drauf.«

Nachdem wir in eine Seitenstraße eingebogen waren, hielt Viktor plötzlich an. Am linken Wegrand saß ein Penner vor einem Straßencafé und fragte uns lallend, ob wir etwas zu trinken hätten. Lisa holte einen Piccolo aus der Minibar und warf ihn in seine Richtung. Er langte hoch, doch die Flasche flog im hohen Bogen über ihn hinweg und schlitterte in den Eingang des Cafés. Kurz darauf kam ein Ober heraus und fuchtelte mit dem Piccolo in der Luft herum. Er schimpfte lauthals, doch Lisa antwortete ihm per Megafon: »Was willst du? Die ist voll.«

Mizzi fügte an: »Das ist der neue Sektlieferdienst.«

Beide Mädels lachten lauthals, was durch das Megafon zu höllischem Dröhnen verstärkt wurde. Dann holte Lisa einen weiteren Piccolo und warf ihn flach zum Tippelbruder. Dieses Mal fing er ihn auf. Er dankte uns per Handzeichen und wir setzten unsere Spritztour fort.

Als wir kurz darauf auf den Prachtboulevard der Stadt einbogen, spielte Viktor »Born to be wild« von Steppenwolf, was die Mädels aufkreischen ließ. Wir grölten begeistert den Text mit und headbangten, was das Zeug hielt.

Die Autofahrer in unserer Nähe lachten oder schüttelten den Kopf. Zwei Nonnen in einem Opel reagierten jedoch völlig anders. Die Fahrerin hielt uns das Kreuz ihres Rosenkranzes entgegen, augenscheinlich um das »Böse« zu bannen. Lisa streckte ihr einer Sektflasche hin und wir plärrten: »Born to be wild.«

Die beiden Ordensschwestern bekreuzigten sich und bogen rechts ab. Lisa rief ihnen nach: »Euch gefällt wohl unser Weihwasser nicht.«

Mizzi kreischte: »Dann saufen wir es halt selbst, hahaha.«

Wir trieben noch so manchen Schabernack mit anderen Verkehrsteilnehmern, dann machten wir uns auf den Heimweg. Bei der Einfahrt zur Schlossallee standen überraschend zwei Männer in biederen Bundfaltenhosen auf der Straße und hoben abwehrend die Hände. Der Graf bremste scharf und hupte mehrmals. Doch sie machten keine Anstalten, die Straße zu räumen.

Der Kleinere kam zum Auto getorkelt und lallte: »Stopp! Hier darf nur passieren, wer eine Party schmeißt!«

Lisa antwortete: »Da seid ihr goldrichtig, Jungs. Steigt ein.«

Der andere brabbelte: »Ich sag's ja, man muss es nur lange genug probieren.«

Als sie auf dem Trittbrett standen und sahen, dass alle Plätze besetzt waren, fragte der Größere: »Wo sollen wir uns hinsetzen?«

Viktor beantwortete die Frage, indem er scharf anfuhr – die beiden verloren darauf das Gleichgewicht und plumpsten auf unsere Oberschenkel. Sie stellten sich als Holger und Martin vor und Lisa und Mizzi begannen sogleich, sie mit Sekt abzufüllen.

Lisa sagte in Babysprache: »So, mein kleiner Wonneproppen, jetzt gibt's was zu trinken. Schön nuckeln.«

Sie hielt Holger die Sektflasche in den Mund und er ließ den Sekt rinnen.

»Und jetzt ein Bäuerchen machen.«

Das Riesenbaby rülpste gotterbärmlich. Das andere machte ähnlich Geräusche.

Kurze Zeit später waren wir am Schloss angekommen und Viktor stellte den Cadillac auf dem Parkplatz ab. Er ging zum hinteren Portal und sagte mit einladender Geste: »Tretet ein in meine bescheidene Hütte.«

Lisa sagte lachend: »So eine Hütte würde ich auch gern mein Eigen nennen.«

Im Treppenhaus kam uns Svetlana entgegen. Viktor machte sie mit allen bekannt und wir gingen in den großen Salon. Lisa zählte die Sessel am runden Tisch und sagte: »Genau zwölf, wie die Tafelrunde von König Artus. Wo sitzt der König?«

Ich sagte: »Das ist eben der Witz bei der Sache: Die Tafel hat keine Stirnseite, der König könnte überall sitzen.«

»Warum?«

»Er wollte seinen Rittern gleich sein.«

»Das ist ja langweilig.«

Der Graf fragte: »Was wollen die Herrschaften trinken?«

Wir gingen zur Bar und nahmen auf den Barhockern Platz. Viktor reichte ihnen die Cocktailkarte. Mizzi sagte: »Für mich einen Caipirinha.«

Hermann und Svetlana schlossen sich ihr an.

Lisa frage: »Was hat Ernest Hemingway auf Kuba immer getrunken?«

Der Graf antwortete: »Einen Daiquiri.«

»Den nehme ich.«

Holger, Martin und ich bestellten auch einen, worauf der Graf mit dem Mixen begann. Er ließ dabei die Flaschen und Shaker durch die Luft wirbeln, als jongliere er. Mizzi sagte: »Das machst du echt gut.«

In wenigen Minuten standen die Cocktails auf dem Tresen und wir prosteten uns zu. Da begann Mizzi plötzlich zu lachen. Nach dem Grund befragt, erzählte sie uns einen Traum, den sie letzte Nacht geträumt hatte:

»Ich war irgendwo in der Pampa gestrandet. Weit und breit kein Zug zu sehen, keine Straße, gar nichts. Nur Steppe. Ich schimpfte: ›Hol mich der Teufel.‹ Da war in der Ferne ein Pfeifen zu vernehmen. Es hörte sich an wie die Dampfpfeife einer Lokomotive. Ich dachte mir, das kann doch gar nicht sein. Woher soll denn bitte hier ein Zug kommen? Doch wie von Zauberhand näherte sich ein Zug. Das Erstaunlichste war dabei, dass sich die Schienen automatisch verlängerten. Doch ich nahm das als selbstverständlich hin, wie das so ist bei Träumen. Als der Zug vorfuhr, war an allen Waggons eine brennende Aufschrift zu lesen: ›Diablo-Express.‹ Und als der Lokführer seinen Kopf herausstreckte, waren zwei Hörner zu sehen: Es war der Teufel höchstpersönlich! Er grinste sardonisch zu mir herunter und flötete: ›Immer zu Diensten, meine Dame! Ich bringe Sie in einer Minute wohin Sie wollen. Dafür müssen Sie bei meinem nächsten Zug Lokomotivführerin sein.‹

Ich fragte mich, was kann da schon passieren und willigte ein.

Der Teufel überreichte mir eine Fahrkarte, die kurz darauf in einer Stichflamme verbrannte. Dann fuhr er los. Die Lokomotive beschleunigte wie verrückt, die Räder glühten und der Zug zog eine Feuerspur hinter sich her. So fuhren wir – links und rechts die Gegend versengend – durchs Land. Wir waren tatsächlich in einer Minute in Paris, dann in Barcelona, Lissabon und so weiter.«

Lisa fragte: »Aber wo war der Haken? Du warst doch einen Teufelspakt eingegangen?«

Mizzi fuhr fort: »Das ist richtig. Beim nächsten Zug war nämlich eine Dampflokomotive vorgespannt und ich musste die ganze Zeit Kohle schippen. Ich bin schweißgebadet aufgewacht und habe mir geschworen: Lieber zu Fuß gehen, als mit dem ›Diablo-Express‹ zu fahren.«

»Kein schlechter Vorsatz«, sagte der Graf.

»Ach, was«, lallte Holger, dann brabbelte er vor sich hin: »Das verfluchte Integral … und der Scheitelpunkt lässt sich auch nicht bestimmen …«

»Was?«, fragte Lisa.

Martin erklärte: »Er ist Mathematiker.«

»Ach, du Armer«, sagte Lisa. »Du besäufst dich immer, um die öden Formeln zu vergessen. Das kann ich gut verstehen.«

Holger hingegen lallte nur noch unverständliches Zeug.

Lisa fuhr fort: »Du solltest deinen Job etwas bunter gestalten.«

Er schaute sie mit glasigen Augen an.

Lisa erläuterte: »Ich meine, du solltest die Formeln singen und tanzen. Du könntest dazu einen Volkshochschulkurs anbieten: ›Tanz ins Glück mit Mathematik.‹ Das Kursprogramm stelle ich mir so vor: Es geht los mit einer Funktion F(x) als schmissige Polka. Dann die allseits beliebte Limes-Funktion als getragener Walzer. Und als Höhepunkt die Kurvendiskussion! Licht aus und im Dunkeln fummeln!«

Wir lachten alle, doch Holger konnte ihr nicht mehr folgen. Dann schmunzelte plötzlich Martin vor sich hin. Lisa rempelte ihn an. »Los, erzähl schon!«

Martin sagte: »Wisst ihr, ich bin Nachtportier. Letzte Woche wollte sich ein Gast unbedingt am nächsten Morgen wecken lassen. Er schärfte mir ein: ›Sie dürfen das nicht vergessen, ich muss an einer wichtigen Konferenz teilnehmen.‹

Um 6 Uhr früh rief ich ihn also an – keine Reaktion. Ich rief nochmal an und ließ es ein Dutzend Mal klingeln – doch er nahm den Hörer nicht ab. Also ging ich hoch und klopfte an die Tür. Aber es rührte sich nichts. Ich musste an seine mahnenden Worte denken und griff zum letzten Mittel: dem Universalschlüssel! Ich öffnete die Tür und was ich da sah, war mehr als delikat. Der Gast und seine Freundin lagen nackt auf dem Bett und sein Kopf ruhte zwischen ihren Beinen. Ich räusperte mich. Doch beide hörten mich nicht. Ich zog an seinem Arm – er wurde nicht wach. Was also tun? Ich holte meinen Kollegen, doch der war genauso ratlos wie ich.

Plötzlich fiel mir ein Vers aus Goethes ›Erlkönig‹ ein: ›Und bist du nicht willig, so brauch ich Gewalt.‹

Mein Kollege war mit dieser Vorgehensweise einverstanden und so zogen wir ihn an den Füßen vom Bett, sodass er mit dem Kopf auf den Boden knallte. Dann liefen wir hinaus und schlossen die Tür.

Später, als ich den Gast im Frühstücksraum mit einem großen Pflaster auf der Stirn sah, tat ich überrascht und fragte ihn: ›Herr Waldheim, haben Sie sich verletzt?‹«

Wir lachten herzhaft, da erklang plötzlich Discomusik. Wie ich sehen konnte, war die Urheberin Svetlana, die sich als DJ betätigte. Wir gingen im Takt wippend zur Mitte des Salons, wo Svetlana uns rappend entgegenkam:

Das ist ein Rhythmus,

bei dem jeder mit muss.

Für Holger schien das nicht zu gelten. Er war auf der Bar zusammengesunken. Und der Graf war verschwunden. Wir anderen tanzten munter drauflos. Lisa amüsierte sich dabei mit Martin, und Mizzi tanzte mit Hermann. Als Lisa an einen Sessel stieß, stieg sie einfach über den Sessel auf den Tisch und tanzte dort weiter. Die Jungs schrien begeistert: »Ausziehen! Ausziehen!«

Lisa war von diesem Vorschlag gar nicht angetan. Sie wehrte mit den Händen ab und sagte: »Ich war mal Go-go-Tänzerin, aber keine Tabledancerin.«

Martin rief: »Dann zeig mal, was du kannst.«

Lisa legte sich ins Zeug und tanzte sehr grazil. Martin gefiel das so gut, dass er ihr einen Geldschein unterm Bund ihrer kurzen Jeans steckte. Jetzt stieg auch Mizzi auf den Tisch und erging sich in erotischen Verrenkungen. Davon war Her-

mann besonders angetan. Zwischen den beiden Mädels entbrannte nun ein Wettstreit um die Gunst der Jungs. Da Mizzi
weniger Geldscheine einheimste, fuhr sie schwerere Ge-
schütze auf: Sie begann ihre Uniformbluse aufzuknöpfen und
zog sie schließlich aus. Damit hatte sie nun die Aufmerksamkeit der Verehrer auf sich gelenkt. Lisa stand dem in nichts
nach und zog ebenfalls ihr Hemd aus. Darunter trug sie nur
ein knappes T-Shirt. Die Vorfreude auf das Kommende war
den Jungs deutlich ins Gesicht geschrieben, als plötzlich eine
Männerstimme rief: »Jetzt geht's rund!«

Wir drehten uns um und sahen, wie Ramon den Grafen in
einer Schubkarre auf den Treppenabsatz fuhr. Viktor rief:
»Die Schubkarre ist der Rollstuhl für Feierwütige!«

Dann zog er einen Revolver aus der Hosentasche und begann damit herumzufuchteln. Ramon schrie »in Deckung!«
und versteckte sich hinter dem Klavier. Wir lachten über den
schrulligen Auftritt des Grafen und Ramons Ängstlichkeit.
Doch als Viktor das erste Mal schoss und Glasstücke des
Kronleuchters klirrend auf den Holztisch fielen, stoben wir
auseinander und versteckten uns hinter den Sofas. Der Graf
lachte wie ein Irrer und drückte erneut ab. Dieses Mal
schnippte die Kugel ein Whiskyglas vom Tresen, sodass es
scheppernd auf den Marmorboden landete.

»Aua!«, schrie eine Frauenstimme.

Der dritte Schuss knipste die Stehlampe im rechten Eck
aus. Viktor rief: »Da kommt Freude auf.«

Ich wollte schon protestieren, doch ich erinnerte mich an
meinen Vorgänger, der wegen dem Geballere des Grafen
gekündigt hatte. So zog ich meinen Kopf ein, was sich als
kluge Entscheidung herausstellte. Denn die vierte Kugel traf
den Holztisch, wurde zum Querschläger und durchlöcherte
das untere Ende meiner Jeans. Der Graf johlte »ist das Leben

schön« und drückte erneut ab. Der fünfte Schuss ließ das Bild an der östlichen Wand herunterkrachen – der Aufschrei einer Frau war die Reaktion. Ich dachte mir, dem müssen doch langsam die Patronen ausgehen. Doch er schoss noch ein sechstes Mal. Offensichtlich in die Decke, denn Stuck bröckelte auf die Sofas herunter. Der Graf betätigte weiter den Abzug, aber es war nur noch das Klacken der leeren Revolvertrommel zu hören. Er rief »verdammter Mist« und warf den Revolver auf die Marmorfließen, auf denen er bis zur Schiebetür schlitterte.

Der Graf brüllte »Rückzug!«, worauf ihn Ramon mit der Schubkarre hinausfuhr.

Nach einer Weile verließen wir unsere Verstecke. Lisa zeigte mir die Stelle am Oberschenkel, wo sie das Whiskyglas getroffen hatte. Ich fragte sie: »Tut's weh?«

»Ach, es geht schon.«

Svetlana rieb sich den Kopf und schimpfte: »Verfluchter Bilderrahmen. Wieso müssen die aus Messing sein?«

Ich untersuchte inzwischen mein rechtes Schienbein und stellte erleichtert fest, dass da nur eine Schramme war.

Mizzi fragte: »Was hat er denn? Möchte er, dass wir gehen?«

Ich antwortete: »Nein, dann hätte er sicher auf uns geschossen.«

Svetlana fragte: »Wieso ballert Viktor überhaupt im Salon herum?«

Ich erläuterte: »Er wollte nur zeigen, dass er gut drauf ist.«

Mizzi lächelte gequält: »Dann möchte ich nicht hier sein, wenn er mal verärgert ist.«

Svetlana sagte bestimmt: »Das muss ich ihm abgewöhnen.«

Hermann fragte: »Wo ist er eigentlich?«

Svetlana sagte: »Gute Frage. Wir sollten ihn suchen gehen.«

Gesagt, getan. Mit den Worten »Viktor, wo bist du?« durchstreiften wir das Schloss. Wir suchten im Erdgeschoss – Fehlanzeige. Wir stellten den ersten Stock auf den Kopf – keine Spur von ihm. Und auch im Keller fanden wir ihn nicht. Svetlana fragte: »Wo kann er nur sein?«

Wir entdeckten ihn schließlich am hinteren Portal: Er lag mit dem Rücken auf dem Boden und streckte alle viere von sich. Als er uns sah, lallte er: »Auf Wiedersehen, meine Damen und Herren, beehren Sie uns bald wieder.«

Lisa sagte: »Aber wir wollen noch nicht gehen.«

»Ach, nicht?«

Alle Gäste schüttelten den Kopf.

»Dann herzlich willkommen in meiner Klause.«

Hermann und ich schleppten ihn darauf in den Salon und setzten ihn in einen Sessel.

Svetlana sagte begeistert: »Wir machen jetzt ein tschechisches Trinkspiel. Das geht so. Setzt euch alle an den Tisch.«

Bis auf Holger, der für weitere Aktivitäten zu betrunken war, machten alle mit. Svetlana stellte Schnapsgläser vor uns auf den Tisch und füllte diese mit Wodka. Sie erläuterte: »Wenn ich schreie: ‹Achtung, der Tiger kommt!›, versteckt ihr euch. Wer der Letzte ist, muss zwei Gläser trinken. Alles verstanden?«

Wir nickten und so ging es los. Nachdem Svetlana »Achtung, der Tiger kommt!« gerufen hatte, rannten wir in alle Richtungen davon und verschwanden hinter den Möbeln. Wie ich in einem Spiegel sehen konnte, bildete Svetlana mit beiden Händen Krallen und ging fauchend herum. Sie fragte mehrmals: »Wo ist der Tiger?«

Viktor lugte hinter einem Sofa hervor und gluckste: »Guck, guck.«

Svetlana fauchte auf. Dann sagte sie: »Der Tiger ist weg.«

Nichts passierte. Sie sagte erneut: »Der Tiger ist weg, ihr könnt wieder hervorkommen.«

Langsam krochen wir hinter den Sofas hervor und setzten uns an den Tisch. Bis auf Martin, von dem nichts zu sehen war. Wir gingen ihn suchen und fanden ihn schlafend hinter dem Tresen der Bar.

Viktor sagte schmunzelnd: »Den hat wohl der Tiger erwischt.«

Wir legten ihn auf ein Sofa und machten weiter. Nach der dritten Runde fiel Hermann vom Stuhl und kroch unter den Tisch. Die fauchend herumgehende Svetlana entdeckte ihn dort schließlich und meinte: »Kann man als Versteck noch gelten lassen.«

Nachdem auch Mizzi dem Alkohol Tribut zollen musste, brach Svetlana das Trinkspiel ab. Sie legte eine CD ein und es ertönte »Kalinka«, das bekannte russische Volkslied. Sie sang auf Russisch mit und ich fragte sie: »Kalinka, was heißt das eigentlich? Ka ... linker, kein linker ... Schuh?«

Svetlana lachte: »Ich kenne den Witz. Nein, es ist die Verkleinerungsform für Kalina, Herzbeere, also Herzbeerchen.«

»Und was singen die dann?«

»Herzbeerchen, Herzbeerchen, Herzbeerchen mein. Im Garten ist die Beere, die Himbeere mein.«

Der Graf meinte: »Das ist ja putzig. Dann bist du mein Herzbeerchen.«

Der Graf fasste Svetlanas Hände und Lisa nahm die meinen. Dann begann der Männerchor zu singen »Kalinka, kalinka, kalinka, moya ...«

Erst sangen sie langsam, dann zog das Tempo an. »… W sadu jagoda malinka, malinka moja!«

Wir drehten uns trippelnd im Kreis, an meinen Händen die lachende Lisa, hinter ihr die kreisende Umgebung, dann wurde der Takt drängender, blaues Gemälde, braune Schiebetür, grüne Tapete, schwarze Treppe, »W sadu jagoda malinka, malinka moja!«, der Hintergrund verschwamm zu einer Schliere … Gemälde, Schiebetür, Tapete, Treppe, »W sadu jagoda malinka, malinka moja!«, jetzt nur noch die Farben blau – braun – grün – schwarz – blau-braun-grün-schwarz blaubraungrünschwarz … unsere Hände öffneten sich, wir schnellten auseinander und landeten kreischend auf zwei Ecksofas.

Während des langsamen Zwischenspiels schenkte Svetlana wieder Wodka aus, den wir hemmungslos hinunterschütteten. Das blieb nicht ohne Wirkung. Der Graf konnte nur noch kriechen und so versuchte Svetlana mit ihm auf allen vieren zu tanzen. Das war putzig anzusehen. Doch Lisa und mir erging es nicht besser. Bei der letzten Tempoverschärfung fielen wir auf den Boden und fanden auf einem Sofa eine weiche Schlafstatt. – Dann war das Lied aus. – Alle dösten groggy ein. – Stille.

KAPITEL 16

Um 9 Uhr morgens weckte uns Jean. Ich hatte Mühe aufzustehen, denn mein Kopf dröhnte wie ein Presslufthammer. Mit
großer Anstrengung schlurfte ich in den ersten Stock und
kroch in mein Bett. Wie ich am Gejammer hören konnte,
erging es Viktor und Svetlana nicht besser. Gottlob muss ich
nicht mit dem Taxi fahren wie die anderen, murmelte ich,
bevor ich einschlief.

Um 15 Uhr hatten wir Schlossbewohner uns so weit erholt,
dass wir ein geordnetes Frühstück abhalten konnten. Svetlana kam dabei auf Viktors nächtliche Kanonade zu sprechen,
doch er fragte: »Was soll ich getan haben?«

»Du hast im Salon herumgeballert und mich verletzt. Hier
sieh.«

Sie deutete auf die kleine Beule an ihrem Kopf.

»Ach komm, du wirst wahrscheinlich im Vollrausch gegen
was gelaufen sein.«

»Ja, gegen das Bild mit Messingrahmen, das du herunter-
geschossen hast.«

»Na gut, ich kann mir dunkel erinnern, ein paar Schüsse
abgegeben zu haben. Aber ein Schüsschen hier, ein Schüsschen da, was macht das schon? Ein Schüsschen ist wie ein
Küsschen.«

Er gab Svetlana einen Kuss und kicherte infantil vor sich
hin. Die sah mich verzweifelt an. Doch ich zuckte nur mit den
Schultern. Ich hatte eingesehen, dass es keinen Sinn machte,
einen volltrunkenen Grafen kontrollieren zu wollen. Und

schwer verletzt hatte er ja niemanden. Deshalb ließ ich es damit bewenden.

Nach dem Frühstück zeigte mir Jean die Gästeliste für Viktors Geburtstagsparty. Als ich die Namen und Adressen las, entfuhr mir ein Pfiff durch die Zähne. Aus aller Welt kamen Viktors Bekannte: Aus Lissabon, Madrid, London, Prag, Paris …

Was mich aber enttäuschte, war die geringe Anzahl. Es waren knapp dreißig.

»Wieso so wenig?«, fragte ich Jean.

»Der Graf lebte die letzten fünf Jahre sehr zurückgezogen. Außerdem kommen zu seinen Partys immer doppelt und dreifach so viele Leute wie geladene Gäste.«

»Die Party ist keine geschlossene Gesellschaft?«

»Nein, das Schloss war schon immer ein offenes Haus. Und überdies sind die ungeladenen Gäste gerade die Interessantesten.«

»Wieso?«, wollte ich wissen.

»Weil sie den Grafen nicht kennen. Sie sind deshalb ausgelassener und ungehemmter, haben mehr Mut zu verrückten Dingen.«

Auf meinen skeptischen Blick sagte er: »Du wirst schon sehen!«

Ich studierte weiter die Gästeliste und bemerkte hinter den Namen Babsi und Biggi das Kürzel »fR«.

Ich fragte Jean: »Was bedeutet ›fR‹?«

»Freies Radikal«

»Was ist das?«

»In der Chemie hochreaktive Atome, die andere Moleküle anziehen und eventuell auseinanderreißen.«

»Du meinst in diesem Zusammenhang Beziehungen?«

Er nickte.

»Und wieso?«

»Damit sich was rührt. Es soll heftig geflirtet und angebandelt werden.«

»Verstehe. Und Babsi und Biggi sind –«

»– zwei Modepuppen«, fiel er mir ins Wort, »immer chic angezogen und heiß begehrt.«

»Also werden sie die Beziehungen kräftig aufmischen.«

»Das zumindest hofft der Graf.«

Ich ging die Gästeliste weiter durch und sah das Kürzel »fR« auch hinter dem Namen Henrique stehen.

»Und wer ist Henrique?«, fragte ich.

»Das ist ein ehemaliger Kollege des Grafen aus Lissabon. Der *Latin Lover* schlechthin. Wo der auftaucht, werden erwachsene Frauen zu kreischenden Groupies.«

»Also ein männliches ›freies Radikal‹.«

Jean nickte.

Weiter unten sah ich die Namen Lisa und Mizzi stehen. Ich dachte mir, die beiden einzuladen, ist nie verkehrt.

Am späten Nachmittag suchte ich den Grafen in seinem Arbeitszimmer auf. Er hatte die Fenster verdunkelt und ich konnte im Dämmerlicht nicht viel erkennen.

»Komm hier rüber«, sagte er.

Nachdem ich in seine Ecke gegangen war, konnte ich sehen, dass er eine Theateraufführung auf eine Leinwand projizierte. Er erläuterte: »Othello, letzte Woche im Thalia-Palast, ziemlich konventionell, die haben das Stück einfach nur runtergespielt.«

»Wo hast du diese Aufnahme her?«, fragte ich ihn.

»Jean hat letzte Woche heimlich eine Aufführung mit dem Handy gefilmt.«

»Und wieso?«

»Es wird Zeit, dass die Zuschauer mal einen Jago zu sehen bekommen, der eines Shakespeares würdig ist.«

»Du willst als Jago auftreten?«

»Natürlich.«

»Und du kennst den Text?«

»Ich habe den Jago bereits mehrmals gespielt. Und ich hatte in der Reha genug Zeit, die Rolle zu memorieren.«

Ich schaute ihn verwundert an.

Er fuhr fort: »Wir müssen das Theater ausspionieren und in Erfahrung bringen, wann der Jagodarsteller abends das Theater betritt.«

»Wie sieht er denn aus?«

Viktor zeigte mir ein Ganzkörperfoto des Schauspielers, der Anselm Bösmüller hieß.

Ich stellte fest: »Er hat die gleiche Figur wie du.«

»Das ist die Hauptsache. Sonst ginge es gar nicht.«

»Und wie kaschierst du dein Gesicht?«

»Hiermit.«

Viktor zeigte mir eine Halbmaske. Ich verglich das Foto mit der Maske und sagte: »Ich weiß nicht, irgendwas stört mich an ihm.«

»Natürlich, er sieht aus wie Möchtegernmafioso: Milchgesicht und Ziegenbart vertragen sich nicht.«

»Du hast recht. Er kommt daher wie ein Schaf im Wolfspelz.«

»Deshalb habe ich den Gesichtsausdruck der Halbmaske durchtriebener gestalten lassen, das macht mehr Eindruck auf die Zuschauer.«

Ich fragte ihn: »Aber etwas will mir nicht in den Kopf: Wird sich der Bösmüller so einfach auswechseln lassen?«

»Wenn es klappen kann, dann heute. Heute ist die letzte Vorstellung, und da ist es üblich, den Hauptdarstellern einen Streich zu spielen.«

»Verstehe. Er wird den Austausch für das Werk seiner spöttischen Kollegen halten.«

Der Graf nickte. Wir gingen darauf den Plan nochmal durch und ich wollte ihm zum Abschied Glück wünschen. Da fiel mir Viktor ins Wort: »Sag nur ›Toi, toi, toi‹ und spuck dreimal über meine linke Schulter.«

Auf meinen fragenden Blick sagte der Graf: »Nun mach schon!«

Ich sagte: »Toi, toi, toi« und wollte schon spucken, da kam Jean zur Tür herein. Gerade noch rechtzeitig konnte ich an mich halten.

»Jetzt hast du aber Glück gehabt«, sagte ich zu ihm.

Er zog eine Augenbraue hoch. Ich fuhr fort: »Jean, geh doch bitte mal zur Seite, ich muss spucken.«

»Spucken? Wieso?«

»Mach bitte einen Schritt zur Seite, ja?«

Er tat wie ihm geheißen, ich sagte »Toi, toi, toi« und spuckte dreimal über die linke Schulter des Grafen.

Jean sagte: »Verstehe, Theaterrituale.«

Der Graf wies ihn an, die Vorstellung mit seinem Handy abzufilmen und live auf mein Handy zu übertragen.

Jean fragte: »Du willst es also wirklich durchziehen?«

Viktor nickte.

Um 18 Uhr fuhren Ramon und ich im Rolls-Royce zum Thalia-Palast. An der Abendkasse brachte ich gegen ein kleines Trinkgeld die Handynummer von Anselm Bösmüller in Erfahrung. Ich rief ihn an und stellte mich als Künstleragent vor, der ihm Rollenangebote unterbreiten wolle. Wir verabredeten uns um 19 Uhr im Künstlercafé »Schwarze Katze« gleich um die Ecke.

Als er kurz vor 19 Uhr das Café betreten wollte, öffnete ich die Hintertür des Rolls-Royce und rief ihm zu: »Hallo, Herr Bösmüller, ich bin Stefan Schleimbeutel, wir haben telefoniert. Steigen Sie doch bitte ein.«

Er war etwas verwundert, das Agenturgespräch in einer Limousine zu führen, doch das Ambiente schien ihm zu gefallen. Ich schenkte ihm sogleich ein Glas Sekt ein und wir stießen auf eine fruchtbare Zusammenarbeit an. Dann fuhr Ramon los.

»Wo fahren wir denn hin?«, wollte der Jago-Darsteller wissen.

Ich antwortete: »Zu meinem Büro.«

»Aber die Vorstellung beginnt gleich.«

»Nein, heute beginnt sie eine Stunde später, Ihnen zu Ehren. Sie wissen doch, heute ist Denière, und da brauchen Ihre Kollegen etwas länger, um einen angemessenen Streich vorzubereiten.«

Gottlob schluckte er meine erfundene Begründung. So setzte ich die Komödie fort: »Und ich habe mir gedacht, ich nutze die Zeit, um Ihnen Rollenangebote zu unterbreiten.«

»Ich habe eigentlich schon einen Agenten«, wandte er ein.

»Ich weiß, aber es ist besser, mehrere Agenten zu haben, nicht wahr?«

Er stimmte mir zu. Dann fragte er: »Also, was haben Sie zu bieten?«

Ich schlug ihm verschiedene Rollen vor, die mir gerade so einfielen: Den Hamlet am Burgtheater in Wien, den Tartüff am Schauspielhaus in Zürich, den Tamino am großen Festspielhaus in Salzburg.

»Den Tamino?«, fragte er.

»Ja.«

»Aber ich kann gar nicht singen?«

»Ach nicht? Schade.«

Schließlich bot ich ihm noch den Godot am Deutschen Theater in Berlin an.

»Godot kommt also wirklich?«, fragte er.

»Was meinen Sie?«

»›Warten auf Godot‹ von Samuel Beckett.«

»Ja.«

»Godot kommt doch gar nicht. Estragon und Wladimir warten vergebens.«

»Ach so – hier aber kommt er«, redete ich mich heraus.

»Also eine Adaption?«

»So ist es. Die Dramaturgin hat eine Fassung erstellt, in der er tatsächlich auftritt.«

»Das ist ja interessant. Könnten Sie mir mehr erzählen?«

»Natürlich. Es gibt eine Szene, in der Godot Estragon und Wladimir sein Kommen im Traum ankündigt.«

»Wie ist er angelegt?«

»Wer?«

»Godot!«

»Ach so, Godot. Nun ja, wie soll ich sagen? Wie einer, auf den man gerne wartet.«

»Aha, also eine Umkehrung der Ausgangslage?«

»Was? Ach so, genau! In dieser Fassung wird einfach alles auf den Kopf gestellt. Das ist der Reiz, verstehen Sie?«

»Sie machen mich richtig neugierig.«

»Wenn Sie wünschen, kann ich noch etwas …«

Er nickte heftig.

»Nun, Godot ist geheimnisvoll und unheilschwanger. Als er erscheint, wird er von sardonischem Unterlicht angestrahlt.

Jeder seiner Sätze wird mit fernem Wetterleuchten illuminiert … «

In dieser Weise schwadronierte ich von einem Stück, das es gar nicht gab. Herr Bösmüller war sichtlich begeistert und wollte die Bearbeitung unbedingt lesen.

Nachdem ich die Märchenstunde lange genug ausgedehnt hatte, fiel dem Jago-Darsteller plötzlich wieder die anstehende Vorstellung ein.

»Das ist alles sehr interessant. Aber würden Sie mich jetzt bitte zum Thalia-Palast fahren? Ich möchte mich auf meinen letzten Auftritt vorbereiten.«

»Das hat keinen Sinn mehr.«

»Wieso?«

»Die Vorstellung läuft seit einer halben Stunde.«

»Was?«

»Wie soll ich Ihnen das erklären? Die Aufführung wurde gar nicht verschoben.«

Er sah mich ungläubig an. Dann fragte er: »Und wer spielt jetzt den Jago?«

»Jemand springt für Sie ein.«

»Bitte?«

»Ach, wissen Sie, Ihre Kollegen wollten Sie entlasten –«

»Das geht jetzt ein bisschen weit!«, fiel er mir ins Wort.

»Tja«, sagte ich, »so sind nun mal Theaterleute.«

Er starrte mich entgeistert an.

Um die Situation zu entspannen, zückte ich mein Handy und zeigte ihm, was gerade auf der Bühne vor sich ging.

»Wo haben Sie die Aufnahme her?«, fragte er überrascht.

»Ein Kollege überträgt sie mit seinem Handy«, erläuterte ich.

Herr Bösmüller schaute dem Treiben auf der Bühne ungläubig zu.

Plötzlich rief er: »Das bin ja ich!«

»Nicht ganz. Ein Double.«

»Also wissen Sie ...«

Er war sprachlos, was mir in diesem Moment sehr recht war. Dann begann er, die schauspielerische Leistung des Grafen zu kritisieren.

»Wie der outriert und chargiert. Nein, das geht gar nicht.«

»Aber dem Publikum scheint es zu gefallen«, wandte ich ein.

Man konnte Szenenapplaus hören.

»Den haben Sie meines Wissens nie bekommen.«

»Doch, wenn auch etwas verhaltener.«

Auf einmal begann er zu grübeln. »Ach, so macht er das. Nicht schlecht, nicht schlecht. Ja, das ist gut, ja, das funktioniert auch.«

Unvermittelt schrie er: »So hätte ich das auch gemacht! Wenn mich der blöde Regisseur nur gelassen hätte. Alle meine guten Ideen hat der Idiot weggebügelt.«

Er schmetterte: »Genau so muss man das machen und nicht anders! Das ist meine Auffassung!«

Der ausgebootete Jago-Darsteller saß vor dem Handy und steigerte sich immer mehr hinein: »Ja, umspiele den einfältigen Othello, ja, flüstere ihm Schmeicheleien ins Ohr, ja, so ist es gut. Sei hinterhältig, schmierig und schön doppelzüngig, wunderbar! Und jetzt gib dich unschuldig, naiv, so als könntest du kein Wässerchen trüben. Hervorragend!«

Er schaute auf: »Ich kann diesem Schauspieler zu meiner Auffassung nur gratulieren!«

Neben Jean war nun eine Frauenstimme zu hören: »So muss die Schlange Eva verführt haben, damals im Paradies. Und ja: Ich ließe mich auch verführen. Jederzeit.«

Herr Bösmüller wollte die Handynummer von diesem Groupie wissen.

Jean fragte: »Meinen Sie wirklich?«

Er filmte mit dem Handy seitlich, sodass man sie im Profil sehen konnte.«

Herr Bösmüller sagte: »Lieber nicht. Das ist ja eine alte Oma.«

Nachdem wir auf diese Weise die restliche Vorstellung verfolgt hatten, brandete der Schlussapplaus auf. Die Zuschauer wurden dabei regelrecht zu Beifallsstürmen hingerissen. Immer wenn der Graf hinter den Vorhang verschwand, skandierten sie: »Jago! Jago! Jago!«

Der Graf trat dann vor den Vorhang, verbeugte sich tief und winkte dem Publikum zu. So gab es drei Vorhänge, vier, fünf, sieben. Jetzt waren es schon zehn. Die Jubelstürme wollten einfach nicht abreißen. Beim siebzehnten Mal tänzelte Viktor auf die Bühne und wendete den berühmten Herzgriff an: Er hielt beide Hände auf sein Herz und schmachtete dahin. Mit einem letzten Wink verschwand er dann endgültig hinter die Kulissen.

Ich sagte zu Herrn Bösmüller: »Hören Sie nur, wie die Sie feiern.«

»Das ist ja ganz nett, aber ich bin es doch gar nicht.«

»Das macht doch nichts. Wichtig ist nur, dass die Menschen es glauben.«

Er lächelte unsicher. Anschließend holten wir den Grafen am Künstlereingang ab. Er setzte sich mit Halbmaske zu uns in die Limousine und Ramon fuhr Richtung Künstlercafé »Schwarze Katze«.

Herr Bösmüller sagte zum Grafen: »Sie also sind mein Double. Ich muss sagen, Sie haben das recht anständig gemacht. Beinahe hätten Sie meine Virtuosität erreicht.«

Der Graf nahm die Maske ab und Herr Bösmüller riss die Augen auf: »Ich kenne Sie doch! Sie sind Graf –«

»Gestatten«, unterbrach ihn Viktor, »Graf Viktor von Bodeswalde. Verzeihen Sie bitte den harmlosen Streich.«

»Das heißt, *Sie* haben das angezettelt?«

»Ich bitte vielmals um Entschuldigung.«

»Sie! So geht das nicht! Sie können mich doch nicht einfach entführen?!«

»Ach, entführen ... «, sagte der Graf gelassen, »das ist so ein hässliches Wort. Ich würde eher sagen, ich habe mir Ihre Rolle nur ausgeborgt – und hier haben Sie sie zurück.«

»Sehr witzig, wo heute die letzte Vorstellung war.«

Wir waren inzwischen am Café angekommen. Davor standen Theaterbesucher und unterhielten sich lebhaft. Herr Bösmüller schwang drohend den Zeigefinger: »Das Eine sage ich Ihnen: Das wird ein Nachspiel haben!«

Viktor sagte völlig ruhig: »Wollen Sie Ihren Kollegen jetzt die Wahrheit sagen? Nach diesem Triumph?«

Herr Bösmüller sah hinaus zu den vielen Menschen und begann zu grübeln. Der Graf fuhr fort: »Wollen Sie zugeben, dass die rekordverdächtigen siebzehn Vorhänge nicht auf Ihr Konto gehen?«

Herr Bösmüller knabberte an den Fingernägeln. Kleinlaut fragte er: »Waren es wirklich siebzehn?«

Wir nickten. Daraufhin sagte er: »Ich werde Ihre Komödie zu Ende spielen, aber unter Protest!«

Viktor sagte: »Akzeptiert!«

Herr Bösmüller fügte an: »Und ich verlange, dass Sie Stillschweigen bewahren.«

Viktor sagte: »Mein Mund ist verschlossen.«

»Meiner auch«, sagte ich.

Herr Bösmüller öffnete die Autotür und ging Richtung Eingang des Cafés. Als die Leute ihn sahen, brachen sie in Jubel aus. Herr Bösmüller hob abwehrend die Hände und sagte in lässiger Manier: »Leute, Leute, nicht so heftig … Ich weiß, ich war genial, aber das ist doch kein Grund auszuflippen … so lasst mich doch ganz … Liebe Mädels, immer eine nach der anderen, jede kommt an die Reihe … die Nacht ist ja noch lang …«

Ich zog die Autotür zu und wir fuhren zurück zum Schloss. Ich sagte: »Also, sich feiern lassen kann er.«

Viktor meinte: »Das ist auch das Einzige, was er kann.«

Ich überlegte eine Weile und sagte schließlich: »Eigentlich war das gemein von uns.«

Viktor sagte: »Ja und nein. Die Entführung sicherlich. Aber er wird dafür reichlich entschädigt. Er lässt sich bestimmt hochleben und von der holden Weiblichkeit verwöhnen. Und er wird später immer wieder darauf verweisen, wie gut er an diesem Abend als Jago war …«

KAPITEL 17

Donnerstagmorgen weckte mich der Graf bereits um 9 Uhr. Er eröffnete mir, dass wir heute einen Ausflug aufs Land unternehmen und per Seilbahn auf einen Berg fahren würden. Ich empfand das als willkommene Abwechslung. Als er mir aber mitteilte, nachher mit dem Gleitschirm runterfliegen zu wollen, schrillten bei mir alle Alarmglocken. Ich fragte ihn: »Hast du keine Angst? Ich meine wegen deinem Unfall?«

»Ach, da kann gar nichts passieren. Das ist idiotensicher. – Und nimm eine Badehose mit. Wir werden den restlichen Tag auf dem See verbringen.«

Beim Frühstücken drückte mir Viktor eine Boulevardzeitung in die Hand. Er deutete auf ein Interview, das Frau Torstenson, eine Klatschkolumnistin, mit Anselm Bösmüller nach der gestrigen »Othello«-Vorstellung geführt hatte. Ich las vor:

»Torstenson: ›Herr Bösmüller, noch nie hat man Sie so genial als Jago gesehen. Wie war diese herausragende Leistung möglich?‹

Bösmüller: ›Ein Schauspieler braucht Inspiration. Er muss seine Rolle jeden Abend neu zum Leben erwecken, wie Frankenstein sein Monster.‹

Torstenson: ›Deshalb lief es mir kalt den Rücken hinunter, als Sie als Jago auf Othello losgingen.‹

Bösmüller: ›Das eben unterscheidet den durchschnittlichen von einem genialischen Schauspieler. Seine Imaginationskraft lässt die Zuschauer erschaudern.‹«

Viktor lachte auf: »Ich hab's ja gesagt. Er macht auf dicke Hose.«

Ich las weiter: »Er wird sogar für den Iffland-Ring vorgeschlagen.«

»Wenn die wüssten.«

Nach dem Frühstück machten der Graf und ich uns im VW-Golf auf den Weg ins Voralpenland; Viktor saß am Steuer. Es bereitete ihm dabei sichtlich Vergnügen, immer das Gegenteil zu tun, was das Navi vorschlug und auf Schleichpfaden durch die Landschaft zu kurven.

Ich spöttelte: »Ein Geist, der stets verneint –«

»– kommt auch zum Ziel«, ergänzte Viktor das Faust-Zitat.

Und tatsächlich erreichten wir Punkt 11 Uhr die Talstation der Seilbahn. Nachdem Viktor geparkt hatte, ging er zum Kofferraum und zog daraus zwei blaue Overalls hervor. Auf meinen verwunderten Blick sagte er: »Die brauchen wir als Wartungstechniker vom TÜV Südbayern.«

»Was?«

»Ich will nicht *in* der Gondel fahren, sondern *auf* dem Dach der Gondel, da ist die Aussicht viel schöner.«

»Aha. Und wie kommen wir da rauf?«

»Damit.«

Er zeigte mir zwei Pässe. Oben stand in großen Lettern: »TÜV Südbayern«.

Darunter folgten Passbild und Name: Viktor hieß plötzlich »Dieter Rosenegger« und blickte ernst und vertrauenswürdig drein und mein Pseudonym war »Heinrich Siepmann«. Auch mein Passfoto strahlte Kompetenz und Sachverstand aus. Anscheinend hatte es Jean heimlich von mir gemacht.

»Nun gut«, sagte ich, »aber selbst mit den Ausweisen ist es während des normalen Betriebs –«

Viktor fiel mir ins Wort: »Heute ist keiner, um 11:30 Uhr ist eine Wartungsfahrt angesetzt.«

»Verstehe.«

Er hatte anscheinend an alles gedacht. Wir zwängten uns in die Overalls und klemmten die Ausweise an die Brusttaschen. Dann gingen wir mit den Gleitschirmen zur Talstation und stellten uns den beiden Seilbahntechnikern als TÜV-Prüfer vor. Wir vertauschten dabei die Namen, was aber nicht auffiel. Der ältere Techniker, Herr Haferkamp, war sichtlich erstaunt über unser Erscheinen. Er sagte: »Ich bin nicht informiert worden, dass heute der TÜV Südbayern dabei ist.«

Viktor antwortete: »Das ist Absicht. Wir kontrollieren sporadisch, ohne Vorankündigung.«

»Verstehe.«

Nachdem wir die Paraglider in der Gondel verstaut hatten, stiegen wir über eine Treppe aufs Dach der Kabine und sicherten uns per Karabinerhaken. Dann ging's auch schon los: Herr Haferkamp gab per Funkgerät das Signal zum Start und die Gondel fuhr langsam aus der Talstation. Als wir über einem Haus schwebten, rief Viktor plötzlich: »Stopp!«

Ich wunderte mich zuerst über sein Kommando, sah dann jedoch den Grund für seine Anweisung: Auf dem Balkon sonnte sich eine Blondine oben ohne. Viktor formte mit den Händen einen Schalltrichter vor seinem Mund und rief hinunter: »Wir sind auf Inspektionsfahrt. Und ich muss sagen, Sie bekommen das Prüfsiegel für beste Qualität!«

Sie erschrak und hielt sich die Hände vor die Brüste.

Der Graf rief: »Es gibt keinen Grund, sie vor der Welt zu verstecken.«

Sie jedoch zog sich das Bikinitop wieder an und lächelte zu uns herauf.

Ich rief ihr zu: »Dürfen wir später bei Ihnen landen?«

Sie antwortete lachend: »Nein!«

»Ich meinte eigentlich mit dem Gleitschirm in Ihrem Garten.«

»Wenn Sie's schaffen, gerne.«

Viktor gab das Signal zum Weiterfahren und wir gewannen langsam an Höhe. Das Dorf unter uns wurde immer kleiner und die Häuser sahen aus, als wären sie mit Legosteinen gebaut worden. Wir ließen den Blick über den bewaldeten Berg schweifen und genossen die herrliche Aussicht aufs Voralpenland. In der Ferne konnte ich auf einem See Dutzende weiße Segel sehen, die ziemlich schräg standen. Es herrschte dort also eine frische Brise, was meine Vorfreude aufs Segeln vergrößerte.

Ein plötzliches Durchsacken riss mich aus meiner Schwelgerei. Wir hatten gerade den Pfeiler passiert und es ruckelte die Gondel gehörig durch. Auf dem Dach war dieser Effekt erheblich stärker zu spüren als in der Gondel. Viktor empfand in gleicher Weise. Lachend sagte er: »Ich liebe meinen Beruf.«

Danach wurde es richtig steil, denn wir näherten uns der Bergstation. In der Felswand konnte ich einen Kletterer erkennen, der mit einem Seil gesichert war.

Der Graf rief ihm zu: »Hals- und Beinbruch!«

Dieser erschrak und fiel ins Seil.

»Hey, nicht wörtlich nehmen!«, sagte lachend der Graf.

Der Bergsteiger fing sich wieder und lächelte gequält zu uns herauf. Anschließend folgte das steilste Stück. Wir kamen der Felswand dabei so nahe, dass wir Dohlen von ihren Nestern aufscheuchten, die dann krächzend über unseren Köpfen flatterten.

»Das ist ja wie in der Walpurgisnacht!«, rief Viktor und fuchtelte mit den Händen herum, um das Federvieh zu vertreiben.

Schließlich wurde die Gondel langsamer und wir trudelten in der Gipfelstation ein.

Der Graf sagte zu den beiden Technikern: »Es ist alles in Ordnung, mein Bericht wird positiv ausfallen.«

»Wieso fahren Sie nicht mit hinunter?«, fragte Herr Haferkamp. »Wollen Sie nicht die Bremsen prüfen?«

»Für einen langjährigen Experten wie mich genügt eine einfache Fahrt, um die Funktionstüchtigkeit einer Seilbahn einzuschätzen.«

Er machte das Picobello-Zeichen und wir holten unsere Gleitschirme aus der Gondel. Während wir zur Südseite des Gipfels gingen, sagte ich zum Grafen: »Du hast ganz schön dick aufgetragen.«

»Was sollte ich machen? Er wollte mich um das Vergnügen eines Gleitflugs bringen.«

»Ob's wirklich ein Vergnügen wird, muss sich erst noch zeigen.«

Viktor zuckte mit den Schultern. Kurze Zeit später erreichten wir die Felskante und es bot sich uns ein atemberaubender Panoramablick auf die Alpen.

»Sieh dir das an«, sagte Viktor begeistert. Ich habe das schon Dutzende Male gesehen, aber es ist immer wieder überwältigend.«

»Ja«, stimmte ich zu. »Aber ich wüsste nur zu gern, welcher Gipfel welchen Namen trägt.«

»Das wüsste ich auch gern«, sagte ein kleiner Junge, der sich zu uns gesellt hatte.

»Das haben wir gleich«, sagte Viktor zu ihm und zeigte auf einen Berg im Südwesten. »Das ist das Matterhorn.«

Der Berg hatte eine runde Form, was mich wunderte. Dem Pimpf schien das auch aufgefallen zu sein. Denn er sagte: »Das Matterhorn sieht doch aus wie eine Pyramide.«

»Ja, du hast recht. Also ist es wahrscheinlich der Mont Blanc.«

»Aber der müsste doch höher als die anderen Berge sein«, wandte der Kleine ein. Viktor überlegte und sagte. »Stimmt. Der Mont Blanc ist der höchste Berg der Alpen. Also ist es wahrscheinlich der Piz Palü.«

In solcher Weise rätselten beide dahin, bis zu unserer Überraschung ein Bergführer mit seinen Schützlingen des Weges kam und jeden Berg präzise erläuterte. Und bei dieser Gelegenheit erfuhren wir, dass vom Mont Blanc nur der Gipfel zu sehen war und das Matterhorn durch ein Felsmassiv verdeckt wurde.

Viktor sagte: »Wie man sich täuschen kann.«

Der Pimpf meinte: »So geht's mir immer bei den Mathe-Klausuren.«

Ich sagte: »Bin ich froh, nicht mehr zur Schule gehen zu müssen.«

Der Knirps sagte: »Wem sagen Sie das?«

Viktor gab ihm einen aufmunternden Klaps und wir machten uns auf zum Gipfelhaus, um das Mittagessen einzunehmen.

Nach dem Essen, das überraschend gut schmeckte, stand Paragliding auf dem Programm.

Ich fragte Viktor: »Bist du sicher?«

»Aber ja. Paragliding beherrsche ich aus dem Effeff.«

Wir gingen zu einer baumfreien, abschüssigen Wiese und entfalteten die Gleitschirme. Viktor machte sich als erster bereit. Er zog an den Leinen, bis ein leichter Hangaufwind seinen Schirm aufblies. Dann lief er los und schwebte in luftiger Höhe davon. Ich richtete ebenfalls meinen Gleitschirm auf und rannte los ... und als sich der Abgrund unter mir auftat, juchzte ich vor Freude. Der Graf stieß ebenfalls einige Jauchzer aus, was er besser nicht getan hätte. Denn er erregte damit die Aufmerksamkeit eines in der Nähe kreisenden Steinadlers, der schrill krächzte.

Ich rief Viktor zu: »Pass auf den Adler auf!«

Doch der Graf winkte nur ab und änderte seinen Kurs nicht.

Ich schrie erneut: »Weg von der Felswand!«

Aber Viktor dachte gar nicht daran.

Er rief: »Gerade das macht doch Spaß.«

Ich dachte mir, das mag ja stimmen. Aber ein Greifvogel, der in der Felswand sein Nest hat, sieht das sicher anders.

Da Viktor nicht aufhörte, frech im Revier des Adlers herumzufliegen, kam, was kommen musste: Der Adler attackierte Viktor! Dieser machte »ksch, ksch«, als wollte er ein Huhn davonjagen – und hatte damit tatsächlich Erfolg. Der Adler ließ von ihm ab und flog eine Schleife, griff dann aber wieder an. Und dieses Mal hackte er mit dem Schnabel in Viktors linken Oberarm.

Der Graf rief: »Du blödes Mistvieh! Du siehst doch, dass ich kein Greifvogel bin. Hab ich etwa einen krummen Schnabel und Flügel?«

Er flatterte mit den Armen und schrie: »Krah, krah!«

Jetzt sah er aber wirklich wie ein krächzender Riesenvogel aus. Er fuhr seine Schimpftirade fort: »Los, zieh Leine! Ich geh deiner Thusnelda schon nicht an die Wäsche.«

Der Greifvogel attackierte nun ein drittes Mal, verfehlte jedoch den Grafen und verfing sich in den Schnüren von Viktors Gleitschirm. Der fiel daraufhin steil ab und wirbelte in die Tiefe. Anfangs musste ich lachen über die skurrile Szene, doch als Viktor nach einigen Sekunden den Sturzflug nicht beenden konnte, verging mir das Lachen … Viktor zerrte an den Steuerleinen, doch der Adler hing darin fest wie in einem Spinnennetz. Immer schneller kreiselte der Gleitschirm nach unten, da zückte Viktor ein Schweizer Taschenmesser und begann, die verhedderten Leinen durchzuschneiden. Eine Leine nach der anderen kappte er – doch der Schirm beendete seine Abwärtsspirale nicht. Erst als er die sechste oder siebte durchtrennt hatte, flatterte der Adler davon und der Gleitschirm schnellte in die Ausgangsstellung zurück. Viktor konnte sein Fluggerät jetzt wieder kontrollieren und das war höchste Zeit, denn er war dem Boden gefährlich nahe gekommen. Keine zehn Meter über Grund flog er in Richtung einer Wiese und landete hart im Gras. Ich hatte schon Angst, seine Wirbelsäule könnte Schaden genommen haben – doch er stand auf und winkte mir zu. Ich atmete auf und wischte mir den Schweiß von der Stirn. Dann hielt ich Ausschau nach dem Haus der Sonnenanbeterin. Etwa dreihundert Meter entfernt von der Seilbahn entdeckte ich es. Ich näherte mich von der Seite, sodass die Stahlseile meinem Gleitschirm nicht gefährlich werden konnten. Und als ich nahe genug war, ließ ich meinen Paraglider absacken und zielte auf das freie Rasenstück. Der Rasen kam schnell näher – zu schnell, wie mir schlagartig bewusst wurde. So schoss ich übers Ziel hinaus und krachte mit dem Gesäß auf einen weißen Gartentisch und von dort in ein Geranienbeet.

»Hahaha«, hörte ich eine Frau hinter mir lachen.

Ich wandte meinen Kopf und sah eine Blondine in weißen Shorts und T-Shirt hinter mir stehen, die mit ihrem Handy fleißig Fotos von meiner Bruchlandung schoss.

Sie gluckste: »Das war also ernst gemeint?«

»Natürlich, ich scherze nie.«

Sie stellte sich als Elke Stromberg vor und wir gingen gleich zum Du über.

Ich fragte sie: »Soll ich lächeln?«

»Wäre schön, muss aber nicht sein.«

»Gut, dann werde ich den Saustall mal aufräumen.«

Ich stieg aus dem Blumenbeet und zog den schmutzigen Overall aus. Dann raffte ich die Hülle des Gleitschirms zusammen und stopfte sie in den Rucksack. Ich entschuldigte mich bei ihr für den Schaden, doch sie meinte, das wäre kein Problem. Wenig später kam der Graf mit seinem Fallschirm in den Armen um die Ecke. Er schimpfte über das blöde Mistvieh, das ihn beinahe zum Abstürzen gebracht hätte. Elke lachte herzhaft über sein Abenteuer und verarztete seine Wunde am linken Oberarm.

Den Nachmittag verbrachten wir mit Elke auf dem See. Wir hatten dazu ein Segelboot gemietet und ließen uns in der Mitte des Sees mit gerefften Segeln treiben. Elke verwöhnte uns mit Leckereien aus ihrem Picknickkorb und aus ihrem Gettoblaster dudelte Jazzmusik. Ich fragte sie, wieso sie von Hamburg nach Bayern gezogen sei. Sie antwortete: »Im Voralpenland ist es ruhig und beschaulich.«

»Vermisst du nicht die Stadt?«

»Eigentlich nicht. Obwohl, erst vor Kurzem hat sich was Lustiges zugetragen, was sich eigentlich so nur in Hamburg ereignen kann: An einem Theater an der Alster sollte ›Hamlet‹ gegeben werden. Der Hamletdarsteller wurde von den Kritikern hymnisch gefeiert. Ich weiß nicht mehr, wie der hieß, Wolzogen-Heymrich oder so. Jede Vorstellung war ausverkauft.

Eines Abends stand eine Menschenschlange vor dem Ticketschalter, als in der Alster die Leiche des Hauptdarstellers vorbeitrieb – er hatte kurz zuvor Selbstmord begangen. Ein Kind hatte ihn entdeckt: ›Mutti, Mutti, schau mal, da schwimmt ein Mann.‹

Die Eltern erkannten ihn sofort: ›Das ist ja der Wolzogen-Heymrich!‹

Die Leute liefen zusammen und haben ihm zugerufen. ›Hallo Herr Wolzogen-Heymrich, geht es Ihnen gut?‹

Doch er antwortete nicht und trieb unter einer Brücke davon. Die Leute wussten sich keinen Reim darauf zu machen. Ist das ein Gag des Theaters? Findet die Vorstellung jetzt statt oder nicht? Sie haben schließlich die Kassiererin informiert, die jemanden zum Nachschauen schickte. Und tatsächlich hat sich der Verdacht bestätigt: Der gefeierte Starschauspieler war den Bach runtergegangen …

Das war ein schmerzlicher Auftritt des Intendanten vor dem Vorhang, als er den Tod seines Hauptdarstellers verkünden und die Vorstellung absagen musste. Ein Zuschauer meinte beim Verlassen des Theaters, dass dieser Abgang des großen Hamletmimen würdig war. Passender und komödiantischer kann man das nicht machen. Eine Zuschauerin wandte ein, dass Molière seinen Tod noch lustiger inszeniert habe, denn der war ja auf der Bühne gestorben.

Der Mann entgegnete: ›Wie dem auch sei, sich als Wasserleiche an seinem Theater vorbeitreiben zu lassen, ist auf alle Fälle Hamburgischer.‹«

»Tja«, sagte der Graf, »diese Schnurren werden dir jetzt entgehen, wenn du in Süddeutschland auf dem Land lebst.«

Elke antwortete: »Es gibt ja Zeitungen.«

Wir ließen noch eine Weile die Seele baumeln, dann gaben wir am frühen Abend das Segelboot zurück.

Nach dem Abendessen in einem kleinen Restaurant gingen wir in eine Kneipe. Da war tote Hose. Keine Gäste, keine Musik, gar nichts. Und der Gastraum war auch etwas klein. Nur ein Gast befand sich darin. Und es herrschte wohl Selbstbedienung, denn die Spirituosen standen direkt vor uns. Der Graf prüfte gerade den Likör, da sprach der Gast uns an: »Würden Sie bitte auf die andere Seite wechseln. Das ist die Bar.«

Wir mussten lachen und der Graf sagte: »Tut uns leid. Wir haben wohl die falsche Tür erwischt.«

Wir verließen die Bar und betraten den Gastraum. Der war möbliert mit dunkel gebeizten Holztischen und harten Holzstühlen. Wir setzten uns an einen langen Ecktisch und bestellten jeweils ein Bier.

Ich sagte: »Die Stimmung hier ist kaum zu bremsen.«

Der Graf rief: »Was hast du gesagt? Man versteht sein eigenes Wort nicht, so viel ist hier los.«

Elke meinte: »Jetzt seid nicht so miesepetrig.«

Plötzlich rührte sich was in einer dunklen Ecke. Wie ich sehen konnte, rappelte sich jemand langsam vom Boden auf.

Ich rief in seine Richtung: »Wir bitten um Entschuldigung, dass wir Sie geweckt haben.«

Ein alter Mann in einem Trachtenanzug und mit einer zerfurchten Stirn kam zum Vorschein. Er schlurfte zu uns her und rief: »Paul, noch ein Bier!«

»Is' recht«, war die Antwort.

Der Alte setzte sich zu uns und begann mit seiner Schnupftabakdose zu hantieren. Er klopfte eine Prise auf den Deckel und schniefte sie in seine Knollennase. Er bot Elke auch eine Portion an, doch sie wollte nichts davon. Inzwischen hatte der Barkeeper das Bier gebracht. Der Alte prostete uns zu und trank einen kräftigen Schluck. Dann sprach er uns an: »Wisst ihr, was mein größtes Problem ist?«

Der Graf antwortete: »..., dass Sie immer alleine trinken müssen?«

»Nein, dass ich jede Menge Antworten habe, aber keine Fragen dazu.«

Elke meinte: »Das verstehe ich nicht.«

»Ich versteh's ja auch nicht, und das geht schon seit Jahren.«

Elke zuckte mit den Schultern. Da fuhr er fort: »Das ist ganz einfach: Ich hab sechs Richtige, aber es fehlt die Lotterie.«

Elke fragte: »Wie geht das denn?«

»Wie soll's schon gehen? Ich hab sie halt.«

»Das müssen Sie mir erklären.«

»Das ist, wie wenn man einen Schlüssel hat, aber kein Schloss dazu. Und ich habe viele Schlüssel – im übertragenen Sinne.«

Elke sagte: »Sie reden in Rätseln.«

»Das sagt meine Frau auch immer. – Früher, da ist sie mitgegangen zum Wirt. Aber seit ich alle Antworten vorher schon weiß …«

Elke meinte: »Das kann ich gut verstehen.«

Der Alte schrie: »Einen Schmarren verstehen Sie! Alle sagen immer, dass sie mich verstehen. Dabei verstehen sie mich überhaupt nicht.«

Der Graf beschwichtigte: »Na, na, nicht so heftig.«

»Ist doch wahr!«

Er nippte wieder an seinem Glas. »Und überhaupt: Das hier ist alles wie aus einem Secondhandladen.«

Elke fragte: »Wie bitte?«

»Das hier kommt mir vor, als ob's ein anderer bereits erlebt hätte. Alles labberig, bäh.«

Er spuckte zur Seite aus.

Der Graf sagte: »Dann müssen Sie halt für Frischkost sorgen.«

»Das kann sich unsereiner doch gar nicht leisten. Nein, wir müssen uns mit den Resten zufriedengeben.«

Elke flüsterte uns zu: »Wisst ihr, was er meint?«

Wir zuckten mit den Schultern.

»Und was einem dann noch bleibt«, er deutete auf sein Bierglas«, »ist die verzweifelte Suche nach dem Sinn des Lebens … am Boden des Bierglases.«

Elke fragte: »Was?«

»Sie haben mich schon richtig verstanden, Fräulein.«

Er äugte in sein Bierglas und lächelte schelmisch: »Da unten schimmert's immer so verheißungsvoll, dass man meinen könnte, es verbärge sich ein Geheimnis darin.«

Elke fragte: »Und? Wurden Sie fündig?«

»Noch nicht. Jedes Mal, wenn ich tiefer vordringe und denke, jetzt werden sich mir die letzten Dinge offenbaren – verflüchtigt sich alles. Es ist wie verhext.«

Der Graf sagte trocken: »Tja, so 'ne Sinnsuche ist eben nicht leicht.«

Der Alte hob pathetisch den Zeigefinger.

»Das ist wahr! Schon viele haben gesucht – ergebnislos!«

Er trank sein Glas aus, starrte hinein und schüttelte den Kopf. Elke warf ebenfalls einen kurzen Blick in ihr Bierglas und war genauso enttäuscht.

Der Alte rief zur Bar: »Zahlen, bitte.«

Er legte drei Euro auf den Tisch und erhob sich.

Ich sagte: »Dann wünschen wir Ihnen noch viel Erfolg bei Ihrer Suche.«

Der Graf fügte an: »Und vielleicht finden Sie ja noch ein paar Fragen zu Ihren Antworten.«

Der Alte schlurfte hinaus und nickte verdrossen: »Jajaja.«

Kurze Zeit später verließen wir die Kneipe. Der Graf reckte seine Glieder und meinte trocken: »Das also waren Weisheiten vom Land.«

Ich sagte: »Sehr erhellend!«

Viktor meinte: »Irgendwie ist hier tote Hose, nicht mal Fuchs und Hase lassen sich blicken.«

Elke sagte: »Das ist eben das Landleben.«

Viktor fuhr fort: »Wir sollten den Laden mal in Schwung bringen.«

Ich fragte: »Die Kneipe?«

»Nein, alles hier. Am See wohnen doch viele Leute. Warum feiern die nicht?«

Ich zuckte mit den Schultern. Plötzlich hörten wir Applaus. Vor uns befand sich ein Gebäude, dessen Fenster hell erleuchtet waren.

Der Graf sagte: »Ach, da sind alle.«

Wir traten näher und auf einem Schild stand zu lesen: »Katastrophenschutz.«

Viktor öffnete die Tür und wir gelangten in einen Saal, in dem etwa dreißig Leute saßen. Hinter einem Podium stand ein Redner, der seine Augen hinter einer riesigen Hornbrille versteckte. Er war anscheinend der Kassenwart und verlas gerade den Jahresbericht. Er sagte: »Wasserwacht, Technische Hilfswerk, Feuerwehr – in allen Kassen herrscht Ebbe. Wenn die Einnahmen weiterhin so schwinden, müssen wir den Katastrophenschutz im Dorf einstellen und dem Landkreis überlassen.«

Ein Raunen ging durch die Versammlung.

Da ergriff Viktor das Wort. »Meine Damen und Herren, genau deshalb bin ich heute hier.«

Alle Köpfe wandten sich uns zu.

Viktor fuhr fort: »Ich, Graf von Bodeswalde, meines Zeichens Regierungsrat, bin von der Landesregierung hierher entsandt worden, um Ihnen die frohe Botschaft zu überbringen: Die Finanzierung des Katastrophenschutzes ist für ein

Jahr gesichert … aus dem Sonderfonds für in Not geratene Kommunen.«

Ungläubiges Staunen war die Reaktion.

Der Graf fragte: »Welche Summe fehlt denn?«

Der Kassenwart sah in seinen Büchern nach und sagte: »150.000 Euro.«

»Das ist kein Problem.«

Viktor zückte sein Scheckbuch und stellte einen Scheck aus. Er gab ihn einem Zuhörer, der ihn nach vorne reichte. Der Kassenwart warf einen prüfenden Blick darauf und murmelte: »Der ist echt. – Also ich weiß nicht … das kommt jetzt etwas überraschend …«

Er wandte sich zu einem Herrn in der Nähe, dessen Haare so stark gekräuselt waren, dass ich mich fragte, ob er täglich die Lockenwickler seiner Frau benutzte.

Der Kassenwart fragte ihn: »Heiner, weißt du was davon?«

Der schüttelte den Kopf.

Viktor sagte: »Meine Damen und Herren, ihr unermüdlicher Einsatz für den Katastrophenschutz ist in der Landesregierung nicht unbemerkt geblieben. Wir ›Großkopferten‹ haben auch ein Herz für die kleinen Leute. Also, nehmen Sie die finanzielle Hilfe entgegen – Sie haben sie verdient.«

Applaus brandete auf.

Der Graf rief: »Und jetzt wird gefeiert! Alle, die am See wohnen, sollen am Fest teilnehmen.«

Der Kassenwart fragte: »Alle? Sind das nicht ein bisschen viele?«

»Die Staatsregierung wird alles bezahlen.«

»Ach so, ja dann.«

Der Graf fügte hinzu: »Ich möchte gerne per Lautsprecher eine Durchsage an alle Dörfer rund um den See machen. Wo ist die Einsatzzentrale?«

Heiner antwortete: »Gleich nebenan.«

Er führte den Grafen in den Nebenraum, wo zwei Mitarbeiter vor Mikrofonen saßen. Heiner hieß den ersten seinen Platz räumen und Viktor setzte sich. Anschließend schaltete er das Mikrofon ein und sprach:

»Achtung, Achtung! Dies ist keine Übung, dies ist keine Übung! Graf Viktor von Bodeswalde lädt heute Abend alle Seeanrainer ein, auf seine Kosten zu feiern. Trinken, essen, tanzen, f... flirten Sie, so viel Sie wollen. Es ist alles gratis. Restaurantbetreiber, Wirte, Hoteliers und Puffmütter schicken die Rechnung bitte an den Katastrophenschutz, der Graf wird sie zeitig begleichen. Dies ist keine Übung, dies ist keine Übung!«

Jemand rief: »Das war noch nie da!«

Der Graf sagte nonchalant: »Dann gibt's heute eben eine Premiere.«

Heiner rief: »Liebe Freunde, lasst erschallen den dreifachen Ruf: Der Graf lebe hoch! hoch! hoch!«

Die Versammlung ließ Viktor hochleben und der Graf bedankte sich bei ihnen. Dann sagte er in die Runde: »Ich habe vorhin ein schnittiges Motorboot gesehen. Könnte ich das mal ausprobieren?«

Heiner antwortete: »Aber natürlich. Unser neues Boot ist der ganze Stolz der Wasserwacht. Wenn Sie mir bitte folgen wollen.«

Beim Hinausgehen deutete Viktor auf einen Kasten Piccolos, den Heiner sogleich packte und mit sich trug.

Am See angekommen, lobte Heiner das Motorboot über den grünen Klee: »150 PS, 70 Sachen, ein kleiner Wendekreis, kaum Tiefgang ...«

Viktor sagte: »So was habe ich mir seit Ewigkeiten gewünscht.«

Wir stiegen ein und Viktor stellte sich ans Steuerrad. Dann ließ Heiner den Motor an. Er sagte: »Der Rest ist wie beim Auto.«

Viktor schob den Gashebel nach vorne, das Boot beschleunigte und es warf uns nach hinten.

Heiner zog den Hebel schnell zurück: »Nicht so heftig, Graf, vorsichtig Gas geben.«

Viktor nahm nun langsam Fahrt auf und wir fuhren auf den See hinaus. Der warme Fahrtwind strich uns ins Gesicht und verwirbelte unsere Haare. Wie ich erkennen konnte, tat die Durchsage des Grafen ihre Wirkung: An den Ufern gingen Lichter an, die Strandpromenaden füllten sich mit Menschen und Tanzmusik tönte über die Wasseroberfläche. Der Graf sagte zufrieden: »So muss ein Sommerabend an einem See aussehen.«

Ich verteilte die Piccolos unter den Passagieren und wir stießen auf die Bootsfahrt an. Dann gab Viktor richtig Gas.

Die Wellen drückten das Boot nach oben und ließen es kurz darauf mit einem Platsch aufs Wasser klatschen. Dann hob sich der Bug wieder, um gleich darauf nach unten zu stürzen. So holperten wir auf dem See dahin. Links von uns tauchten einige Stehpaddler auf. Sie winkten uns zu und schrien – doch es war zu spät: Die Wellen des Motorbootes erfassten sie und warfen sie der Reihe nach um. Nachdem wieder Ruhe auf dem See eingekehrt war, kletterten sie auf ihre Boards. Der Graf rief ihnen eine Entschuldigung zu und wir fuhren weiter. Kurze Zeit später hörten wir den Klang einer Gitarre. Viktor drosselte das Tempo und wir fuhren auf ein kleines Ruderboot zu, in dem ein Dutzend junge Leute saßen. Das Boot lag gefährlich tief im Wasser, nur ein Zentimeter ragte die Bordwand aus dem See heraus. Sie sangen »Eine Seefahrt, die ist lustig«.

Die von unserem Motorboot verursachten Wellen erreichten nun ihr Boot und Wasser schwappte hinein. Einige Mädels kreischten, doch die anderen ließen sich davon nicht beunruhigen. Das Ruderboot lief immer weiter voll Wasser und sie sanken. Als das Wasser beinahe bis zu Oberschenkeln reichte, sagte Heiner: »Wollt ihr nicht umsteigen?«

Der Gitarrist sagte: »Nein, wir lassen uns von dem bisschen Wassereinbruch nicht einschüchtern.«

Ein Mädel mit seitlich geflochtenen Zöpfen meinte: »Genau, das wär ja noch schöner.«

Sie überlegte kurz, dann sagte sie: »Ich weiß was.«

Sie sang:

> Und gehen wir auch unter
> und wird der Wein uns knapp,
> so bleiben wir stets munter
> und saufen mit Freuden ab.
> Holahi, holaho, holahia, hia, hia, holaho!

Die anderen lachten und meinten: »Das ist gut.«

Sie sanken immer weiter und kicherten vor sich hin.

Ein anderes Mädel rief aus: »Ich weiß noch 'ne Strophe.«

> Will die Wasserwacht uns retten,
> dann lehnen wir das ab,
> wir nehmen Schmerztabletten
> und kentern nicht zu knapp.
> Holahi, holaho, holahia, hia, hia, holaho!

Lautes Gelächter war die Reaktion.

Jetzt improvisierte der Graf eine Strophe:

> Kluge Ratten, die sind leise
> und schleichen sich von Bord,
> und beginnen ihre Reise
> zu 'nem trockenen Ort.
> Holahi, holaho, holahia, hia, hia, holaho!

Jetzt lachten wir. Das Mädel mit den Zöpfen meinte: »Wir sind doch keine Ratten! Also, ehrlich!«

Da ihnen das Wasser jetzt bis zur Hüfte stand, warf Heiner ihnen einige Rettungsringe zu. Sie hielten sich daran fest und wir zogen sie nacheinander ins Boot. Ein Mädchen schwamm neben dem Ruderboot und versuchte, mit der rechten Hand ein Foto zu knipsen. Doch es gelang ihr nicht. Sie nahm nun das Handy mit beiden Händen und ging prompt unter. Als nur noch das Handy und ihre Finger zu sehen war, zuckte der Fotoblitz auf.

Der Graf sagte bewundernd: »Das nenn ich Einsatz!«

Nachdem sie wieder aufgetaucht war, nahm ihr ein Bekannter das Handy ab und wir zogen sie ebenfalls ins Trockene. Einige Jungs schöpften mit Eimern das Wasser aus dem Ruderboot und machten es wieder seetüchtig. Daraufhin schleppten wir es an einem Seil zum Ufer und ließen die jungen Leute an Land gehen. Anschließend fuhren wir zurück.

Der Graf sagte grinsend: »Ich will das Motorboot mal richtig ausfahren.«

Ich sagte: »Da du inzwischen alle Hindernisse aus dem Weg geräumt hast, dürfte das kein Problem sein.«

Heiner sah das skeptischer, wie ich seiner kraus gezogener Stirn entnehmen konnte. Aber er protestierte nicht. Der Graf beschleunigte nun, was das Zeug hielt. Der Motor brüllte ohrenbetäubend und mit einem Affenzahn pflügten wir durchs Wasser. Die Gischt spritzte uns ins Gesicht und unsere Haare waren patschnass. Elke und ich hielten uns an der Bordwand fest, um die heftigen Stöße des bockenden Bootes aufzufangen.

Viktor rief lachend: »Das ist wie beim Bullenreiten!«

Dann steuerte er aufs Ufer zu, das rasend schnell näherkam. Als es keine zwanzig Meter entfernt war, schrie Heiner: »Bremsen Sie!«

Viktor zog den Gashebel zurück und es warf uns nach vorn – doch wir waren noch immer viel zu schnell. Kurz vor dem Strand rief Heiner: »So bremsen Sie doch!«

Viktor entgegnete: »Wie denn?«

Kaum hatte er es ausgesprochen, brausten wir auf den Sandstrand und es katapultierte uns zehn Meter weit durch die Luft. Viktor juchzte, Elke kreischte. Einen Moment später landeten wir unsanft auf einer Wiese und schlitterten mit Karacho auf ein vollbesetztes Strandcafé zu.

Viktor rief »Toro! Toro! Toro!«

Die Gäste sprangen schreiend auf und stoben auseinander. Dann rasten wir auch schon ins Ensemble der Tische und stießen Stühle und Tische im hohen Bogen zur Seite. Am Ende rammten wir mit einem Knall die Strandbar und kamen schließlich zum Stehen.

Als nach einer Weile der ängstliche Barkeeper hinter dem verschobenen Tresen hervorkam, sagte der Graf gelassen: »Vier Daiquiris!«

Heiner schlug die Hände übern Kopf zusammen und jammerte: »Das schöne neue Boot. Sehen Sie sich das mal an: Der Bug hat Dellen und hier sind überall Lackschäden.«

Viktor sagte: »Setzen sie alles auf meine Rechnung.«

Wir stiegen aus und mithilfe der Cafébesucher zogen wir das Motorboot zurück ins Wasser. Heiner fuhr es anschließend zurück zum Bootssteg. Die Kellner hatten inzwischen Tische und Stühle wieder zurechtgerückt und Viktor und ich setzten uns mit Elke an die Bar.

Sie sagte: »Junge, Junge, mit euch macht man was mit.«

Viktor feixte: »Du hast recht. Mein Lebensstil passt nicht zum Landleben.«

Ein betrunkener Mann, der anscheinend mitbekommen hatte, dass Viktor der freigebige Spender der Seeparty war, torkelte zu uns her und lallte: »Sie wissen ja gar nicht, was Sie mit Ihrer Einladung angerichtet haben.«

Viktor fragte: »Was denn?«

»Sehen Sie sich doch mal um! Nichts mehr ist mit Romantik und pittoreskem Charme. Nur noch Säufer und Ballermann.«

Elke wandte ein: »Aber Sie sind doch selbst besoffen.«

»Genau das sage ich ja. Und Sie sind schuld!«

Elke: »Das geht jetzt ein bisschen weit.«

»Nein, das tut es nicht. Ich habe nämlich meiner Frau und meinen Bekannten verboten, mich jemals wieder einzuladen. Und was tun Sie? Frank und frei verkünden Sie ein allgemeines Besäufnis.«

Der Graf antwortete schelmisch: »Ich bitte vielmals um Entschuldigung. Es kommt nie wieder vor.«

Der Betrunkene lallte: »Das möchte ich Ihnen auch geraten haben. Gustl, noch ein Bier.«

Wir unterhielten uns noch eine Weile über die moralische und philosophische Tragweite von allzu freigiebigen Einladungen, dann machten Viktor und ich uns auf den Heimweg. Viktor gab Elke beim Abschied seine Visitenkarte und lud sie zu seinem morgigen Geburtstagsfest ein. Sie bedankte sich und fragte ihn: »Was ist mit den beiden Gleitschirmen?«

»Die kannst du behalten als Schadenersatz für das verwüstete Blumenbeet.«

Später, als wir auf unser Taxi warteten, fragte ich ihn: »Du hast sie eingeladen als ›freies Radikal‹?«

Er nickte schmunzelnd.

KAPITEL 18

Am Freitagmorgen gratulierte ich als Erstes dem Grafen zu seinem 60. Geburtstag. Dieser bedankte sich und zog mich zur Seite: »Sehe ich wirklich aus wie 60?«

»Was für eine Frage. Seit du wieder laufen kannst, bist du um zwanzig Jahre jünger geworden. Du wirst nie 60 sein.«

Er gab sich mit der Antwort zufrieden und wir setzten uns an den Frühstückstisch. Svetlana sagte zu Viktor: »Ich finde es ganz schön mutig, dass du hier bleibst und dich der Meute stellst.«

Der Graf fragte: »Wie meinst du das?«

»Mein Großvater Štěpán, der flüchtet immer, wenn er Geburtstag hat. Er hat Angst, dass er durch den Trubel einen Herzschlag bekommt.«

Ich sagte: »Jetzt komm. Viktor ist doch noch nicht so alt.«

»Hast recht, 'tschuldige.«

Sie gab Viktor einen Klaps auf seinen Unterarm. Dann erzählte sie lachend. »Damals hieß es immer: Väterchen Štěpán suchen, was für uns Kinder natürlich ein großer Spaß war. Das erste Mal hatte er sich in einer Holzhütte versteckt, wo wir ihn schnell entdeckten. Beim zweiten Mal in einem Kellerloch, da haben wir fast eine Stunde gebraucht. Einmal ist er einen Baum hochgestiegen, wo ihn die Blätter gut verhüllten. Er hatte jedoch eine Flasche Becherovka dabei und als er betrunken war, hat er angefangen Lieder zu trällern. So hat er sich selbst verraten. Mein Vater hat ihn dann mit einer Leiter heruntergeholt. Später ist er an seinem Geburtstag mit dem Zug verreist, was für uns Kinder natürlich enttäuschend war, denn damit war Verstecken spielen passé.«

Sie machte eine Pause. »Schade, dass das hier nicht geht.«

Ich sagte: »Warum nicht? Väterchen Viktor könnte sich doch im Schloss verstecken und –«

Viktor fiel mir ins Wort: »Jetzt hör aber auf. Es heißt zwar, dass Männer im Alter kindisch werden, aber so weit ist es bei mir noch nicht.«

Svetlana grinste: »Da müssen wir wohl noch ein paar Jährchen warten …«

Der Graf verdrehte die Augen.

Kurze Zeit später hoben wir die Tafel auf. Beim Hineingehen ins Schloss sagte Viktor: »Ich hole am Vormittag meine Cousine und meinen Neffen vom Flughafen ab. Anschließend machen wir einen Stadtbummel und essen bei Edwina zu Mittag.«

Svetlana fragte: »Sollen wir nicht lieber mitfahren?«

»Keine Angst, ich haue schon nicht ab.«

Kurz darauf besuchte ich Jean in seinem Zimmer. Er saß an seinem PC und sichtete die Rechnungen von unserem Landausflug, die per Mail an den Grafen weitergeleitet wurden. Es waren Hunderte. Ich sagte: »Ich wusste gar nicht, dass es an einem See so viele Gasthäuser gibt.«

»Ja«, sagte Jean, »und wie die heißen: ›Resi's gute Stube‹, ›Seppi's Boazn‹, ›Zur abgewichsten Lederhosen‹.«

Ich fragte Jean: »Ist das ein Bordell?«

»Ich weiß nicht, klingt jedenfalls so.«

Und auch die einzelnen Summen waren gesalzen. Ich fragte mich, ob hier auch der 3-fache Satz wie bei den Rechnungen eines Privatzahnarztes veranschlagt wurde – verfolgte diesen Gedanken aber nicht weiter.

Nachmittags machte ich auf dem Anwesen einen kleinen Rundgang. Auf dem Parkplatz sah ich ein halbes Dutzend Lieferwagen stehen. Vier waren von einer Catering-Firma und zwei von Pyrotechnikern. Nicht schlecht für eine Party, dachte ich mir. Ich ging zur Westseite des Schlosses, wo die Caterer mehrere Zelte aufgebaut hatten. Wie ich sehen und riechen konnte, bereiteten sie darin Fingerfood zu: Kalte Platten mit Häppchen, Sandwiches, Tapas usw. Einige Servicekräfte waren damit beschäftigt, das Schloss und den Park mit Lichtergirlanden, Lampions und Fackeln zu schmücken. Das sah richtig prunkvoll aus. Jedenfalls die richtige Kulisse für die »Mutter aller Partys«, die der Graf seinen Gästen versprochen hatte.

Als ich die Freitreppe hinunterschritt, sah ich auf der Ostseite der unteren Terrasse eine große Kiste stehen. Sie war mit rotem Geschenkpapier umhüllt und mit einer goldenen Schleife versehen. Ich sah mir das Ungetüm näher an und fragte mich, was da wohl drinnen sein könnte. Vielleicht ein Mercedes-Smart? Von der Größe her könnte er hineinpassen, aber wer schenkt dem Grafen schon ein Miniauto ...? – Ein Lieferwagen, der an der Kanone auf der gegenüberliegenden Seite des Parks hielt, riss mich aus meinen Gedanken. Aus dem Wagen stieg ein Mann, dessen Haare auffällig zerstrubbelt waren. Ich ging zu ihm und er stellte sich mir als Fritz Füllkrug vor. Er sagte, er sei vom Deutschen Schützenbund und habe den Auftrag bekommen, die Kanone zu laden. Deshalb also die struppigen Haare, dachte ich mir. Wahrscheinlich ist in seiner Nähe ein Pulverfass explodiert. Er machte sich sogleich ans Werk und holte aus seinem Transporter allerhand Werkzeug: Lange Putzbürsten, Wischstöcke, Lappen usw. Mit den langstieligen Bürsten reinigte er das Kanonenrohr: Rein – raus, rein – raus: Eine schweißtreibende Arbeit. Anschließend wischte er das Rohr feucht aus. Nach der Reinigung der Kanone begann das Laden. Er schob dazu eine Pulverkartusche mit einem Ladestock ins Rohr und stopfte ein Schusspflaster hinterher. Auf meinen fragenden Blick sagte er: »Zum Abdichten.«

»Verstehe.«

Dann kam die Hauptsache: Die Kanonenkugel! Er ging zu seinem Laster und hob eine stattliche Bleikugel heraus. Ich bat ihn, sie auch mal in die Hand nehmen zu dürfen und staunte nicht schlecht. Sie wog etwa soviel wie mehrere mittelgroße Hantelscheiben. Als ich sie Richtung Kanone schleppte, stolperte ich über den Bordstein – doch gottlob konnte ich meinen rechten Fuß rechtzeitig zurückziehen.

»Puh«, sagte ich, »damit möchte ich nicht getroffen werden.«

Herr Füllkrug wuchtete die Kugel ins Rohr und drückte sie mit dem Ladestock fest. »Hier sind wir fertig«, sagte er und ging zum hinteren Ende der Kanone. Mit einem langen Nagel durchstach er durchs Zündloch die Kartusche und legte eine Pulverspur nach draußen. Dann verschloss er den Deckel des Einfüllstutzens.

»So, das wär's«, sagte er stolz.

Ich fragte: »Sie meinen ... man könnte jetzt ...«

»Könnte man ...«

Er sah mich sorgenvoll an. Ich erriet seinen Gedanken und sagte: »Ich werde aufpassen, dass der Graf mit der Kanone keinen Unfug anstellt.«

»Was hat er damit eigentlich vor? Will er etwa Richtung Stadt schießen?«

»Ich weiß nicht. Vielleicht schießt er in die Luft?«

»Auch dann kommt die Kugel wieder herunter.«

Ich zuckte mit den Schultern.

Herr Füllkrug verabschiedete sich und fuhr mit seinem Transporter langsam die Westallee hoch; Jean kam ihm mit einer Schubkarre entgegen. Zu meiner Überraschung hielt der Butler direkt vor mir an. In der Schubkarre lagen ein großes Stativ und ein riesiges Fernrohr.

Ich fragte ihn: »Was willst du denn damit?«

»Das ist ein Spielzeug für die Gäste.«

Nachdem er das Fernrohr aufgestellt und justiert hatte, blickte ich hindurch. »Wow«, sagte ich, »damit kann man den Leuten ja ins Schlafzimmer schauen.«

»300-fache Vergrößerung«, erläuterte Jean.

Ich sagte: »Jetzt verstehe ich: Sollten die Gäste auf der Party keinen Spaß haben, können sie wenigstens spannen.«

»Der Graf will eben niemanden ohne Pläsier nach Hause schicken.«

Ich inspizierte noch eine Weile die Stadt und entdeckte dabei einige pikante Gegenstände auf Wäscheleinen, wie etwa Netzstrümpfe, Lederriemen, Peitschen … Dann machte ich mich wieder an die Arbeit als Redakteur.

Um 18 Uhr trafen wir uns im Salon zu einem kleinen Abendessen. Der Graf stellte mir bei dieser Gelegenheit seine Verwandten vor. Er sagte: »Das ist meine Cousine Karoline von Spitzemtal aus Luzern und ihr Sohn Florian.«

»Angenehm, Ludstock«, sagte ich und reichte ihnen die Hand. Karoline hatte die gleichen braunen Augen wie Viktor und Florian war ein Blondschopf wie der junge Björn Borg.

»Sie also haben das Wunder vollbracht«, sagte Karoline zu mir.

»Oh, keineswegs, es ist ein Wunder der Medizin. – Aber sagen Sie doch Jimmy zu mir.«

Die beiden waren mit dem Du einverstanden und so durfte ich sie Karo und Flo nennen. Ich fragte Karo: »Wohnt ihr auch in einem Schloss?«

»Nein, in einer Villa.«

Flo fügte an: »Ist mir lieber so, da ist man mehr unter sich.«

Jean, der sich gerade an den Vorhängen zu schaffen machte, räusperte sich, worauf Flo schnell hinzufügte: »Nichts gegen Sie, Herr Jean.«

Dieser antwortete: »Aber Sie haben ja recht: Ich langweile den Grafen fürchterlich.«

Der Graf meinte: »Das ist der Preis der Bequemlichkeit.«

Jean gähnte ostentativ: »Bleierne Langeweile.«

Wir lachten herzhaft. Da sagte Karo: »Das kann ich mir gar nicht vorstellen, was man von euch so hört …«

Ich fragte sie: »Habt ihr kein Personal?«

Flo antwortete: »Nur eine Putzfrau.«

»Keine Köchin?«

Karo sagte: »Nein, ich koche selbst.«

Flo fügte an: »Meine Mutter ist eine Meisterköchin. Sie hat schon mehrere Kochwettbewerbe gewonnen.«

Ich sagte zu ihm: »Und wenn du einen Putzfimmel hättest, kämt ihr ganz ohne Personal aus.«

Jean sagte »ein furchtbarer Gedanke« und ging hinaus.

Nach dem Dessert zündete sich der Graf einen Zigarillo an und paffte genüsslich vor sich hin.

Svetlana fragte ihn: »Wie kannst du nur so ruhig sein?«

»Das täuscht. Innerlich brodelt's in mir wie in einem Vulkan. Schließlich habe ich den Gästen die ›Mutter aller Partys‹ versprochen.«

Ich sagte: »Der Rauch jedenfalls passt dazu.«

Svetlana meinte verschmitzt: »Dann wollen wir hoffen, dass er heute Abend ausbricht.«

Ich ergänzte: »Und das nicht zu knapp!«

Ich stand auf und sagte: »Ich mach ein kleines Nickerchen, damit ich die Nacht durchhalte.«

Karo sagte »das ist eine gute Idee« und erhob sich ebenfalls. Flo schloss sich uns an.

Viktor sagte: »Punkt 20 Uhr geht's los, da empfange ich die Gäste am hinteren Portal.«

Svetlana sagte streng: »Dass mir keiner verpennt.«

Flo meinte: »Die Musik wird mich schon aufwecken.«

Karo sagte: »Oder Gäste, die sich verlaufen.«

In dieser Weise scherzend zogen wir uns in unsere Gemächer zurück.

Um 19:45 läutete mein Wecker. Ich sprang aus dem Bett und machte mich im Bad frisch. Dann schlüpfte ich in eine Jeans und zog mir ein weißes Hemd und ein blaues Sakko an. Ich wählte mein Outfit bewusst leger, damit ich auf der Party keine große Rücksicht auf meine Kleidung zu nehmen brauchte. Der Graf hingegen hatte sich in Schale geworfen und trug seinen besten Smoking. Als wir die Treppe hinunterliefen trällerte er aus Bizets »Carmen« »Auf in den Kampf, Torero!«

Vor der hinteren Portaltür hielt er an und fragte mich schelmisch: »Was mag sich da draußen wohl verbergen?«

»Bekommt der Torero jetzt kalte Füße?«

Er fasste sich ans Herz und sagte: »Vielleicht wäre es doch besser gewesen, mich zu verstecken? – Ach, was soll's.«

Er öffnete die Tür und Jubel brandete auf; etwa dreißig Gäste begrüßten den Grafen stürmisch. Viktor hob beide Hände und sagte: »Herzlich willkommen, meine Freunde.«

Nach einer Weile bildete sich eine Menschenschlange und der Graf nahm nacheinander die Glückwünsche und Geschenke entgegen. Wir anderen Schlossbewohner standen hinter ihm. So gab es ein Wiedersehen mit den Leuten, die ich in letzter Zeit kennengelernt hatte: Viktors beste Freundin Edwina, die Stimmungskanonen Lisa und Mizzi, Elke vom Land sowie Viktors Reha-Bekanntschaften Laura und Jannis.

Ein Gast, den ich noch nicht kannte, trug einen Anzug mit Schottenkaromuster und ein senfgelbe Fliege. Jean flüsterte mir zu: »Das ist Giselher Bierlein, seines Zeichens Stadt-kämmerer. Der wichtigste Kontakt zur Stadtverwaltung, das Stadtsäckel ist nämlich ständig leer.«

Herr Bierlein schüttelte dem Grafen kräftig die Hand und sagte: »Herr Graf, alles Gute zum 60. Geburtstag. Hier ein kleines Präsent der Stadtverwaltung.«

Der Graf bedankte sich und übergab das Geschenk Ramon, der es in eine festlich geschmückte Schubkarre legte.

Der Gast fuhr fort: »Ihre Einladung ist eine große Freude für mich.«

Viktor antwortete: »Ich bitte Sie, Herr Bierlein, ich muss doch gute Beziehungen zur Stadtverwaltung unterhalten.«

Als nächsten begrüßte der Graf einen Mann in einem knall-roten Anzug und mit einem selbstverliebten Lächeln auf den Lippen. Jean erläuterte: »Das ist August Schimmelpfennig, Shakespeare-Spezialist. Hat in Bochum als King Lear große Triumphe gefeiert.«

Viktor sagte: »Grüß dich August, immer noch am Schau-spielhaus in Bochum?«

»Meine Landsleute lieben mich eben. Aber wie ich gehört habe, warst du auch nicht untätig.«

Viktor runzelte die Stirn.

Sein Bekannter fuhr fort. »Othello beziehungsweise Jago.«

»Wie kommst du auf mich?«

»Es ist ein offenes Geheimnis, dass du das warst. Der Bösmüller ist doch zu so was gar nicht in der Lage.«

Der Graf sagte geschmeichelt: »Wer kann das schon wissen?«

»Hahaha, mich täuschst du nicht«, sagte Herr Schimmelpfennig und überreichte Viktor sein Präsent.

Dann trat ein Gast auf Viktor zu, der aussah wie ein lebendes Klischee: Er war braungebrannt und trug einen weißen Bauwollanzug. Sein schwarzes Haar glänzte vor Pomade und an seinen Fingern prangten Goldringe. Der Graf sagte zu mir: »Henrique sieht aus wie ein Zuhälter, doch hat ein feines Näschen für exquisiten Kaffee.«

Der Gast drückte dem Grafen ein Geschenk in die Hand. Da rief Edwina: »Hey, Henrique!«

«Hey, Edwina«, antwortete der. Sie umarmten sich und Edwina sagte: »Endlich sehe ich dich wieder.«

Mit den Worten »ich habe dir viel zu erzählen« verschwanden beide im Schloss. Viktor sagte zu mir: »Ihm hat sie es zu verdanken, dass ihr Café Edwina in den diversen Coffee-Guides immer bestens bewertet wird. Die Kaffeebohnen hat sie von ihm.«

Schließlich erschienen zwei Frauen, die aussahen, als kämen sie gerade vom Laufsteg. Die Blonde trug ein asymmetrisches Seidenkleid, bedruckt mit orientalischen Mustern. Ihr Haar zierte eine goldene Haarspange und an den Ohrläppchen hingen goldene Ohrringe. Die Brünette trug ein rosa Seidenkleid mit floralen Spitzen. Ein imposantes Ohrgehänge von Swarovski rundete ihr Outfit ab. Jean musste mir die Namen nicht ins Ohr flüstern. Ich erriet auch so, dass es sich hier um Babsi und Biggi handelte.

Der Graf empfing sie mit den Worten: »Die Schönsten kommen immer am Schluss.«

Babsi knutschte Viktor ab. Der sagte: »Oh, là, là, da falle ich ja gleich in Ohnmacht.«

Mit einer Piepsstimme antwortete diese: »Keine Angst, in meinem Lippenstift ist kein Betäubungsmittel.«

Sie überlegte: »Oder etwa doch?«

Sie fing an zu lachen. »Damit könnte ich den bissigen Nachbarshund k. o. küssen.«

Sie kicherte vor sich hin. Dann war Biggi an der Reihe. Sie küsste den Grafen dezent und sagte: »Keine Sorge, ich bin absolut harmlos.«

Der Graf girrte: »Keine Frau, die so schön ist, ist harmlos.«

Jetzt bekam er zum Dank einen dicken Schmatz auf die Wange.

»Sag ich doch«, meinte er lachend.

Nachdem der Graf alle Gäste begrüßte hatte, gingen wir in den großen Salon. Dort hatten die Servicekräfte Champagner ausgeschenkt und jeder Gast nahm sich ein Glas. Als wir vollzählig waren, stieg Herr Bierlein bis zur Hälfte auf die Treppe und klopfte mit einem kleinem Löffel an sein Sektglas: »Meine Damen und Herren«, begann er seine Ansprache, »ich bitte um Ihre geschätzte Aufmerksamkeit. Diese Stadt kann sich glücklich schätzen, einen Förderer des Humors auf dem Stadthügel zu besitzen: Graf Viktor von Bodeswalde! Seit der Graf anspruchsvolle Anekdoten aus erster Hand kauft, ist das Verhalten der Stadtbewohner ... sagen wir mal ... amüsanter geworden: Wenn früher zum Beispiel eine Ehefrau ihren Mann in flagranti mit der Nachbarin erwischt hat, dann war das nichts Besonderes. Aber seit einiger Zeit spielt sich in etwa Folgendes ab:

›Liebling, es stimmt, ich habe dich mit der Nachbarin betrogen. Aber führ hier bitte kein Drama auf, sondern mach eine Komödie daraus, sonst kann ich diese Szene nicht verkaufen.‹

›Du spinnst wohl!‹

236

›Und bitte mit geschliffenen Dialogen, ja? Der Graf legt größten Wert auf Stil.‹

Sie haut ihm eine runter. Er sagt nur: ›Mein Gott, bist du langweilig.‹

Sie haut ihm noch eine runter.

Er sagt: ›Erst links, dann rechts, immer dasselbe‹ und er beginnt zu gähnen.

›Ich werde mich – ‹

›– scheiden lassen! Jaja, ich weiß.‹ Und er gähnt ausgiebig.

Jetzt haut sie ihm einen Regenschirm über den Kopf. ›Hey‹, sagt er erfreut, ›das habe ich nicht kommen sehen.‹

Sie tritt ihm in die Genitalien, sodass er sich vor Schmerzen krümmt. Mit gequältem Lächeln sagt er: ›Endlich bist du mal spontan! Das wird der Graf sicher honorieren!‹«

Wir applaudierten und Herr Bierlein schnellte wieder hoch. Er fuhr fort: »Heute feiert unser Jubilar seinen 60. Geburtstag. Möge er weitere 60 Jahre in unserer Stadt wirken. Herr Graf: Alles Gute!«

Wir prosteten dem Grafen zu und tranken einen kräftigen Schluck. Jetzt ergriff das Geburtstagskind das Wort: »Herr Stadtkämmerer, herzlichen Dank für die nette Ansprache. Ich weiß nicht, ob sich Ehezwistigkeiten tatsächlich so abspielen und ich weiß auch nicht, ob Eheberater und Paartherapeuten dies gutheißen. Aber eines kann ich Ihnen versichern: Ich werde weiterhin lustige Geschichten kaufen und sie gut entlohnen. Und was den heutigen Abend betrifft: Halten Sie sich nicht zurück! Die Bühne ist bereitet!«

Die Partygäste lachten lauthals.

Viktor gab Jean ein Zeichen, worauf dieser sagte: »Und jetzt, meine Damen und Herren, kommen wir zur Bescherung. Wenn Sie mir bitte folgen wollen.«

Der Butler schritt würdevoll auf die Terrasse und die Festgesellschaft trabte hinterher. Draußen stieß er einen schrillen Pfiff aus und schwenkte nach links zur Ostseite, wo Ramon alle Geschenke auf einer Tafel angehäuft hatte. Die bog sich förmlich unter der Last der vielen Präsente. Rechts daneben standen die fünf Musikanten der »Fidelen Sinfoniker«. Als sich die Gäste vor der Geschenktafel versammelt hatten, ließ der Graf seine Finger über den Geschenken zappeln. Er fragte: »Soll ich wirklich?«

Alle schrien: »Auspacken! Auspacken!«

Der Graf winkte ab: »Ist ja schon gut. Hm, wo fange ich bloß an?«

Er entschied sich für das große Geschenk am linken Rand, das Jean und ich vorbereitet hatten. Der Graf riss das Geschenkpapier herunter und die Musikkapelle spielte einen Tusch. Zum Vorschein kam eine Riesenbonbonniere mit bunten Smarties. Der Graf sagte: »Das müssen ja Tausende sein.«

Jean erläuterte: »Genau 21915! So viele Tage sind nämlich 60 Jahre.«

Der Graf meinte: »Ach so, pro Tag ein Smartie. Ich wusste gar nicht, dass es so viele waren. Wie viele nochmal?«

»21915!«

»Sapperlot! Jetzt verstehe ich, wieso ich so gramgebeugt bin.«

Karo sagte: »Vicco, tu nicht so wehleidig.«

Der Graf nahm ein oranges Dragee und steckte es in den Mund: »Mhmm, das war der Tag meiner Geburt. Ein schöner Sommertag.«

Dann aß er ein Rotes. »Mein rotes Feuerwehrauto, zum fünften Geburtstag.«

Dann war ein Dunkelblaues an der Reihe: »Da war ich das erste Mal betrunken.«

Anschließen ein Hellblaues: »Meine Jugendliebe: Ich schwebte im siebten Himmel.«

Edwina nahm ein schwarzes Smartie: »Dein Unfall! Das esse ich.«

Der Graf hielt ein Silbernes hoch: »Der Tag meiner Operation.«

Dann nahm er ein Goldenes: »Heute! Mein Jubeltag.«

Er bedankte sich bei Jean und mir und ging zum nächsten Präsent über. Das war zwei Meter hoch und einen Meter breit. Jannis fragte: »Ist das ein Kleiderschrank?«

Svetlana warf ihm einen verächtlichen Blick zu. Der Graf zog beherzt an der silbernen Schleife und enthüllte – mit einem Tusch der Musikkapelle – eine antiquierte Zapfsäule aus den 1950er-Jahren. Svetlana erläuterte ihr Geschenk: »Es gibt zwei Spritarten: Links Chianti und rechts Wodka.«

»Sehr praktisch« sagte Viktor.

Henrique hielt ihm sein leeres Sektglas hin und sagte: »Bitte nachtanken. Wein.«

Der Graf nahm die Zapfpistole und pumpte Chianti in sein Glas. Dann kam Jannis und meinte: »Bitte volltanken. Wodka.«

Viktor lachte und sagte: »Ist das nicht ein bisschen früh? Wir haben erst halb neun.«

Jannis ließ sich dazu überreden, sein tägliches Quantum Alkohol im Laufe des Abends zu sich zu nehmen und gab sich mit einem Glas Wodka zufrieden. Viktor bedankte sich bei Svetlana und arbeitete sich weiter durch den Geschenkhaufen. So förderte er allerhand lustige Mitbringsel zutage: Etwa eine Krawatte mit innen angenähtem Flaschenöffner; eine LED-Brille, die wie die Zahl 60 gestaltet war, oder umgekehrte Weingläser, bei denen man aus dem Fuß trinken musste. Den Vogel jedoch schossen Lisa und Mizzi ab. Sie schenkten Viktor ein erotisches Telefon, bestehend aus einem roten Penis-Telefonhörer und einer Vagina als Ladestation. Lisa erläuterte begeistert die Handhabung: »Also, mit dem Penis telefoniert man – man spricht dabei in die Eier, und wenn man auflegt, steckt man die Eichel in die Muschi.« – Es ertönte ein weiblicher Lustseufzer. Allgemeines Kichern war die Reaktion.

Svetlana nahm den Hörer in die Hand: »Das ist wirklich geil. Und der Höhepunkt kommt, wenn man auflegt.«

Karo sagte: »Das ist eigentlich zu spät ...«

Svetlana meinte: »Da haben wir wohl eine Expertin hier. Auf alle Fälle optimal für Telefonsex ... da kommt man richtig in Stimmung.«

August Schimmelpfennig sagte: »Ein wirklich nützliches Geschenk. Besonders, wenn man seinen Chef zu sich nach Hause einlädt ...«

Lisa meinte: »Ach, die Chefs gehen auch mit der Zeit.«

Edwina sagte: »Wenigstens kommt dann seine Frau auf ihre Kosten.«

Svetlana sagte: »Die wird gar nicht mehr aufhören wollen zu telefonieren ...«

Viktor meinte: »Die Flatrate macht's möglich.«

Nach einer schweißtreibenden Viertelstunde hatte sich Viktor durch den Haufen an Präsenten gearbeitet. Da tippte ihm Babsi auf die Schulter. »Wir haben auch noch eins, beziehungsweise zwei.«

Sie deutete zum Pool auf der Westseite, wohin Viktor und das Partyvolk auch gleich marschierten. Auf Babsis Bitte hin drückte Viktor auf einen Knopf, der ein Aggregat anspringen ließ. Dieses wiederum pumpte Luft in einen Schlauch, der ins

Wasserbecken führte. Nach einer Weile erhob sich aus den Fluten ein Geschöpf, das mit einem rotseidenem Tuch bedeckt war. An den vielen Zacken konnte man erahnen, dass es sich um ein Ungeheuer handeln musste. Als es zwei Meter aus dem Wasser ragte, zog der Graf das Tuch herunter und zum Vorschein kam ein großer Plastik-T-Rex! Den Partygästen entfuhren Ah- und Oh-Laute. Ramon schloss den Druckluftschlauch nun an ein zweites Paket an, was ein zweites Ungetüm langsam aus dem Wasser steigen ließ. Es war flacher und länger als der Tyrannosaurus Rex. Der Graf zog wieder das Tuch herunter und machte den Blick frei auf ein riesiges Plastikkrokodil!

Karo sagte lachend: »Was für ein reizendes Paar.«

Der Graf bedankte sich bei den beiden Frauen und sagte: »Ich nenne sie Babsi und Biggi.«

Babsi sagte: »Nein, so haben wir nicht gewettet.«

Viktor wandte ein: »Aber das passt doch?«

Biggi fragte: »Was soll das heißen?«

Der Graf zuckte lachend mit den Schultern.

Babsi sagte plötzlich: »Okay, aber ich bin das Krokodil, das hat so ein nettes Lächeln.«

Biggi meinte: »Kommt nicht infrage. Der T-Rex ist grässlich braun gebrannt.«

Der Graf zückte nun eine Münze und ließ beide Frauen Kopf oder Zahl wählen. Nachdem er sie geworfen hatte, stand fest: Babsi darf die beiden Plastikviecher taufen. Sie sagte: »Das Krokodil heißt Babsi, der Dinosaurier Biggi.«

Biggi schmollte: »Ich schenke dir nie wieder was.«

Viktor sagte: »Kommt Mädels, das ist doch nur Spaß.«

Er klatschte in die Hände und sagte: »So, da alle Geschenke ausgepackt sind, kommen wir zur Geburtstagstorte!«

Der Graf und die Partygäste trotteten wieder hoch zur oberen Terrasse. Dort hatten die Caterer eine große Torte aufgestellt, auf der die Zahl 60 und ebenso viele brennende Kerzen prangten. Der Graf holte tief Luft und blies mit einem Atemzug alle aus. Die Umstehenden applaudierten.

Karo sagte: »So einen langen Atem hätte ich dir gar nicht zugetraut.«

Viktor raunte: »Danke für das Kompliment.«

Dann nahm er das riesige Kuchenmesser und begann, die Torte zu tranchieren. Er kommentierte dabei seine Säbelei mit den Worten: »Als erstes nehme ich mal die 0 weg, dann bleibt nur noch die 6 übrig. So fühle ich mich gleich jünger.«

Edwina seufzte: »Wenn das helfen würde, würden wir alle nur unseren 4. oder 5. Geburtstag feiern.«

Während die Servicekräfte den Kuchen auf alle Gäste verteilten, hörte ich hinter mir ein Bellen, das mir sehr bekannt vorkam. Ich drehte mich um und sah eine weiße Schliere über die Terrasse fetzen. Als meine Augen den Fokus scharfstellten, erkannte ich ihn: Blacky! Der Foxterrier sprang Jean in die Arme und jaulte und quietschte wie verrückt. Sein Schwanz peitschte den Frack des Butlers, er raste vor Freude. Jean drehte sich johlend im Kreis mit ihm: »Hohoho, wie ich mich freue, dass es dir gut geht.«

Der Butler hatte seine liebe Mühe, den kreuzfidelen Hund in den Armen zu halten. Da hörte ich es in seiner Nähe flüstern: »Das muss der Baron sein.«

»Der Multimillionär?«

»Ja.«

»Sieht man ihm gar nicht an.«

Als Blacky mich sah, wollte er unbedingt zu mir. Ich übernahm ihn von Jean und Blacky leckte mich stürmisch ab. Ich sagte lachend: »Ich freue mich auch, dich zu sehen.«

Als nächstes begrüßte der Baron den Grafen und Edwina. Diese war sichtlich gerührt, dass sich Blacky noch an sie erinnern konnte. Ihn herzend und knuddelnd sagte sie: »Du bist der einzige Hund, der mir beim Abschied zugewinkt hat.«

Karo kommentierte mit gespieltem Mitleid: »Ach, die anderen Hunde sind so gemein, keiner winkt mir zum Abschied.«

»Ja, und das stimmt auch«, sagte Edwina trotzig.

Anschließend erschien Lukas mit den Leibwächtern. Jean stellte sie dem Grafen vor und dieser hieß sie willkommen. Dann trat noch jemand auf die Terrasse, der ausgeprägte Segelohren hatte. Ich musste unwillkürlich an King Charles denken, doch der Gast sprach akzentfreies Deutsch. Er sagte: »Gestatten, Theodor Grünspan, ich bin –«

Lukas hustete laut. »Nichts verraten!«

Der Vormund blickte eine Weile umher und fragte schließlich den Grafen: »Sie haben Blackys Geschenk noch nicht ausgepackt, nicht wahr?«

»Welches denn?«

»Ein sehr großes mit einer goldenen Schleife.«

Jean meinte: »Das muss das Ungetüm da unten sein.«

Der Graf rief: »Liebe Freunde, ich muss noch ein Geschenk auspacken. Folgt mir bitte unauffällig.«

Die Gäste waren sichtlich überrascht, trotteten aber brav hinter dem Grafen her wie eine Schafherde hinter dem Schäfer. Die Musikanten begleiteten die Wanderung mit dem Lied:

> Im Frühtau zu Berge wir ziehn, fallera!
> Es grünen die Wälder und Höhn, fallera!
> Wir wandern ohne Sorgen,
> singend in den Morgen,
> noch ehe im Tale die Hähne krähn.

August Schimmelpfennig meinte lapidar: »Eigentlich sind wir zu spät dran fürn ›Frühtau‹.«

Jannis sagte: »Dann müssen wir eben ›Spättau‹ singen.«

Er holte tief Luft und sang mit lauter Stimme:

Im Spättau zu Berge wir ziehn, fallera!

Es grünen die Wälder und Höhn, fallera!

Als wir alle an der unteren Terrasse angekommen waren, zog der Graf an der goldenen Schleife und enthüllte einen gewöhnlichen Pkw-Anhänger. Ungläubiges Staunen war die Reaktion. Man konnte die Fragezeichen über den Köpfen der Umstehenden förmlich sehen, während Blacky sich einen Spaß daraus machte, das Geschenkpapier zu zerfetzen. Der Graf öffnete die beiden Türen und nach einem kurzen Blick wurde mir klar, was Herr Grünspan für einen Beruf hatte: Er war Ballonfahrer! Im Anhänger befanden sich nämlich ein silberner Weidenkorb, Gasflaschen, Seile und sonstiges Zubehör für einen Heißluftballon. Jetzt verstand ich auch seine Segelohren: Offensichtlich wollte er sich damit beim Ballonfahren einen Vorteil verschaffen.

Herr Grünspan übernahm das Kommando und rief: »Helfen Sie mir bitte beim Aufbau!«

Das musste er dem Partyvolk nicht zweimal sagen. Wir trugen den Korb heraus und legten ihn auf die Seite. Dann zogen wir die Ballonhülle auf die Wiese und breiteten sie aus. Die Combo spielte dazu den Hans Albers-Song »Flieger, grüß mir die Sonne«.

Babsi und Biggi wollten auch mithelfen, stöckelten aber nur wackelig auf der Nylonhülle herum. Babsi sagte: »Das wird anscheinend eine Ballonparty.«

»Aber der Korb ist doch viel zu klein für uns alle«, wandte Biggi ein.

»Wahrscheinlich wird nur der Graf mit dem Ballon fahren, ist ja schließlich sein Geschenk.«

»Und was wird dann aus der Party?«

»Keine Angst, das Büfett wird er schon hier lassen.«

Ich sah mir die Hülle näher an und konnte einen blitzenden Stern erkennen. Soll der Ballon etwa einen Sternenhimmel darstellen, fragte ich mich. Herr Grünspan, der mittlerweile Tragegestell, Propangasbrenner und die Tragseile am Korb befestigt hatte, blies nun mithilfe des Ventilators kalte Luft in die Hülle. Die blähte sich langsam auf und ich sah an der Seite eine verzerrt grinsende Fratze. Was hat ein Stern mit einer Perchtenmaske zu tun? Die Fragezeichen über meinem Kopf wurden immer größer. Nach fünf Minuten war der Ballon so prall, dass Herr Grünspan den Propangasbrenner anwerfen konnte. Der Brenner stieß Flammen in die Höhe und ließ den Ballon sich langsam aufrichten. Jetzt war auf der Hülle eine Glatze zu sehen. Was ist das nur, fragten wir uns alle. Als der Ballon in voller Pracht vor uns schwebte, befestigte Herr Grünspan ein Halteseil an einem Hydranten und stieg in den Korb. Dann drehte er mithilfe der Seitenventile den Ballon langsam nach vorne. Als die Vorderansicht zu sehen war, ging ein Raunen durchs Partyvolk. August Schimmelpfennig rief: »Der Graf wie er leibt und lebt!«

Und tatsächlich: Der ganze Ballon war eine lebensechte Büste des Grafen! Sein Kopf und alle markanten Gesichtszüge waren präzise abgebildet!

Edwina rief begeistert: »Viktor, du bist wirklich gut getroffen. Die Halbglatze, die braunen Augen und der Bart.«

Karo sagte: »Am besten gefällt mir das bärbeißige Lachen und der funkelnde Goldzahn. Und dass der Korb als Silberkugel unten am Bart hängt, ist auch sehr gelungen.«

Alle blickten nun erwartungsvoll Viktor an. Der nickte anerkennend und sagte: »Das wird meinem bescheidenen Wesen gerecht.«

Wir lachten und Karo sagte: »Bescheidenheit ist eine Zier –
«

Ich ergänzte: »– doch weiter kommt man ohne ihr!«

Viktor bedankte sich bei Lukas, doch der deutete nach unten: »Er hat das finanziert.«

»Ach, natürlich.«

Viktor ging in die Hocke und gab Blacky die Hand: »Vielen Dank für das schöne Geschenk.«

Blacky bellte einmal.

Viktor fragte Lukas: »Muss ich mein Geschenk jetzt ausprobieren?«

»Aber nein, das ist als Fesselballon gedacht.«

Babsi und Biggi atmeten auf.

Viktor fragte nach: »Und wer bedient den Brenner?«

Herr Grünspan antwortete: »Das übernimmt der Autopilot. Der ist mit dem Höhenmesser verbunden. Dreißig Meter Höhenunterschied dürften genügen.«

Der Ballonfahrer stellte den Autopilot entsprechend ein und kletterte wieder aus dem Korb. Die »Fidelen Sinfoniker« spielten nun das Lied »Jetzt geht die Party richtig los« und zogen hoch zum Schloss, gefolgt von der belustigten Festgesellschaft. Ich wollte ebenfalls mitmarschieren, sah aber plötzlich aus den Augenwinkeln jemand an der Kanone hantieren. Wie ich erkennen konnte, verschoben zwei Männer die Lafette ein Stück nach Westen, was die Kanone auf die Stadtmitte zielen ließ. Das alarmierte mich. Als ich aber auch noch ein Feuerzeug aufflackern sah, lief ich schreiend zu ihnen und konnte gerade noch verhindern, dass sie die Kanone abfeuerten. Ich gab Jean ein Zeichen, der kurz darauf mit einem Vorhängeschloss kam und damit den Deckel des Einfüllstutzens absperrte. Er schulmeisterte die Jungs mit den Worten: »Das Recht, im Stadtgebiet eine Kanone abzufeuern, hat Kurfürst

Max Emanuel von Bayern 1705 allein den Bodeswalder Grafen verliehen. Ich möchte Sie bitten, dieses gräfliche Vorrecht zu respektieren.«

Die beiden maulten »was für Spaßbremsen« und zogen ab. Ich blickte anschließend durchs Fernrohr, das neben der Kanone stand, und war überrascht, in der Dunkelheit alle Details deutlich erkennen zu können. Auf einer Dachterrasse entdeckte ich ein leichtbekleidetes Paar, das ebenfalls ein Teleskop benutzte, allerdings war dieses auf den Himmel gerichtet. Das Mädchen lugte durchs Okular und schien die Sterne zu beobachten. Der Junge stand dicht hinter ihr und betrieb ebenfalls »Studien«. Diese waren jedoch irdischer Natur, wie ich seiner Fummelei an ihrer Kleidung entnehmen konnte. Tja, sagte ich mir, so hat jeder der beiden seinen »Sternenhimmel« vor sich. Ich schwenkte das Fernrohr nach Westen und blickte unversehens in ein Zimmer mit Kronleuchter, in dem sich ein nacktes Pärchen balgte. Mal jagte er sie durch den Salon und mal sie ihn. Zwischendurch hauten sie sich Sofakissen um die Ohren oder wälzten sich lachend auf dem Boden. Ich musste schmunzeln und dachte, da hat der Graf wohl vergessen, jemanden einzuladen …

Plötzlich sagte eine Frauenstimme hinter mir: »Lassen Sie mich mal durchsehen.«

Es war Eurelia Zettel, von Beruf Ahnenforscherin. Ich verschob das Teleskop ein Stück, um nicht als Spanner entlarvt zu werden und überließ ihr das Fernrohr. Nachdem sie das Teleskop ausgerichtet hatte, platzte sie heraus: »Das gibt's doch nicht! Der ganze Garten unseres Hauses ist voller Leute mit Gläsern in der Hand, die feiern eine Party. Dabei soll Peter für die Führerscheinprüfung lernen. Das ist ja die Höhe! Fällt durch die Prüfung und anstatt zu lernen, lässt er's krachen. Na, warte Bürschlein, so haben wir nicht gewettet.«

Ich fragte sie: »Was wollen Sie tun?«

Ein Herr hinter mir antwortete: »Wir werden unserem Sohnemann jetzt einen Besuch abstatten.«

Und schon rauschten die beiden Ahnenforscher ab.

Laura, die zwischenzeitlich mit einigen Frauen zum Fernrohr gekommen war, sagte: »Der Arme!«

Edwina meinte: »Tja Peter, jetzt ist Standfestigkeit gefragt.«

Karo sagte: »Das erinnert mich an Martin Luther auf dem Reichstag in Worms, als er sich weigerte, seine ketzerischen Schriften zu widerrufen. Er soll gesagt haben: ›Hier stehe ich, ich kann nicht anders!‹«

Edwina meinte: »Soll der Peter das jetzt auch sagen?«

»Warum nicht? Nur etwas moderner: ›Hier stehe ich. Ich könnte anders, aber ich habe keinen Bock. Bäh!‹ Und er streckt seinen Eltern die Zunge heraus.«

Wir lachten herzhaft.

Edwina wandte ein: »Das wird sich der Peter kaum erlauben können. Schließlich wohnt er noch bei seinen Eltern. Martin Luther hingegen konnte in Worms eine kesse Lippe riskieren, denn lebte weit weg in Sachsen.«

»Willst du damit sagen, dass ein Schüler heutzutage weniger Spielraum hat als ein Ketzer im 16. Jahrhundert?«

»Scheint so.«

Ich sah wieder durchs Fernrohr und berichtete vom Geschehen wie ein Sportreporter: »Da kommen die Eltern. Die Eurelia schießt in den Garten und fuchtelt wild mit den Armen herum. Sie wäscht einem langhaarigen Jungen gehörig den Kopf, das muss der Peter sein. Seine Mitschüler verlassen murrend den Garten.«

Laura sagte: »Die Armen!«

Der Graf, der mittlerweile auch am Fernrohr stand, gab Jean folgende Anweisung: »Sag bitte Ramon, dass er die

Schüler vorm Haus der Zettels mit dem Kleinbus abholen soll.«

Ich fragte ihn: »Du willst sie einladen?«

»Natürlich. Sie sind jetzt gewissermaßen ›heimatlos‹.«

Ich sah wieder durchs Fernrohr und kommentierte: »Peters Gäste bleiben außerhalb des Gartenzauns stehen und halten Kriegsrat.«

Laura sagte: »Das kann ich gut verstehen. Wir haben's erst halb zehn –«

Jannis ergänzte: »– und sie wollen noch nicht nach Hause gehen. Das reimt sich sogar.«

Ich berichtete weiter: »Die rufen nach jemandem. Immer wieder. Jetzt öffnet sich seitlich ein Mansardenfenster. Ein Kopf mit langen Haaren erscheint, klar, das ist der Peter. Er fuchtelt mit den Armen. Anscheinend will er ihnen sagen, dass er nicht hinuntersteigen kann.«

Laura lamentiere: »Der arme Junge.«

»Jetzt suchen sie was, sie gehen ums Anwesen. Einer hat eine Mülltonne entdeckt. Er zieht sie unter Peters Fenster. Doch dieser wehrt mit den Händen ab, anscheinend ist sie zu niedrig.«

Edwina meinte: »Was für 'n Pech.«

»Ein anderer öffnet die Garage. Er geht hinein. Er bleibt verschwunden. Was macht er da nur? Jetzt kommt er mit einer kurzen Aluleiter heraus. Er trägt sie zum Haus und stellt sie unter Peters Fenster. Sie ist ein bisschen kurz, deshalb hat Peter Mühe hinunterzusteigen. Erst das linke Bein. Jetzt zieht er es zurück. Er traut sich nicht.«

Karo rief: »Jetzt fass dir ein Herz, Schlappschwanz!«

»Er hat dich wohl gehört. Denn er startet den nächsten Versuch. Dieses Mal mit dem rechten Bein voraus. Er tastet nach der obersten Sprosse. Jetzt findet sein Fuß Halt. Er zieht das

249

Linke nach und steht auf der Leiter. Er steigt hinunter – er ist unten!«

Jannis rief: »Bravo, Peter!«

Edwina skandierte: »Peter! Peter!«

Die anderen Gäste am Fernrohr stimmten in den Jubelchor ein.

Ich kommentierte weiter: »Da kommt auch schon Ramon mit dem Bus angefahren. Er kurbelt das Seitenfenster herunter und ruft ihnen etwas zu. Sie bewegen sich in seine Richtung und beginnen einzusteigen. Wie schnell die drin sind, flink wie die Wiesel! Jetzt noch die Türen zu und ab geht die Post.«

Edwina blickte nun selbst durchs Fernrohr und lachte: »Die Eltern haben von alledem nichts mitbekommen. Sie mögen als Ahnenforscher vielleicht was von der Vergangenheit verstehen. Aber von der Gegenwart …?«

Auf einmal lärmte hinter mir Musik. Ich drehte mich um und konnte die Lärmquelle lokalisieren. Das Lied kam aus den Buchsbaumbüschen jenseits der Pappeln. Es war »I Will Always Love You« von Whitney Houston aus dem Film Bodyguard.

Edwina sagte: »Wie romantisch, offensichtlich zwei Turteltäubchen.«

Plötzlich kam ein älterer Herr zur unteren Terrasse gelaufen. Mit seinem Kinnbart und dem Zylinder auf dem Kopf sah er aus wie ein Presbyterianer aus dem 19. Jahrhundert. Er fragte in Richtung der Büsche: »Susanne, bist du das?«

Die Musik dudelte weiter.

Er fuhr fort: »Susanne, bist du da drin?«

Plötzlich verstummte die Musik. An den sich bewegenden Hecken konnte man erkennen, dass dahinter hektische Aktivität herrschte.

Der Mann insistierte: »Susanne, bist du im Labyrinth?«

»Guido?«, antwortete eine Frauenstimme.

»Ja, Susanne.«

»Wieso bist du nicht beim Kartenspielen?«

»Das ist heute überraschend ausgefallen. Aber was machst du da?«

»Ähm … Pilze suchen.«

Edwina prustete heraus.

Der Ehemann sagte: »Aber Liebling, die wachsen doch nicht dort.«

»Das habe ich mittlerweile auch festgestellt.«

»Komm jetzt heraus.«

»Einen Moment bitte, mein Kleid hat sich verhakt.«

Wieder war eifrige Aktivität zu sehen. Dann kam sie heraus. Sie hatte ein liebliches Gesicht mit großen Augen und sichelförmigen Augenbrauen. Ihr Haar war zerzaust und ihr grünes Kleid voller Grashalme.

Der Ehegatte fragte sie: »Wer ist da drin?«

»Niemand.«

»Das wollen wir doch mal sehen.«

Er setzte sich in Bewegung, sie versuchte ihn aufzuhalten, doch er schubste sie zur Seite und schlug sich in die Büsche. Einige Augenblicke später hörte man dumpfe Geräusche und Schreie.

Jannis fragte: »Gegen wen kämpft er da?«

Edwina sagte: »Vielleicht gegen einen wild gewordenen Knollenblätterpilz, verdammt aggressiv, diese Dinger.«

Laura sagte: »Hört sich eher wie ein Wildschwein an.«

Jannis meinte: »Ein Wildschwein schreit doch nicht so, es grunzt.«

Edwina sagte: »Sie scheinen sich ja auszukennen.«

Plötzlich zerrte der Ehemann einen jungen Mann heraus. Er hatte volles schwarzes Haar und roten Lippenstift auf der Wange.

Susanne ging auf ihn zu und sagte: »Ja, Robert, was machst du denn hier?«

Edwina lachte auf.

Der Ehemann sagte: »Spiel nicht die Überraschte.«

Susanne zückte ein Taschentuch und wischte den Lippenstift weg.

Robert sagte hölzern: »Ja, Susanne, grüß dich.«

Er wollte sie umarmen, doch der Ehegatte riss ihn zurück.

»Hey, sachte Mann.«

Der Ehemann fragte: »Sie kennen die Dame?«

»Natürlich, vom Gitarrenunterricht.«

Susanne fügte eiligst hinzu: »Wir spielen in der gleichen Gruppe.«

Robert sagte: »Ach Susanne, gut, dass ich dich hier treffe. Wir wollten doch ›Greensleeves‹ üben.«

Der Ehemann sagte: »Aber nicht im Gebüsch, mein Lieber.«

Plötzlich schlug sich Robert auf die Stirn: »Du meine Güte, da fällt mir ein, ich hab vergessen, den Herd auszumachen.«

Der junge Mann riss sich los, überquerte mit einem Sprung die Umfriedung und verschwand in der Dunkelheit. Wir lachten lauthals.

Susanne sagte: »Wirklich, Guido, ich habe keine Ahnung, wo der herkommt.«

»Jaja.«

»Du kannst dich doch nicht mit jedem schlagen, der sich in einem Labyrinth verirrt.«

»Ihr habt euch gemeinsam verirrt.«

»Haben wir nicht. Ich habe ihn gar nicht bemerkt.«

»Und woher hat er dann den Lippenstift?«

»Was weiß ich?«

In solcher Weise streitend und zeternd gingen sie hoch zum Schloss. Laura blickte ihnen nach und sagte: »Dabei sieht sie aus wie ein Unschuldsengel.«

Edwina meinte: »Den wird sie sicher auch spielen.«

Karo sagte: »Und wie's aussieht mit Erfolg.«

Jannis sagte: »Was für ein Trottel!«

Spitze Schreie aus dem Schlosspark ließen mich aufhorchen. Ich wandte meinen Kopf zur Seite und sah Babsi schimpfend hinter Blacky einher stöckeln. Anfangs konnte ich mir keinen Reim darauf machen. Als ich aber eine kleine Handtasche in seinem Maul sah, wusste ich Bescheid.

Sie rief ihm zu: »So bleib doch stehen!«

Doch der vierbeinige Baron dachte gar nicht daran. Ich ging einige Schritte auf Blacky zu und gab das Kommando »Aus!«, worauf er die Handtasche zu Boden fallen ließ.

Babsi kam zu mir und fragte mich: »Haben Sie ihm das beigebracht?«

Ich antwortete: »Wo denken Sie hin. Das hat er im Zirkus gelernt.«

Sie schwang den Zeigefinger Richtung Blacky und sagte: »Pfui! Pfui! Pfui!«

Der Foxterrier jedoch bellte nur freudig und tänzelte auf zwei Beinen herum. Nachdem sie ihre Tasche gecheckt hatte, ging sie hoch zur oberen Terrasse; Blacky begleitete sie und schnappte immer wieder nach ihrer Handtasche.

Ich ging eine Weile im Schlosspark spazieren und ließ mich vom romantischen Geflacker der vielen Kerzen und Fackeln verzücken. Inmitten des Lichtermeers ringsherum wähnte ich mich tatsächlich auf einem prunkvollen Barock-Fest des Prinzen Eugen. Und die stoßweise erleuchtete Ballon-Büste, die wie eine opulente barocke Bühnendekoration wirkte, verstärkte diesen Eindruck noch.

Ein plötzlicher Wechsel des Musikstils riss mich aus meiner Schwelgerei: Die Combo war von einem Walzer nahtlos zum Marsch »Einzug der Gladiatoren« von Julius Fučík übergegangen. Ich blickte nach oben und sah von überallher junge Leute auf die obere Terrasse strömen – offensichtlich waren Peter und sein verstoßenes Partyvolk eingetroffen. Und wie es schien, hatte sie der »Auszug aus Ägypten« hungrig gemacht, denn sie stürzten sich gleich aufs Büfett. Ihr großer Appetit ließ auch meinen Magen knurren und so ging ich nach oben und aß ein paar Häppchen.

Viktor ging zu Peter und sagte: »Es tut mir leid, dass durch mein Fernglas deine heimliche Party aufgeflogen ist.«

Peter antwortete: »So heimlich war sie nicht. Außerdem entschädigen Sie mich mit einem Party-Upgrade.«

Ein anderer Schüler kam mit einer Flasche Château Lafite-Rothschild in der Hand und rief: »Ein super Upgrade!«

Dann trank er wie ein Pirat aus der Flasche.

Karo meinte: »Dieses Mal werden deine Eltern nicht dahinter kommen.«

Er sagte: »Ja, ich kann saufen und grölen wie ich will.«

Viktor: »Und Eurelia wird es mir zuschreiben ...«

Peter lachte aus vollem Halse.

Die »Fidelen Sinfoniker« spielten nun das Stimmungslied »Wir machen Musik«, wobei der Sänger den Text pantomimisch kommentierte: Mal hob er den Hut, mal zog er den künstlichen Bart nach unten und mal packte er den Nebenmann am Arm. Das war einfallsreich und lustig.

Nach der ersten Strophe blickte der Sänger zu den umstehenden Gästen und bewegte seine Hände im Kreis, so als würde er einen Teig rühren. Lisa und Flo sprangen sofort darauf an und tanzten los. Und wie auf ein Startsignal bevölkerten bald ein Dutzend Paare die Tanzfläche. Am Ende des Lieds rief der Frontmann ins Mikrofon: »Und nun kommt die allseits beliebte ›Tritsch-Tratsch-Polka‹ von Johann Strauss. Und passend dazu suchen wir den wildesten Tänzer, die leidenschaftlichste Tänzerin. Zeigen Sie Ihr Talent, nur keine Scheu!«

Als die Polka einsetzte, traute sich zunächst niemand, sein Können zu zeigen. Da rief der Sänger einer schlanken Frau in einem Charleston-Kleid zu: »Schöne Frau, Sie tragen das Kleid doch nicht umsonst.«

Die angesprochene Dame begab sich nun lächelnd in die Mitte der Tanzfläche und erging sich ekstatischen Verrenkungen. Sie schleuderte dabei ihre Arme so wild um sich, dass sie einem Mann, der in der Nähe stand, das Sektglas aus der Hand schlug. Die Musik wurde leiser und der Sänger meinte: »Da haben wir eine Josephine Baker!«

»Ja«, rief der Herr, »aber wo ist mein Sektglas?«

Eine Servicekraft reichte ihm ein neues und er nippte zufrieden daran. Dann trat ein alter Mann mit Spitzbart auf die Tanzfläche. Er hüpfte wild herum und schrie: »Heißa! Heißa!« Mit seinen langen dürren Beinen und seinem spitzen Bart sah er aus wie ein Springteufel. Er klatschte in die Hände und rief: »Hey, hey, Kasatschok!«

Gemäß seiner Ansage ging er in die Knie, kam aber nicht mehr hoch. Er ruderte mit den Armen und wurde schließlich von zwei Schülern in die Senkrechte gezogen. Mit einem schiefen Rücken humpelte er davon.

Der Sänger sagte: »Ach, wie gut, dass niemand weiß, dass ich Rumpelst …«

Als dritter Tänzer watschelte ein dicker Mann in einem Zelt von Anzug in die Mitte. Er erging sich in kleinen Handmanipulationen: Ein Schnörkel hier, eine Kusshand da. Gleichzeitig machte er schnelle Trippelschritte. Irgendwie sah er aus wie ein steppender Riesen-Pinguin. Der Sänger war sichtlich ratlos, wie er diese Darbietung kommentieren sollte. Er meinte nur: »Nun, so geht es auch. Aber jetzt, liebe Leute, jetzt geht's rund! Jetzt kommt der Höllen-Cancan aus ›Orpheus in der Unterwelt‹.«

Ein Aufschrei des Partyvolks war die Reaktion.

»Keine Angst«, er zeigte ein Blatt Papier vor, »das ist ein Ablassbrief des Papstes. Alle Sünden, die Sie jetzt begehen, sind im Vorhinein vergeben.«

Alle lachten.

Der Sänger rief: »Auf geht's!«

Als der Cancan begann, stießen die Frauen schrille Schreie aus und bildeten eine Reihe. Sie schwenkten ihre langen Röcke hin und her und schmissen ihre Beine im Takt nach oben. Lisa schlug sogar ein Rad und ließ ihren Rock durch die Luft fliegen. Svetlana machte es ihr nach. Babsi, Biggi und Elke versuchten es auch, fielen aber immer wieder hin. Wir anderen hüpften wild auf der Stelle herum. Als das Tempo anzog, kletterte Biggi auf einen Bartisch und zog Babsi zu sich hoch. Henrique bot sich ihnen als Lastesel an und sie setzten sich links und rechts auf seine Schultern. Dann marschierte er mit der jauchzenden Fracht umher. Er fand schnell Nachahmer, sodass es zu einem fröhlichen Damen-durch-die-Gegend-Tragen kam. Ein kleiner Mann schleppte zwei Wuchtbrummen auf seinen Schultern herum. Das war lustig anzusehen, denn seinem schmächtigen Körper hätte man diese enorme Last nicht zugetraut. Und was zusätzlich zum Lachen reizte, war der Umstand, dass die übermenschliche Anstrengung sein Gesicht zu einer irren Fratze mutieren ließ. Als die Last schließlich zu groß für ihn wurde, ging er seitlich in die Knie und löste damit eine Kettenreaktion aus, die die meisten Tanzenden wie Dominosteine umfallen ließ.

Der Sänger rief: »Meine Damen und Herren, Sie waren spitze. Ich hoffe, ein Ablassbrief reicht ... Und nun zur Erholung ein gemütlicher Walzer.«

Die Tanzpaare rappelten sich auf und ordneten ihre Kleider. Eine Frau in einem roten Kleid ging mit ihrem Kavalier zur Bar und sagte: »Gottlob, dass heute Freitag ist, so kann ich endlich mal bis in die Puppen feiern.«

Ich schaute auf mein Handy: Es war halb elf. Sie hatte also noch viel vor.

Wie ich sehen konnte, hatte der Graf gut daran getan, sogenannte »freie Radikale« einzuladen. Babsi, Biggi und Elke wurden ständig zum Tanzen aufgefordert und auch Lisa war niemals allein. Flo hatte sich wohl in sie verguckt, denn er wollte sie gar nicht mehr loslassen. Und wenn sie jemand abklatschte, machte er ein zerknirschtes Gesicht und eroberte sie möglichst schnell zurück. Mizzi tanzte mit einem ältlichen Oberst in Uniform. Der war wohl schwerhörig, denn sie musste ihm jedes Wort zweimal ins Ohr brüllen. Wahrscheinlich war er bei der Artillerie.

Plötzlich rissen einige Frauen vor mir angsterfüllt die Augen auf. Ich drehte mich um und sah ein schreckliches Ungeheuer auf die Terrasse schleichen. Seine glutroten Augen funkelten böse in der Dunkelheit und die grünen Pranken mit den riesigen Krallen waren furchteinflößend. Und der Höllenfürst persönlich schien das Untier zu reiten: Es war natürlich Viktor auf dem Drachen-Quad. Er näherte sich langsam Babsi und Biggi, die mit dem Rücken zu ihm standen. Einige Frauen winkten und riefen: »Passt auf, ein Ungeheuer!«

Die beiden Modepuppen konnten sich keinen Reim auf das seltsame Verhalten der anderen Partybesucher machen und runzelten die Stirn. In diesem Moment ließ Viktor den Drachen brüllen und Feuer speien. Beide Frauen machten einen Hops, drehten sich um und schmissen schreiend ihre Sektgläser in die Luft; dann stöckelten sie davon, was ihre Stilettos hergaben.

»Weltrekord!«, sagte schmunzelnd Jannis, »endlich sehe ich mal zwei Frauen die 100 Meter unter 10 Sekunden spurten.«

Die anderen Frauen hatten inzwischen bemerkt, dass es sich um ein Drachen-Quad handelte und verloren ihre Scheu. Das hielt Viktor aber nicht davon ab, sie mit Feuerstößen vor sich herzutreiben. Er rief »ist das Leben schön«, während seine Gäste damit beschäftigt waren, ihr Leben zu retten. Nachdem der Graf allerhand Schabernack getrieben und einige Kleider angesengt hatte, besann er sich auf seine Gastgeberpflichten und rief: »Wer will mitfahren?«

»Ich! Ich! Ich!«, bekundeten die Gäste ihr lebhaftes Interesse. So kam es zu einem zünftigen Drachenreiten! Und da der Andrang überwältigend war, beförderte Viktor teilweise ein halbes Dutzend Passagiere auf seinem Spaßmobil. Lisa war mit einer Mitfahrgelegenheit allein nicht zufrieden und bestand darauf, den Drachen selbst lenken zu dürfen. Das war Viktor nur recht, schließlich wollte er das Ungeheuer mal von weitem sehen. Er machte also Lisa Platz und diese düste los. Dabei kreischte sie vor Freude so schrill, dass sie den Drachen übertönte. August Schimmelpfennig meinte: »Eine Neuinterpretation von ›Die Schöne und das Biest‹.«

Karo sagte: »Bei ihrem Geschrei fragt man sich, wer ist das Biest?«

Jannis bemerkte: »Die lehrt dem Drachen noch das Fürchten.«

Sein Kommentar schien sich zu bewahrheiten, denn als Lisa die Freitreppe hinunter bretterte, hielt der Drache plötzlich an, verstummte und ließ seine Flügel sinken. Von weitem hatte es den Anschein, er wäre er eingeschlafen. Lisa rief »Hü! Hü!«, und gab dem Drachen die Sporen, doch die Müdigkeit schien das Urviech übermannt zu haben. Lisa stieg enttäuscht ab und schimpfte »Loser! Versager! Und sowas will ein Ungeheuer sein?!«

»Tja«, scherzte Karo, »die Drachen von heute sind auch nicht mehr das Wahre.«

»Das kannste laut sagen«, maulte Lisa.

Angespornt durch das feuerspeiende Untier hatte sich ein Schüler auf der Freitreppe drei Fackeln genommen und jonglierte diese gekonnt. Ein Mitschüler sagte: »Das kann ich besser.« Er hangelte sich an der Frontseite des Schlosses an einem Fallrohr empor und zog die Fahnenstange aus der Halterung. Dann sprang er beherzt herunter und begann, die Fahne im Kreis zu schwenken. Zwischen dem Fackeljongleur und dem Fahnenschwinger entbrannte nun ein Wettkampf. Beide versuchten sich zu übertreffen, indem sie ihre Gerätschaften möglichst hoch schleuderten. Das war ein beeindruckendes Schauspiel. »Hoffentlich wirft er keine brennende Fackel durch ein Fenster«, hörte ich jemand sagen. Doch genau das passierte in diesem Augenblick. Der Jongleur ging zum Grafen und fragte ihn: »Was ist da drin?«

»Ach, da ist nur meine Bibliothek«, antwortete Viktor gelassen.

»Eine Bibliothek? Das ist ja großartig!«, rief der Jongleur und lachte wie ein Irrer. Jean war inzwischen ins Schloss gelaufen und warf kurz darauf die verkohlte Fackel wieder herunter.

Edwina sagte: »So ist wahrscheinlich die Bibliothek von Alexandria abgebrannt.«

Viktor meinte: »Ja, durch einen irren Pyromanen!«

Der Jongleur schien das gehört zu haben. Denn er löschte nun die anderen Fackeln und überließ dem Fahnenträger das Feld. Der ließ die Fahne parallel zum Körper kreisen, dann diagonal über Kreuz und schließlich schwang er sie wie ein Lasso über dem Kopf. Nachdem er seine Kunststücke gezeigt hatte, lief er mit der Fahne die Freitreppe hinunter und steckte die Stange ins Maul des Plastik-T-Rex.

Jannis rief: »Seht den stolzen Fahnenträger.«

Karo, die mit August Schimmelpfennig und einem jungen Mann auf der Freitreppe stand, rief: »Da wird der Graf in seinem Wappen den Drachen gegen einen T-Rex tauschen müssen.«

Der Schauspieler sagte: »Endlich mal was Neues auf einem Wappen.«

Ich schenkte mir noch ein Glas Sekt ein und gesellte mich zu ihnen. Da sagte der junge Mann: »... Träume sind eben schwer zu kontrollieren. Aber seit ich die Filmhochschule besuche, funktioniert das bei mir besser.«

Er besucht also die Filmhochschule, dachte ich mir. Nun, sein Outfit passt zu ihm: Die Haarlocke, die er ostentativ in die Stirn hängen lässt und den roten Schal, der runter bis zu den Knien reicht. Das ist anscheinend das Erkennungszeichen der Filmhochschüler untereinander.

Unterdessen fuhr er fort zu dozieren: »Meine Träume sind einfach besser geschnitten. Das Erzähltempo ist deutlich höher. Mein Gott, war das früher langweilig. Endloseinstellungen, wie bei Wim Wenders. Aber seit einiger Zeit geht das ganz flott. Und jetzt klappt das auch mit dem Casting. Früher gab es entsetzliche Fehlbesetzungen.«

Karo fragte: »In deinen Träumen?«

»Ja, zum Beispiel gab es da einen verklemmten Buchhalter, der plötzlich wie James Bond um sich ballerte. Total unplausibel. Meine Traumfiguren haben entsetzlich overactet. Am liebsten hätte ich immer ›Cut‹ geschrien.«

Karo sagte: »Aber seit du sie auf eine Schauspielschule geschickt hast ...«

August Schimmelpfennig ergänzte: »Natürlich nach New York, zum ›Actors Studio‹.«

Wir lachten.

Der Filmhochschüler fuhr fort: »Doch, das passt jetzt. Jetzt spielt sich beim Schlafen ganz großes Kopfkino ab.«

Karo sagte: »Das heißt, du verleihst dir beim Aufwachen immer den Oscar?«

»Nicht immer, aber manchmal.«

Herr Schimmelpfennig fragte: »Wie viele hast du schon?«

»Dutzende!«

Wir lachten lauthals.

Ich fragte: »Und die Komparsen?«

August Schimmelpfennig sagte: »Also bei mir drängen die sich immer in den Vordergrund und grinsen sogar in die Kamera – furchtbar, das kann ich ihnen einfach nicht abgewöhnen.«

Karo sagte: »In meinen Träumen machen mir immer schmierige Papagallos Heiratsanträge, obwohl sie gar nicht im Drehbuch stehen. Ich habe meine Sets einfach nicht im Griff. Kannst du mir da einen Tipp geben?«

Der Filmhochschüler antwortete: »Einfach mal einen Film drehen. Dann gewinnt man auch in seinen Träumen die Kontrolle.«

Karo sagte: »Das muss ich mal ausprobieren.« Sie dachte nach. »Aber wenn ich dann immer im Regiestuhl sitze? Vor allem bei einem rauschenden Ball, wo alle tanzen? Nein, das macht keinen Spaß.«

Herr Schimmelpfennig fügte an: »Und die vielen Wiederholungen. Bis zu zehn, zwanzig, fünfzig, bis man die Szene endlich im Kasten hat.«

Karo meinte: »Da kommt man gar nicht mehr vom Fleck. Da dauert ein Ausflug aufs Land ja Jahre.«

Ich sagte: »Und erst eine Weltreise ...«

Karo schüttelte den Kopf: »Da sind mir meine Träume schon lieber: Zwar nicht perfekt, aber immer spontan!«

Herr Schimmelpfennig meinte: »Und kein Produzent, der ständig dazwischen quatscht!«

Karo fügte an: »Und vor allem ohne Filmkritik! Stell dir vor, man wacht auf und wird von den Kritikern zur Sau gemacht, weil man einen Scheiß geträumt hat. Nein, danke!«

Wir lachten herzhaft. Da rückte ein junger Mann mit Selfiestab in mein Blickfeld. Er hatte sich vor dem rechten Pool mit den Plastikviechern aufgebaut und sprach zu seinen Followern: »Hallo ihr Lieben, hier ist euer Tooobiii! Ihr dürft jetzt mit mir das tollste Event des Jahres erleben. Die hippsten Partypeople geben sich hier ein Stelldichein und ihr seid mittendrin. Seht euch nur mal um.«

Er drehte sich im Kreis.

»Was für eine Atmo! Was für ein Flair! Das ist alles, alles, alles für euch!«

Einige Schüler in seiner Nähe waren sichtlich genervt. Einer sagte: »Was für ein Angeber.«

Peter meinte: »Dabei ist es nicht mal seine Party.«

Er gab den anderen Schülern ein Zeichen, worauf sie gemeinsam zum Instagrammer marschierten. Dieser missdeutete ihr Erscheinen und sprach ins Handy: »So, ihr Lieben, jetzt möchten euch ein paar Fans –«

Weiter kam er nicht. Denn Peter ergriff sein Handy und die anderen Schüler schubsten ihn in den Pool.

Peter filmte mit Tobi's Handy und sprach: »So ihr Lieben, ihr dürft jetzt euren Tobi im Aquarium bewundern. Ist er nicht ein toller Hecht?«

Dann warf er das Handy ins Wasser.

Tobi war inzwischen wieder aufgetaucht und rief: »Mein Handy, wo ist mein Handy? Oh Gott, ich bin offline!«

Er schrie hysterisch: »Oh mein Gott, ich bin offline!«

Er versuchte sein Handy vom Boden des Pools heraufzuholen, schaffte es aber nicht.

Er jammerte: »Oh Gott, oh Gott, oh Gott!«

Schließlich gelang es ihm doch und er tappte auf dem toten Handy herum.

»Geh an, du dummes Ding! Oh nein, ausgerechnet jetzt.«

Er hantierte weiter hektisch mit seinem Handy, ohne es jedoch wieder zum Laufen zu bringen. Nach einer Weile stieg er aus dem Pool und lief schimpfend die Freitreppe hoch.

Der Graf meinte: »Er wäre gern ein Pfau, hat aber keine eigenen Federn.«

Ich sagte: »Was für eine Tragödie.«

Ich ging hinauf zur oberen Terrasse und schenkte mir Sekt nach, da griff aus der Hecke eine Hand nach mir. Vor Schreck hätte ich beinahe das Sektglas in die Luft geworfen, doch eine Stimme flüsterte mir zu: »Pst, komm hierher.«

Es war Jean. Er fuhr fort: »Komm, es lohnt sich.«

Ich ging um die Hecke herum und folgte ihm auf einem Feldweg. Nach einem kurzen Stück hielt er an und gab mir Zeichen, an der Hecke zu lauschen. Dort standen Babsi und Biggi an einem Bartisch.

Babsi sagte: »Es ist schon ein Kreuz mit dieser Existenz hier. Will man am Wochenende mal ausschlafen, wird man vom Planeten in die Sonne gedreht und das war's dann.«

Biggi antwortete: »Ja, das finde ich voll fies von der Erde.«

»Und reden kann man mit der auch nicht.«

»Nein, die ist stur wie ein griechischer Esel. Ich hab's versucht, dutzendmal.«

Babsi nahm einen Schluck Sekt: »Und die Schwerkraft nervt genauso. Ständig hält sie einen an der Oberfläche fest.«

»'n Höhenflug ist da nicht drin.«

»Nicht gerade thrilling.«

Jetzt schlürfte Biggi an ihrem Glas: »Und die Zeit erst, ständig schiebt sie dich in eine Richtung. Gehe ich mal shoppen im Versace-Flagship-Store – schon ist Ladenschluss und man wird hinausgeworfen.«

»Echt abtörnend.«

»Wenn sie wenigstens mal rückwärts laufen würde. Das wär mal eine Abwechslung, dann könnte man doppelt solange shoppen.«

»Aber nein, stur und blind muss sie nach vorne laufen.«

Biggi war sichtlich genervt: »Wie soll man da chillen?«

»Das geht doch gar nicht.«

»Ach Mensch, ist das ätzend hier.«

Babsi sah sich um: »Nur gut, dass es Partys gibt.«

»Ja, sonst wäre man echt aufgeschmissen.«

Jean schmunzelte und machte das Picobello-Zeichen. Dann richtete er seinen Frack zurecht und wir traten hinter der Hecke hervor. Er sagte zu den beiden Mädels: »Die Damen amüsieren sich?«

Babsi antwortete: »Ja, die Partys vom Grafen entschädigen für vieles.«

»Das freut mich.«

Anschließend ging Jean zur Freitreppe und rief: »Baron Frederick!« Wenige Augenblicke später kam Blacky um die Ecke gelaufen und Jean ging mit ihm zum Tresen, wo er einen Caipirinha bestellte. Als der Barmixer den Shaker durch die Luft wirbeln ließ, fing Blacky an zu bellen. Jean bückte sich zu ihm hinunter und sagte: »Verzeihung, Herr Baron, dass ich Sie übergangen habe. Was darf ich Ihnen bestellen?«

Karo, die in der Nähe stand, fing an zu lachen. »So geschwollen habe ich noch niemanden mit einem Hund reden hören.«

Jean blieb davon unbeeindruckt. Er richtete sich wieder auf und sagte zum Bartender: »Ich weiß schon, was der Baron wünscht. Bitte einen Mandarinenlikör.«

»Hab ich nicht«, antwortete der Bartender und zuckte mit den Schultern. Da rannte Blacky los und verschwand im Salon. Karo missdeutete sein Verhalten und sagte: »Der Arme ist ganz schön frustriert.«

Jannis, der hinzugekommen war, meinte: »Der wird jetzt sicher irgendetwas zerbeißen.«

Jean antwortete völlig gelassen: »Der 7. Baron of Devonshire zerbeißt nie etwas. Er mag sich ärgern. Ja. Aber zerbeißen? Nein, das ist unter seiner Würde.«

Karo meinte: »Der sagt das völlig ernst.«

Plötzlich hörte ich ein kratzendes Geräusch, das mir bestens vertraut war. Es stammte von der Mandarinenlikörflasche, die Blacky über die Fließen schleifte. Karo und Jannis lachten auf. Jannis sagte: »So ist's recht. Ein Baron, der etwas auf sich hält, sorgt selbst für Getränke.«

Der Barmixer nahm die Flasche entgegen und schenkte ein Glas ein. Dann stellte es auf den Boden, sodass es Blacky erreichen konnte. Jean prostete ihm zu und nahm einen

Schluck, während Blacky das Glas gefühlvoll mit den Vorderzähnen anhob und den Likör langsam in sein Maul rinnen ließ …

Karo schwärmte: »Der trinkt es ex!«

Ich sagte: »Er ist eben ein Hund von Welt!«

Blacky bellte erneut, worauf er noch ein Glas eingeschenkt bekam. Als er es ausgetrunken hatte, sagte Jean: »Jetzt ist aber genug, schließlich ist er ein Leichtgewicht.«

Blacky war damit gar nicht einverstanden. Er bellte noch einige Male, doch Jean wiegelte ab: »Nein, Herr Baron, es ist genug. Und es ist Zeit ins Bett zu gehen.«

Er nahm ihn hoch und trug ihn ins Schloss.

Karo sagte: »Ich kann wirklich nicht verstehen, dass jemand so einem süßen Hund ans Leder will.«

Jannis meinte: »Wenn's ums Geld geht, hört die Tierliebe eben auf.«

Der Verlauf des Gesprächs löste in mir eine gewisse Unruhe aus. So ging ich ins Schloss und begab mich zu Blacky und seinen Leibwächtern in die Bibliothek. Ich fragte sie: »Wie ist es in der Zwischenzeit gelaufen? Gab es Anschläge auf den Baron?«

Torsten Leinhos antwortete: »Zuerst nicht. Das lag wahrscheinlich daran, dass uns die Erben anfangs nicht finden konnten. Einige Tage in Rio, dann eine halbe Woche auf den Bermudas. Schnell rein und wieder raus – perfekt. Doch dann kam Acapulco, da blieben wir länger. Also hatten sie eine Chance uns zu finden.«

»Und wie?«

Jürgen Tennenbaum antwortete: »Nun, der Baron ist eine schillernde Persönlichkeit und alles andere als unauffällig.«

Ich sagte: »Verstehe, seine Kunststücke …«

Sie nickten. Herr Leinhos sagte: »Immer wo er auftauchte, haben Urlauber Fotos geschossen und sie auf Facebook oder Instagram hochgeladen.«

Herr Tennenbaum fuhr fort: »So war es leicht für die Erben, unsere Spur aufzunehmen ... Und schließlich haben wir sie am Strand gesehen.«

Ich fragte: »Die Erben?«

Herr Leinhos antwortete: »Ja, die zwei Penroses. Natürlich waren sie verkleidet, lächerliche Perücken, wir haben sehr gelacht.«

Blacky jaulte kurz auf. Ich streichelte ihn und sagte: »Alles in Ordnung.«

Herr Tennenbaum sagte: »Lukas ist zu ihnen gegangen und hat geheuchelt, was das Zeug hielt. Er sagte: ›Ja, so eine Überraschung, was macht ihr denn hier? Wie klein doch die Welt ist, ich kann es kaum glauben. Tretet ihr bei einer Travestieshow auf?‹

Zähneknirschend sind sie dann abgezogen.«

Herr Leinhos fuhr fort: »Aber als wir ins Hotel zurück sind, war Post für mich da.«

Wieder schaute Blacky auf und ich beruhigte ihn erneut. Herr Leinhos setzte unterdessen seinen Bericht fort: »Es war ein Briefumschlag, ohne Absender. Darin lag ein Zettel, auf dem stand: ›Wenn Sie heute um 18 Uhr mit dem Köter am ›Barra Vieja Beach‹ spazieren gehen, lassen Sie ihn einige Minuten außer Acht, es soll Ihr Schaden nicht sein ...‹

Herr Tennenbaum sagte: »Und dem Zettel waren 10.000 Dollar beigefügt.«

Herr Leinhos setzte hinzu: »Auf dem Geldbündel stand zu lesen: ›Das ist nur ein Zehntel von dem, was Sie bekommen werden ...‹

Ich habe den Brief Lukas gezeigt. Der hat daraufhin unser Gehalt verdoppelt.«

Ich fragte sie: »Und das Geld?«

Herr Tennenbaum antwortete: »Hat Lukas gespendet, für Straßenhunde. Blacky hat nochmal die gleiche Summe draufgelegt.«

Herr Leinhos sagte schmunzelnd: »Wir haben uns mit den Penroses einen Scherz erlaubt und um 18 Uhr einen Mann mit einem alten Esel hingeschickt.«

Herr Tennenbaum meinte lachend: »Und auf den Esel hatten wir mir roter Farbe 10.000 $ geschrieben.«

Ich sagte: »Ein teurer Esel.«

Herr Leinhos fuhr fort: »Dann konnten wir Lukas überreden weiterzureisen. Seitdem blieben wir an jedem Ort nur ein paar Tage und wir wurden von weiteren Zwischenfällen verschont.«

Ich atmete auf, Blacky war augenscheinlich in guten Händen. So beruhigt, ging ich wieder nach unten zur Party. Auf der Terrasse sagte plötzlich ein älterer Mann: »Hey, was ist denn das?«

Er blickte an der Stirnseite des Schlosses nach oben und pfiff durch die Zähne: »Das ist ja interessant.«

Ich schaute ebenfalls nach oben und sah hinter der Brüstung eine hübsche Südländerin mit schwarzen Haaren stehen. Sie hatte ihre weiße Bluse ausgezogen und trug darunter einen weißen Büstenhalter.

Ein junger Mann neben mir, offenbar Italiener, rief zu ihr hoch: »Giulia, hör auf damit!«

Die Musikkapelle ging sofort auf die pikante Situation ein und spielte »Komm mit mir ins Chambre séparée« aus der Operette »Der Opernball«.

Komm mit mir ins Chambre séparée,

ach, zu dem süßen Tete-a-Tete.

Dort beim Champagner und beim Souper

man alles sich leichter gesteht.

Der Italiener sagte zum Sänger: »Sehr witzig.«

Nach oben schrie er: »Giulia, hör sofort auf!«

Die kicherte vergnügt und rief: »Ist das herrlich, ich fühle mich so jung, so frei!«

Die Combo spielte weiter:

Komm mit mir ins Chambre séparée,

ach, zu dem süßen Tete-a-Tete.

Jannis tippte auf seine Armbanduhr und rief: »Giulia, nicht vergessen, um Mitternacht im Separee!«

Der Italiener brüllte zur Combo: »Hören Sie endlich auf.«

Der Sänger lachte nur.

Der eifersüchtige Ehemann jedoch plärrte nach oben: »Giulia, lass das!«

Diese antwortete: »Wozu hab ich denn an der Volkshochschule den Striptease-Kurs gemacht, wenn ich mich nirgends ausziehen darf?«

Ein betrunkener Herr lallte: »Genau, das Volk hat Anspruch auf seine Bildungsgüter.«

Alle Herren stimmten darin ein.

Der Italiener rief nach oben: »Giulia, wenn du das machst, dann ist es aus!«

Der betrunkener Herr sagte: »Na, und? Dann ist es eben aus.«

Nach oben grölte er: »Mach weiter, Giulia!«

Ein distinguierter Herr mit Monokel, offensichtlich ein Fachmann für derlei Darbietungen, sagte: »Nach der Lehre käme jetzt der Rock dran ...«

Und tatsächlich nestelte sie an ihrem Rock herum.

Er sagte: »Sapperment, die ist vom Fach!«

Der Italiener rief: »Du bist so niederträchtig und gemein, nicht einmal der Teufel wollte dich zur Frau haben.«

»Ha, der würde mich auf Händen tragen.«

»Dann fahr doch zur Hölle, wenn's dort so schön ist.«

»Es ist dort leider etwas heiß, das ist nicht gut für meinen Teint.«

Er winkte ab. »Wenn du nicht runterkommst, dann hole ich dich.«

Sie girrte: »Versuch's doch, Raimondo.«

Laura sagte verträumt: »Raimondo und Giulia, die alte Geschichte …«

Raimondo lief nun ins Schloss. Bis er oben war, spielte die Combo das musikalische Grundmotiv der James Bond-Filme. Die anregende Musik versetzte uns in freudige Erwartung und die beiden Italiener enttäuschten uns nicht. Als Raimondo auf dem Dach angekommen war, versuchte er seine Frau von der Brüstung wegzuziehen. Er sagte: »Komm jetzt endlich!«

»Lass mich, ich hab doch so ein tolles Publikum!«

Wir unten applaudierten und skandierten: »Ausziehen! Ausziehen!«

Raimondo zog Giulia nach hinten, glitt ab und riss ihr den BH herunter. Frenetischer Beifall und Pfiffe waren die Reaktion. Der Betrunkener lallte: »Na, endlich wird der Junge vernünftig.«

Das Paar balgte sich an der Brüstung und schließlich gelang es Raimondo, seine Giulia aus dem Blickfeld zu zerren. Wir Zuschauer stießen ein enttäuschtes »Ohhh« aus. Der Herr neben mir lallte: »Das nennt man Striptease interruptus.«

Eine halbe Minute später hörte ich Gekreisch im Salon. Giulia, inzwischen wieder halbwegs angezogen, kam auf die

Terrasse gelaufen, verfolgt von Raimondo. Sie mischte sich unters Partyvolk und versteckte sich hinter den Gästen.

Raimondo rief: »Komm jetzt zum Auto.«

»No!«, war ihre Antwort.

Sie streckte ihm die Zunge heraus und lief weiter zu August Schimmelpfennig, der ein Glas Rotwein in der Hand hielt. Sie lugte hinter ihm hervor und drehte ihrem Mann eine lange Nase. Raimondo griff nach ihr, doch sie schlug seine Hände immer wieder weg. In dem so entstehenden Handgemenge verschüttete Herr Schimmelpfennig den ganzen Wein, was ihn aber mehr belustigte als ärgerte. Nachdem Giulia mit Raimondo ausgiebig Räuber und Gendarm gespielt hatte, sauste sie die Freitreppe hinunter und stieg auf die äußere Pappel auf der Ostseite. Flink wie ein Eichhörnchen kletterte sie hoch, das machte sie anscheinend nicht zum ersten Mal. Raimondo wollte hinterher, war aber nicht geschickt genug.

Er rief zu ihr hoch: »Komm da runter!«

»Fang mich doch!«, rief sie herunter.

Plötzlich hatte er eine Axt in der Hand. Einer der Gärtner hatte sie wohl dort liegen lassen. Raimondo holte aus und haute damit auf die Pappel ein.

Giulia rief: »Lass das, Raimondo!«

«Wenn du nicht freiwillig runterkommst, dann eben mit Gewalt.«

Er hieb weiter auf den Stamm ein.

Svetlana bat den Grafen einzuschreiten, doch Viktor sagte: »Die Pappel ist nicht mehr zu retten, das waren ein paar Axthiebe zu viel.«

Er murmelte vor sich hin: »Er ist anscheinend ein Experte, ich vermute, er war früher mal Holzfäller. Die Fallkerbe zielt genau auf den linken Pool.«

Er maß mit den Fingern die örtlichen Gegebenheiten: »Die Entfernung dürfte genau passen, so kann der Dame nichts passieren.«

Zu seinen Gästen sagte er laut: »Lassen wir ihn gewähren und erfreuen uns des Schauspiels, das sich unseren ungläubigen Augen darbietet.«

Die Combo ließ einen Trommelwirbel erklingen – uns stockte der Atem. Kurz darauf neigte sich der Baum nach rechts, begann zu kippen und fiel mit der »iiiiiiiiiiiiiiiii« schreienden Giulia in den linken Pool; sie tauchte unter und eine Wasserfontäne schoss nach oben. Ein Schüler rief begeistert: »Was für ein Platsch!«

Svetlana eilte nach unten und zog die nasse Giulia aus dem Swimmingpool. Diese schien unverletzt zu sein. Stürmischer Applaus für Giulia brandete auf. Raimondo lief zu seiner Frau: »Liebling, ist dir was passiert?«

Svetlana sagte sarkastisch: »Sie haben Nerven!«

Raimondo sagte: »Du weißt doch, dass mich das verrückt macht, wenn du dich in der Öffentlichkeit ausziehst.«

Während Svetlana und die beiden Italiener die Freitreppe heraufkamen, flüsterte Viktor Jean etwas ins Ohr, worauf der ins Schloss eilte.

Auf der Terrasse sagte Svetlana zu Giulia: »Im Schloss haben wir eine Kleiderkammer, da ist sicher was für dich dabei.«

Raimondo wollte sie begleiten, doch Viktor fing ihn ab mit den Worten: »Das Eine muss man Ihnen lassen: Sie beide sind tolle Entertainer! Mit dieser Nummer könnten Sie im Zirkus auftreten, aber leider ist die Anzahl meiner Pappeln begrenzt.«

Raimondo ließ den Kopf hängen und murmelte eine Entschuldigung. Unterdessen war Jean mit einem großen Geschenkkorb zurück. Darin lagen Pralinen, Wein- und Sektflaschen.

Der Graf überreichte Raimondo den Korb: »Amüsieren Sie sich bitte zu Hause … mit Ihren Bäumen.«

Raimondo bedankte sich.

Der Graf fuhr fort: »Warten Sie bitte am Hintereingang auf Ihre Frau, sie wird sich ja bald umgezogen haben.«

Und während Raimondo mit dem Geschenkkorb von dannen schritt, spielte die Musikkapelle:

> Muss i denn, muss i denn
> zum Städtele hinaus, Städtele hinaus,
> und du mein Schatz bleibst hier!

Die Gäste klatschen im Takt und sangen mit:

> Wenn i komm, wenn i komm
> wenn i wiederwieder komm, wiederwieder komm …

Viktor sagte: »Hoffentlich nicht.«

Er gab der Combo ein Zeichen, worauf diese verstummte. Dann sprach der Graf mit lauter Stimme: »Liebe Servicekräfte, vielen Dank für das stilvolle Ambiente und die kulinarische Betreuung. Sie haben wesentlich zum Erfolg meiner Geburtstagsparty beigetragen. Ich möchte Sie jetzt aus meinem Dienst entlassen – und als meine Gäste begrüßen.«

Ein lautes Raunen war zu hören. Der Graf fuhr fort: »Amüsieren Sie sich! Essen und Trinken ist ja genügend vorhanden, jeder bedient sich einfach selbst. Und verpassen Sie nicht das große Feuerwerk um Mitternacht.«

Die Caterer brachen in Jubel aus und liefen zum Umkleidezelt. Ich sah auf meine Uhr: Es war Viertel vor zwölf!

Zehn Minuten später kamen einige junge Leute in Freizeitkleidung auf die Terrasse gelaufen. Zunächst erkannte ich sie nicht, denn die Frauen trugen ihr Haar lang. Als sie aber gekonnt mit Sodaflaschen und Shaker hantierten, wurde mir klar, dass das die Servicekräfte waren.

Kurz vor Mitternacht blickten alle auf ihre Handys und zählten den Countdown herunter: »Fünf, Vier, Drei, Zwei, Eins, Null!«

Alle starrten zum Himmel, doch nichts passierte. Es leuchteten lediglich Laserstrahlen auf, die folgende Worte bildeten: »Bang! Bumm! Peng! Zoing!«

Lautes Gelächter war die Reaktion.

Jetzt erschien ein Schriftzug: »Das gefällt euch nicht?«

Ein lautes »Nein« war zu hören. Als Antwort konnte man lesen: »Gut, dann versuchen wir etwas anderes.«

Der Laser zauberte nun einen bärtigen Mann in den Himmel, der einen Golfschläger in den Händen hielt.

Edwina rief: »Der Graf spielt Golf!«

Die Figur sah sich um und schien sich zu fragen: Wo ist der Ball? Als einige Leuchtkugeln in seiner Nähe glühten, war diese Frage beantwortet, denn er begann nach ihnen zu schlagen. Die Partybesucher kommentierten dabei seine sportlichen Leistungen.

»Voll erwischt! Das ist gutes Timing.«

»Oh, leider daneben.«

»Wieder zu spät.«

»Schwing voll durch, Viktor!«

»Ja, so ist es gut.«

»Treffer!«

Immer mehr bunte Kugeln explodierten in der Nähe des »Grafen«, der wild um sich schlug. Als es ihm zu viele wurden und sich unter ihm ein golden glitzernden Fächer entfaltete, warf er den Golfschläger weg und sprang nach unten. Er spazierte eine Weile gemütlich auf dem oberen Rand des Fächers herum, dann eilte er links aus dem Blickfeld. Da der

»Graf« nun das Feld geräumt hatte, ging das »Bombardement« so richtig los. Hunderte Raketen stiegen in den Himmel und explodierten in den prächtigsten Farben: Rot, Orange, Blau, Gelb, Grün – ein ganzer Regenbogen spannte sich übers Firmament. Danach erschienen silberne Blumen, die nacheinander ihre Blüten öffneten und so einen gigantischen Blumenstrauß bildeten.

»Den möchte ich geschenkt bekommen«, schwärmte Laura.

»Viel zu mickrig«, witzelte Jannis.

Die Kanonade wurde immer heftiger und damit erhöhte sich auch die Zahl der Querschläger. Einige Raketen trafen die Ballonbüste, was aber nur ein Zwinkern des »Grafen« nach sich zog. Die Pappel auf der Westseite hingegen reagierte weniger cool, denn nach einigen Treffern fing sie Feuer.

Die Gäste wussten nicht, ob das zur Show gehörte und schauten fragend zum Grafen. Der rief: »Die Pappel brennt! Los, löscht!«

Die Feuerwerker blendeten einen Schriftzug ein: »Uuups!«

Viktor schrie nach oben zum Dach: »Ist das alles, was euch dazu einfällt? – Los, löscht!«

Ramon lief nach unten und holte hinter einem Busch einen Gartenschlauch hervor. Er öffnete das Ventil und hielt das Ende auf den brennenden Baum. Doch mit dem dünnen Wasserstrahl konnte er wenig ausrichten. Das Feuer fraß sich eilends nach oben und wenige Augenblicke später brannte der Baum lichterloh. Fast alle Gäste zückten ihre Handys und filmten das Schauspiel. Einige machten sogar Selfies mit dem lodernden Baum im Hintergrund. Die brennende Pappel war inzwischen eine gigantische Fackel geworden und erhellte den Schlosspark.

Viktor und ich gingen nach unten. Er sagte zu Ramon: »Die ist nicht mehr zu retten. Spritz bitte die anderen beiden nass, damit das Feuer nicht übergreift.«

Ramon tat, wie ihm geheißen und so konnte er verhindern, dass die anderen Pappeln das gleiche Schicksal ereilte. Plötzlich war ein lautes Tatütata zu hören. Ein Feuerwehrauto fuhr die westliche Allee hinunter und hielt vor der brennenden Pappel an. Die Feuerwehrmänner sprangen von ihrem Gefährt, schlossen einen Schlauch an einem Hydranten an und dann ging's auch schon los. Mit Power spritzten sie das Feuer aus, doch übrig blieb nur ein nasser, abgebrannter Stumpf. Der Graf bedankte sich bei ihnen für die Hilfe und lud sie ein, am Fest teilzunehmen. Der Feuerwehrkommandant sagte: »Vielen Dank, aber wir müssen in Bereitschaft bleiben. Schließlich könnte noch woanders ein Feuer ausbrechen.«

Der Graf verwies auf die unzähligen Kerzen und Fackeln im Schlosspark: »Ich glaube kaum, dass es in der Stadt einen gefährlicheren Ort gibt als hier.«

Der Feuerwehrkommandant nickte und rief: »Männer, wir bleiben hier.«

Die Feuerwehrmänner rollten daraufhin ihren Schlauch zusammen und verstauten ihn im Fahrzeug. Dann marschierten sie geschlossen zum Büfett und hauten ordentlich rein. Mizzi war von den Uniformen ganz angetan, wie ich ihren glänzenden Augen entnehmen konnte. Sie wartete, bis einer der Feuerwehrmänner aufgegessen hatte und das aktuelle Lied aus war. Dann rief sie »Damenwahl« und zog den Floriansjünger am Ärmel auf die Tanzfläche. Der Sänger sprang sofort darauf an und sagte: »Gute Idee, meine Damen. Schnappen Sie sich einen Herrn und los geht's!«

Die Combo spielte daraufhin die Polka »Unter Donner und Blitz« von Johann Strauss.

Die anderen Damen bedienten sich ebenfalls bei den Feuerwehrleuten, die sich das gerne gefallen ließen. So ging's auf der Tanzfläche zu wie auf einem Feuerwehrball.

Kurze Zeit später traten Lukas und die beiden Leibwächter aus dem Salon. Blacky lief etwas benommen neben ihnen her. Lukas bedankte sich beim Grafen für das schöne Fest und sagte, es sei Zeit, nach Buenos Aires zu fliegen.

Jean ging in die Hocke und knuddelte Blacky. »Ich hoffe, du Schlawiner schaust mal wieder vorbei.«

Lukas sagte zu Jean: »Keine Angst. Wenn wir in der Nähe sind, bekommst du den Baron zu sehen.«

Der Vormund nahm den Foxterrier hoch und hielt ihn aufrecht am Bauch, sodass er beide Vorderbeine frei hatte. Blacky knickte darauf die Pfoten rhythmisch auf und ab und machte winke, winke.

Karo rief: »Ich werd verrückt, er winkt mir zu!«

Sie lief zum Baron und herzte ihn.

Edwina meinte: »Jaja, erst sich darüber lustig machen und jetzt flippt sie selbst aus wie eine Hundenärrin.«

Karo sagte: »Da wusste ich noch nicht, was für ein lieber Kerl er ist.«

Lukas und die beiden Leibwächter verabschiedeten sich förmlich von uns. Dann gingen sie auf der Westseite des Schlosses zum Parkplatz.

Die Musikkapelle spielte noch einige Lieder, dann stimmte sie »Der letzte Walzer« von Peter Alexander an.

Die Pärchen »walzten« selig dahin und hofften sicherlich, es möge ewig so weitergehen. Doch dann verstummte die Musik. Den Tanzenden entfuhr ein enttäuschtes »Ohhh« und sie blickten fragend zu den Musikanten. Die deuteten auf ihre Armbanduhren. Der Graf trat auf sie zu und sagte: »Ich möchte mich bei Ihnen bedanken. Sie waren sehr unterhaltsam und amüsant. Wenn Sie wollen, können Sie nun die Seiten wechseln und mitfeiern.«

Der Sänger fragte: »Und wer spielt jetzt für uns?«

Der Graf antwortete: »Ich bin leider schon zu betrunken, aber im Salon steht ein Klavier. Vielleicht findet sich ja ein Pianist.«

Die Musiker legten ihre Instrumente weg und bedienten sich am Büfett. Als ich mir Sekt nachschenkte, sagte plötzlich eine Frauenstimme hinter mir: »Bitte für mich auch.«

Ich drehte mich um und erblickte eine brünette Frau mit einer hübschen Kurzhaarfrisur. Sie hielt mir ihr leeres Sektglas hin, das ich sogleich befüllte. Nachdem wir einen Schluck getrunken hatten, kam Jean angetorkelt und stellte uns einander vor. Er lallte: »Diese Dame glaubt, einem Tennessee Williams-Stück entsprungen zu sein, denn sie geriert sich gerne als tragische Hausfrau.«

Sie lachte und schüttelte den Kopf.

Jean fuhr fort: »Sie hält große Stücke auf ihren Namen, obwohl sie nicht adelig ist.«

Sie flüsterte: »Kupisch.«

»Sie hat die Schauspielschule abgebrochen, denn sie ist sich selbst zu nah gekommen.«

Wieder erntete er nur Kopfschütteln.

»Und sie liebt es, wenn Spiegel lügen.«

Wir lachten beide. Dann war ich an der Reihe. Jean sagte: »Er ist ein Mann ohne besondere Eigenschaften. Deshalb versucht er, zumindest als Gauner zu reüssieren. Aber immer mit einer gewissen Moral: Er nimmt's von den Reichen und gibt's den Armen – jedenfalls meistens.«

Sie sagte: »Immerhin.«

»Er ist weit gereist, aber nie auf sich selbst getroffen, deshalb immer noch mit Sinnsuche beschäftigt.«

Sie meinte: »Wer ist das nicht?«

»Unter den Gästen sicher einer der Interessanteren. Wenn Sie Ihre Handtasche nicht aus den Augen lassen, können Sie einigen Spaß mit ihm haben. Ich wünsche noch einen schönen Abend.«

Jean taumelte in den Salon.

Sie sagte: »Ich habe nie einen größeren Blödsinn gehört.«

»Ich auch nicht.«

Dann reichte sie mir Ihre Handtasche. »Damit wir das Unerfreuliche gleich hinter uns bringen.«

Ich öffnete sie, nahm aus ihrem Geldbeutel einen Euro und steckte ihn in meine Brusttasche. »So, das hätten wir.«

»Sie sind heute aber bescheiden.«

»Den Rest raube ich mir von Ihren Lippen.«

»Oh, jetzt bekennt aber jemand Farbe«, sagte sie lachend. »Ich hoffe, Ihre Raubzüge sind so kühn wie Ihre Sprüche.«

»Ich nehmen nur von Damen, die zu geben bereit sind.«

»Dann wollen wir mal sehen, wie großzügig ich heute Abend bin.«

Sie hakte bei mir ein und wir spazierten gemeinsam ins Schloss. In meinem Schlafzimmer angekommen, begann sie an ihrer Bluse zu nesteln.

Sie sagte: »Das Eine sage ich Ihnen gleich: Es wird nichts laufen zwischen uns beiden.«

Ich antwortete: »Überhaupt nichts.«

Sie drehte sich um und deutete auf den Verschluss ihres BHs. Ich trat näher und öffnete ihn.

Sie sagte: »Weiter muss ich Ihnen sagen, dass das, was jetzt folgt, überhaupt keine Bedeutung für mich hat.«

»Für mich ja auch nicht.«

Sie drehte sich um und stand nun barbusig vor mir. Ich streichelte ihre Brüste. Sie sagte stöhnend: »Sie sind für mich nur ein Zeitvertreib.«

»Wie Sie für mich.«

Anschließend zog sie Rock und Höschen aus.

Sie sagte: »Das alles ist nichts.«

Ich packte ihre Pobacken.

Sie schrie auf: »Gar nichts!«

Ich sagte: »So was von nichts.«

Nun legte ich meine Kleider ab. Als ich im Adamskostüm vor ihr stand, sagte ich zu ihr: »Würden Sie jetzt bitte am Anlasser ziehen?«

»Natürlich.«

Sie riss daran und ich schrie auf. »Nicht so heftig, ich bin doch kein Rasenmäher.«

»Verzeihung.«

Augenblicklich hantierte sie damit sanfter, was meinen Motor anspringen ließ. Sie machte gehörig Dampf und brachte mich auf Touren. Dann packte sie ein Kondom aus. »Damit ich nichts spüre.«

»Das ist auch in meinem Sinne.«

Sie streifte die Lümmeltüte über meinen Erwin und legte sich aufs Bett. Dann ließ ich auch schon meine Lokomotive über sie rollen. Sie stöhnte: »Ja – Nein! Ja – Nein!«

Überraschenderweise spornten mich gerade diese Äußerungen an, erinnerten sie mich doch das Stampfen einer Dampfmaschine. So ließ ich meinen Kolben immer schnellen arbeiten.

Sie schrie: »Ja! Ja! Nein! Nein!«

Klingt wie das Tuten der Dampfpfeife, schoss es mir durch den Kopf. Also vorwärts, Junge! Ich legte noch ein paar Bri-

ketts nach und erhöhte weiter die Temperatur in der Feuer-
büchse. Die Wirkung ließ nicht lange auf sich warten.

Sie schrie: »Das – ist – nichts!«

Ich brüllte: »Sowas – von – nichts!«

Ich beschleunigte weiter und erreichte bald eine solide Rei-
segeschwindigkeit.

Sie kreischte: »Ich – fühle – nichts!«

Ich plärrte: »Ich – auch – nicht!«

Wir ratterten in dieser Weise eine Weile dahin, begleitet von
schrillen Pfiffen und stoßweisem Fauchen.

Da packte mich der Ehrgeiz und ich legte noch mehr Kohlen
nach. Sie sprang sofort darauf an und schrie: »Das ist nichts!
Nichts! Nichts!«

Dies wiederum ließ mich weiter Kohlen schippen und das
führte zu noch mehr »Nichts«.

Und als mir schon die Ohren schmerzten von Hunderten
»Nichts«, platzte plötzlich der Druckkessel und der Dampf
entwich in einer Explosion! Mit leeren Kesseln wurde meine
Treibstange zunehmend langsamer, bis ich schließlich zum
Stillstand kam. Ich blies aus dem letzten Loch und keuchte
schwitzend vor mich hin. Dann rollte ich mich langsam von
ihr.

Sie stand auf und huschte ins Bad.

Nach einer Weile kam sie heraus und zog sich an.

Beim Gehen fragte sie: »War was zwischen uns?«

»Überhaupt nichts!«

»Dann wird auch Dienstagabend nichts zwischen uns
sein?«

»Nächsten Dienstag um 20 Uhr bestimmt nicht.«

»Auf Nimmerwiedersehen.«

»Im Niemandsland.«

Sie schloss leise die Zimmertür.

Ich blieb noch eine Weile liegen und kühlte ab. Ich dachte mir, ich mag Frauen, die genau wissen, was sie *nicht* wollen. Das macht die Sache einfacher.

Anschließend duschte ich und zog mich wieder an.

Als ich auf die Terrasse trat, bemerkte ich, dass alle Geschenke verschwunden waren. Ramon hatte sie wohl im Schloss verstaut.

Am Büfett hatten sich junge Leute eingefunden, die zu allerhand Schabernack aufgelegt waren. Sie tauchten ihre Finger in Sektgläser und bespritzten sich gegenseitig mit Champagner. Ein Mädel schüttete einem Jungen ein Glas Sekt ins Genick, worauf der herumwirbelte, ausrutschte und zu Boden fiel. Aufrecht sitzend ergriff er ein Sahneküchlein und warf es nach ihr. Doch er traf damit Ramon, der gerade aus seinem Glas trank; dieses war total mit Creme verschmiert. Er fluchte »Maldita sea!« und warf seinerseits ein Törtchen nach dem Angreifer – traf aber wiederum einen Unbeteiligten. So war unversehens eine Tortenschlacht im Gange.

Der betrunkene Jean betrat die Terrasse und versuchte die Gemüter zu beruhigen. Doch während seines Vortrags über Anstand und Sitte hob ein Mädchen heimlich seine Rockschöße, schmierte eine Torte auf sein Gesäß und ließ die Rockschöße wieder nach unten fallen. Jean, der durch einen sachkundigen Blick auf sein Gesäß erkannt hatte, dass er nicht mehr gesellschaftsfähig war, verließ vornehm schreitend das Spielfeld. Ein Küchlein, das in seinem Genick landete, rundete seinen Abgang in gebührender Weise ab. Da der Friedensstifter nun vertrieben war, war kein Halten mehr. Häppchen und Küchlein flogen durch die Luft und die Zahl der Beteiligten erhöhte sich exponentiell. Jetzt unternahm August Schimmelpfennig einen Versuch, die zivilen Umgangsformen zu retten. Er rief: »Leute, so seid doch ver –«

Da kam ein Küchlein geflogen und verstopfte seinen Mund. Er spuckte die Creme aus und rief: »Kreuzteufel!«

Dann verschwand auch er im Schloss. Auf der Terrasse steigerte sich nun die Tortenschlacht zur wilden Raserei. Alle rieben sich Sahne ins Gesicht, ins Haar und an alle Stellen, die sich gerade in Reichweite befanden. Die Jungs steckten Küchlein in die Blusen der Mädels, was diese mit spitzen Schreien quittierten. Und die Mädels schmierten Sahne in die Hemd- und Hosentaschen der Jungs, was einigen gar nicht gefiel. Auf diese Weise wälzten sich bald Dutzende Gäste auf dem Boden und bildeten ein kreischendes, cremeverschmiertes Durcheinander. Da kam Ramon mit einem Wasserschlauch und spritzte das Gewühl tüchtig ab. Er polterte: »Euch Bestien werde ich schon zur Räson bringen!«

Anfangs schienen die Kombattanten vom kühlen Nass nichts zu bemerken. Als sich aber ihre Kleidung zunehmend aufweichte, hielten einige inne.

Ramon triumphierte: »Hahaha, das kühlt eure erhitzten Gemüter ab.«

Lisa bekam den Wasserstrahl direkt ins Gesicht. Sie spuckte das Wasser aus, dann rief sie: »Ich weiß was Besseres: Los, ab in den Pool!«

Sie erhob sich und lief jauchzend die Freitreppe hinunter. Die anderen folgten ihr und sprangen mit Karacho ins Schwimmbecken. Dort planschten sie herum und spritzten sich mit Wasser voll.

Nach einer Weile schrie Lisa: »Los Mädels, wir erobern die Viecher!«

Die Mädchen kletterten aufs Krokodil, das sich unter der Last gewaltig durchbog. Die Jungs schauten vorerst nur zu. Doch als ein Mädel den T-Rex erklomm und siegreich die Hände nach oben riss, griffen sie ein. Sie zogen das Mädchen an den Beinen herunter und bestiegen nun selbst den Plastiksaurier. Die Mädels kreischten: »Wir sind die Stärkeren! Unser Kroko macht euren T-Rex platt!«

Das konnten die Jungs nicht auf sich sitzen lassen. Sie schoben sich auf dem Saurier neben das Krokodil und nun entbrannte eine erbitterte Wasserschlacht. Beide Parteien zogen sich an den Haaren, an den Beinen, bespritzten sich mit Wasser und taten alles Menschenmögliche, um den jeweiligen Gegner ins Wasser zu bugsieren. Dabei gewannen mal die Jungs, mal die Mädels die Oberhand. Als sich die Jungs nach einigen erfolgreichen Aktionen schon als Sieger feierten, war bei ihnen plötzlich ein lautes »Pfff« zu hören. Ihr T-Rex hatte ein Loch.

Lisa rief: »Eurem Saurier geht die Puste aus!«

Die Jungs wollten das zuerst nicht wahrhaben. Doch als sie langsam im Pool versanken, mussten sie ihre Niederlage eingestehen. Die Mädels triumphierten und riefen: »Gewonnen! Gewonnen!«

Da zeigte einer der Jungs nach oben und rief: »Der Ballon!«

Lisa wiegelte ab: »Jaja, nicht ablenken.«

Er fuhr fort: »Seht nur, der Ballon ist los!«

Wir wandten unsere Köpfe nach oben und tatsächlich: Der Ballon schwebte über der Freitreppe.

Ramon sagte: »Wer zum Teufel hat den Ballon losgemacht?«

Ich zuckte mit den Schultern. Angesichts der zahlreichen Tumulte im Schlosspark war diese Frage müßig. Was mich aber mehr interessierte, war die Tatsache, dass der Ballon nach Westen getrieben wurde – in Richtung Umspannungswerk am Stadtrand.

Der Graf kam herbei und runzelte die Stirn. »Der Ballon ist auf dreißig Meter über Stadtniveau eingestellt. Das ist wahrscheinlich zu niedrig, denn das Umspannungswerk befindet sich auf einer Anhöhe.«

Ich fragte ihn: »Und was machen wir jetzt?«

Der Graf antwortete: »Wir werden das verhindern.«

Auf meinen fragenden Blick rief er: »Los, zur Kanone!«

Einer der nassen Schüler murmelte: »Endlich wird der Alte vernünftig!«

Im Schweinsgallop liefen alle zur unteren Terrasse. Dort angekommen, griff der Graf in sein Jackett und holte den Schlüssel fürs Vorhängeschloss heraus. Er sperrte den Einfüllstutzen auf und begann, die Kanone auf den Ballon auszurichten. Ich hatte mich mittlerweile ans Fernrohr begeben und wies den Grafen ein. »Moment, noch nicht. Noch befinden sich hinter dem Ballon Häuser. Aber er treibt auf den Stadtpark zu.«

Nach einer Weile waren hinter dem Ballon nur noch Wiesen und Bäume zu sehen – und kein Mensch in Sicht.

Ich sagte zum Grafen: »Jetzt haben wir freie Schussbahn.«

Der Graf zückte ein Feuerzeug und rief: »Geht alle in Deckung!«

Während sich alle Umstehenden hinter den Pappeln versteckten, zündete er das Pulver an und entfernte sich einige Schritte. Dann krachte ein gewaltiger Donnerschlag und die Kanone spie meterweit Feuer; sie rollte ein Stück zurück und die Kugel pfiff durch die Luft. Einige Augenblicke später hallte ein dumpfer Knall durchs Tal. Die Kugel musste irgendetwas getroffen haben. Ich eilte zum Fernrohr und entdeckte im Wald einige Trümmer, die in einer Rauchwolke eingehüllt waren. Augenscheinlich war die Kugel in eine alte Hütte gekracht. Dann schaute ich mir den Ballon näher an. Ich konnte auf den ersten Blick nichts von einem Einschlag erkennen.

Doch als ein Feuerstoß die Hülle erhellte, sah ich ein Loch: Der linke Schneidezahn fehlte.

Viktor fragte mich: »Habe ich getroffen?«

»Ja, du grinst jetzt mit einer Zahnlücke.«

»Gut. Aber sinkt der Ballon auch?«

»Nur leicht.«

»Ich hoffe, schnell genug.«

Die anderen quengelten: »Los, erzähl schon, was passiert.«

Ich berichtete wieder wie ein Sportreporter: »Der Ballon sinkt, kein Zweifel. Er treibt auf eine Buche zu. Der Korb kracht durchs Geäst. Er verhakt sich.«

Eine Frauenstimme sagte: »Gott sei Dank!«

Ich fuhr fort: »Die Ballonhülle schwebt weiter. Sie reißt am Korb. Der kommt frei und pendelt gewaltig hin und her. Der Ballon nähert sich weiter den Stromkabeln.«

Die Frauenstimme sagte: »Oh nein!«

»Jetzt steht eine Hütte im Weg. Der Korb kracht dagegen. Die Hülle zieht wieder an – sie schafft es nicht.«

Ein Raunen war zu hören.

»Der Korb hat sich verhakt. Der ist bombenfest. Jetzt geht der Hülle die Luft aus. Sie wird immer schlaffer. Sie schwebt langsam zu Boden. Noch zehn Meter bis zum Zaun. Aber was ist das? Ein Windstoß hebt sie wieder an.«

Die Frauenstimme sagte: »Bitte, lieber Gott …«

»Er hat dich wohl erhört. Die Hülle gleitet zu Boden. Das ist ja putzig. Sie liegt direkt vorm Zaun. Nur ein kleines Stück hängt darüber. Das sieht aus wie in einem Zeichentrickfilm.«

Jemand rief: »Hurra! Eine Punktlandung!«

Ein anderer sagte: »Ein Meisterschuss!«

Der Graf drehte sich nun um, erhob die Hände und hielt eine kleine Ansprache: »Meine Damen und Herren, das Fest ist zu Ende.«

Ein enttäuschtes »Ohhh« war zu hören.

Viktor deutete auf seine Armbanduhr. »Es ist kurz vor Sonnenaufgang. Alles, was die Partylocation hergab, wurde pflichtgemäß zerstört.«

Eine Frau gluckste: »Das macht doch nichts.«

Lautes Gelächter erschallte.

Viktor fuhr fort: »Am Hintereingang warten Taxis auf Sie, kommen Sie gut nach Hause.«

Das Murren der Gäste wurde leiser und einige sagten Sätze wie: »So was habe ich noch nicht erlebt« oder »davon werden die Leute noch lange reden« und »das ist Ihr Meisterwerk!«

Viktor bedankte sich für das Lob und versprach, auch bei der nächsten Party keine Kosten und Mühen zu scheuen. Dann setzte sich die Meute in Bewegung und wir pilgerten die Westallee hoch zum Schloss.

Ramon und seine Gehilfen waren damit beschäftigt, die Schnapsleichen per Schubkarre zum Parkplatz zu befördern. Dort legten sie sie auf dem Kies ab und sortierten sie entsprechend der Reihenfolge ihrer Auslieferung. Anschließend bugsierten sie sie wie Kartoffelsäcke in die Taxis und Kleinbusse.

Der Graf sagte zu mir: »Sehen wir uns mein ›Meisterwerk‹ mal an.«

Wir stapften die Treppe hoch und betraten die Dachterrasse. Auch hier hatte das Fest gewütet, wie man an den verkohlten Feuerwerksbatterien sehen konnte. Wir gingen zur Balustrade und ließen unsere Blicke über das Anwesen schweifen: Auf der nassen Terrasse lagen umgestürzte Bistrotische, Tischdecken, Sektflaschen, zerbrochene Gläser, Teller, Besteck …

»Donnerwetter«, sagte der Graf, »die haben ganz schön die Sau rausgelassen.«

Dann sah ich mir den Schlosspark an. Überall lagen abgebrannte Lampions, Kerzen und Fackeln. Die gefällte Pappel überspannte den linken Pool und von der Pappel ganz im Westen war nur noch ein schwarzer Stumpf übrig. Im rechten Pool kauerte der schlaffe Plastik-T-Rex, um dessen Kopf die Fahne gewickelt war.

Der Graf sagte: »So muss sich Alexander der Große nach der Schlacht von Issos gefühlt haben.«

Ich blickte nach Westen und sah Ramon mit dem Kleinbus die Schlossallee hinunterfahren. Ich deutete mit dem Finger in seine Richtung und sagte: »Da unten flieht Perserkönig Dareios –«

Viktor ergänzte: »– mit seinen betrunkenen Soldaten.«

»Will der Makedonenkönig ihn nicht verfolgen?«

»Nein, erst will ich die siegreiche Schlacht genießen …«

ENDE

Reinhold Hartl wurde 1964 in Teisendorf geboren und wuchs in der Marktgemeinde Waging am See auf. Er studierte Theater- und Literaturwissenschaft an der LMU in München und hospitierte an Theatern und bei Filmproduktionen. In den 1990ern unternahm er mehrere ausgedehnte Reisen nach Asien und Südamerika, bevor er ab den 2000ern als IT-Berater in der Energiebranche arbeitete. Seit dem Studium widmet er sich dem Schreiben satirischer Theaterstücke und Romane. Der Autor lebt in München.

Im Verlag Reinhold Hartl ist erschienen:

Der kleinkriminelle Jimmy fungiert als Türöffner, französisch Passepartout, für den exzentrischen Maler Lysander, der das unstillbare Verlangen verspürt, seine Bilder nach dem Verkauf noch zu übermalen. So nimmt ein turbulenter Streifzug durch die nächtlichen Villen der Stadt seinen Lauf …

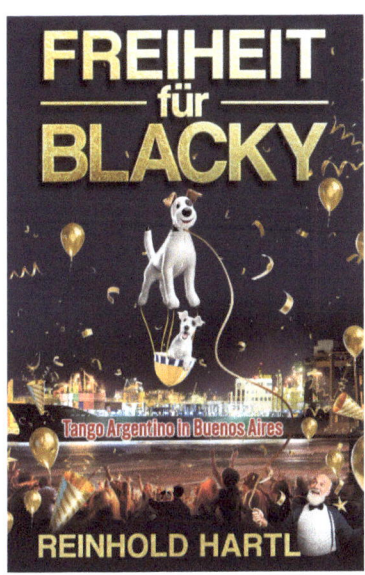

»Freiheit für Blacky« ist der zweite Teil der Romanreihe über Graf Viktor von Bodeswalde und seinen Privatsekretär Jimmy Ludstock.

Der adelige Foxterrier Baron Blacky, Erbe eines riesigen Vermögens, wurde in Buenos Aires entführt. Auf Bitten von Blackys Vormund Lukas fliegen Graf Viktor und Jimmy nach Argentinien und so nimmt eine turbulente Verbrecherjagd ihren Lauf …